Fantasía

M.S. FORCE

Fantasía

Traducción de
Nieves Calvino Gutiérrez

Grijalbo

Título original: *Valorous*
Primera edición: abril de 2017

© 2015, HTJB, Inc. Publicado originalmente por HTJB, Inc. Publicado en lengua castellana por acuerdo
con Taryn Fagerness Agency y Sandra Bruna Agencia Literaria, S. L. Todos los derechos reservados.
© 2017, Penguin Random House Grupo Editorial, S. A. U.
Travessera de Gràcia, 47-49. 08021 Barcelona
© 2017, Nieves Calvino Gutiérrez, por la traducción

Printed in Spain – Impreso en España

ISBN: 978-84-253-5505-9
Depósito legal: B-4.925-2017

Compuesto en Revertext, S. L.

Impreso en Liberdúplex
Sant Llorenç d'Hortons (Barcelona)

GR 55059

Penguin
Random House
Grupo Editorial

1

Flynn

Natalie se encuentra en estado de shock. Es la única explicación posible para la mirada vidriosa de sus preciosos ojos castaños y el inusual y prolongado silencio que se ha impuesto entre nosotros. Tiembla con tanta violencia que quiero llamar a un médico para que le dé algo que la tranquilice. No tengo ni idea de cómo consolarla.

La he traído a mi casa con la esperanza de protegerla del circo mediático que se desarrolla frente a la suya. Mis peores pesadillas se han hecho realidad, pero mis malos sueños no tienen nada que ver con los suyos. Su doloroso pasado se ha hecho público y está al alcance de todo el mundo para que cualquiera lo diseccione, y por si eso fuera poco, ha perdido su trabajo y su anonimato, y todo por mi culpa.

Necesito hablar con mi equipo; abogados, publicistas, cualquiera que pueda conseguirme la cabeza del hombre que le está haciendo daño. Quiero a Leah aquí, porque Natalie necesita una amiga. Pero me da miedo dejarla sola, aunque sea solo durante el breve lapso de tiempo que tardaría en realizar las llamadas que podrían ayudar. Su silencio me está helando la sangre. Prefería cuando sollozaba. Eso lo entendía. Pero este inquietante silencio... Eso me aterra.

Recuerdo entonces cómo le gustó la gran bañera de mi

aseo, la que no he usado ni una vez en los diez años que llevo viviendo en esta casa. La dejo hecha un ovillo sobre la cama, voy al baño y abro el grifo. Busco bajo el lavabo un bote de jabón que haga espuma. Con un ojo pendiente de ella y otro de la bañera, espero hasta que se llena tres cuartas partes, cierro el grifo y vuelvo a por ella.

Me siento en el borde de la cama para darle un beso en la mejilla; la noto fría bajo mis labios.

—Oye, Nat, te he preparado un baño. Puede que te apetezca entrar en calor.

Ella no protesta, así que la ayudo a levantarse y a desvestirse, y luego la cojo en brazos para llevarla al lavabo, donde aguarda la bañera llena de humeante agua jabonosa. Hace dos noches hicimos el amor por primera vez, pero no hay nada sexual en esto. Me mojo las mangas cuando la meto en el agua, así que me quito la camisa y me siento junto a la bañera.

—Cariño, ¿no vas a hablar conmigo?

—No hay nada que decir.

Su voz suena apagada, carente de expresión, igual que sus ojos.

Las lágrimas que ruedan en silencio por sus mejillas me parten el corazón y amenazan mi propia compostura. Tengo que hacer algo, lo que sea, para ayudarla.

—Vuelvo enseguida.

Voy a la habitación a por mi móvil y una camisa seca. Tengo treinta y dos llamadas perdidas y cuarenta y seis mensajes. Lo ignoro todo y llamo a Gabe al Quantum. Él dirige nuestro club de BDSM y es el jefe de seguridad en Nueva York.

—Flynn, ¿estás bien? —pregunta.

—He tenido días mejores. Necesito un médico para Natalie. ¿Conoces a alguien discreto que pueda venir aquí?

—Mi prima. La llamaré y lo organizaré.

—Gracias, Gabe.

—Avísame si hay algo más que pueda hacer. Todos queremos ayudar.

—Lo haré, gracias de nuevo.

Regreso al cuarto de baño; Natalie no se ha movido de donde la dejé. Las lágrimas continúan manando de sus ojos y cada una es un puñal que se clava en mi corazón.

—Flynn —susurra.

—¿Qué, cielo? —Me arrodillo junto a la bañera—. Estoy aquí. ¿Qué necesitas?

—Voy a vomitar.

Agarro la papelera del suelo y se la acerco justo a tiempo para sujetarle el oscuro y largo cabello mientras ella vomita con violencia.

—Tengo que ir a por Fluff —murmura, todavía jadeando después de vaciarse.

—Le pediré a Leah que la traiga aquí. No te preocupes por nada. —La recuesto contra la toalla que he enrollado a modo de almohada y colocado en la bañera. Mojo un paño con agua fría y me arrodillo para limpiarle la cara y la boca—. Iré a por tu móvil para enviarle un mensaje.

Las lágrimas continúan rodando sin cesar por sus pálidas mejillas.

Jamás en mis treinta y tres años de vida me he sentido tan impotente como ahora mismo. No quiero dejarla ni siquiera un mísero minuto para ir a por su móvil, que dejamos junto con su bolso en el salón.

—Enseguida vuelvo, ¿vale? —Ella asiente, y la agotada resignación que percibo en ese pequeño gesto me destroza. Yo tengo la culpa de esto, y voy a arreglarlo o a morir en el intento. Me llevo el móvil al baño—. ¿Quieres marcar tú la contraseña?

—Puedes hacerlo tú —responde—. Es cero, uno, uno, ocho.

Me siento curiosamente conmovido porque me haya confiado su contraseña. ¿Qué puedo decir? Soy un desastre en lo que a ella se refiere. Introduzco la contraseña y veo que hay un montón de mensajes de texto y de voz. Hago caso omiso de todos ellos y escribo a Leah.

Hola, soy Flynn. Natalie pregunta por Fluff. Podrías traerla a mi casa?

Ella responde de inmediato.

Me alegro de tener noticias vuestras. Qué tal está? Pues claro que os llevo a Fluff. Cualquier cosa que pueda hacer...

Gracias. No está demasiado bien... La perra será de ayuda

Le envío un último mensaje con información sobre cómo entrar en el garaje de mi casa, algo que no le suelo confiar a cualquiera, pero ahora mismo no puedo preocuparme por cosas que normalmente me obsesionan, tales como proteger mi intimidad. Solo me importa Natalie y lo que puedo hacer por ella.

Suena el timbre del ascensor y de inmediato vuelven a asaltarme las dudas de si debo dejar sola a Natalie, aunque sea solo un minuto.

—Fluff viene hacia aquí con Leah. Voy a abrir la puerta. Enseguida vuelvo.

Ella no contesta. Las lágrimas no cesan, pero Natalie no es consciente de ello. La expresión vacía de sus ojos me aterra.

Corro hasta el ascensor.

—¿Sí?

—Soy yo —anuncia Addie.

Aprieto el botón sin dudar para dejar entrar a mi leal

asistente. Un minuto más tarde sale del ascensor, deja su bolso en mi vestíbulo y me da un abrazo.

—¿Qué puedo hacer?

Addie se ha convertido en una especie de hermana pequeña para mí durante los cinco años que lleva a mi servicio. No hay nada que cualquiera de los dos no hiciera por el otro, algo que ella acaba de demostrar una vez más.

—Ni siquiera sé qué necesito ahora mismo.

—Sea lo que sea, estoy aquí para apoyaros a ambos.

—¿Cómo has llegado tan rápido?

—Me subí a un avión una hora después de que la noticia se publicara en la web. Liza también está de camino —señala, refiriéndose a mi publicista—, pero le he dicho que no viniera aquí esta noche. Será mejor que espere a mañana.

—Bien pensado, gracias. Tengo que volver con Natalie. Está en la bañera. Gabe va a enviarme a su prima, que es médica.

—Prepararé té.

—A Natalie le gusta el chocolate.

—Pues entonces prepararé chocolate. —Addie me coge del brazo—. No estás solo en esto. Todos en Quantum se están preparando para la lucha y están sedientos de sangre.

—Gracias por venir.

—Solo hago mi trabajo.

—Haces mucho más que eso, como sabes.

—Ve con ella. Todo va a salir bien.

Aunque sus palabras me tranquilizan, una mirada al pálido rostro de Natalie, surcado por las lágrimas, me dice que va a pasar mucho tiempo hasta que las cosas vuelvan a ir bien, si es que llega ese día.

—Voy a sacarte de aquí, cariño.

Como si fuera una niña, la ayudo a levantarse y a salir. La seco y le pongo un tibio albornoz mío. Luego le escurro el pelo con una toalla y se lo cepillo.

Mantiene la mirada fija en la pared, con la expresión vacía, sin apenas parpadear mientras las lágrimas no cesan. ¿Dónde coño está esa doctora?

—Vamos a la cama.

Ella ni siquiera parpadea cuando la levanto en brazos y la llevo de vuelta al dormitorio. Después de arroparla con el grueso edredón, me siento a su lado, sosteniéndole la mano y deseando saber qué hacer por ella.

Addie entra con una jarra de chocolate caliente y la coloca en silencio sobre la mesilla antes de dejarnos a solas.

—Addie te ha preparado un chocolate caliente.

—¿Qué hace aquí?

La pregunta supone un gran alivio para mí.

—Ha venido a ayudarnos.

—No hay nada que ella pueda hacer.

La absoluta desolación que refleja su voz es otra flecha directa a mi roto corazón.

—Hay mucho que podemos hacer. Nos pondremos en marcha una vez que hayamos cuidado de ti. Tú eres lo único que importa.

—Tu carrera, lo que deben de estar diciendo...

—A la mierda. Lo último que me importa en estos momentos es mi carrera. Me importas tú. Te quiero y no soporto que te esté pasando esto por mi culpa.

—Es que... no lo entiendo... ¿Por qué? ¿Por qué me haría esto?

Le limpio las lágrimas de la cara mientras contengo las mías. No puedo recordar la última vez que lloré por algo, pero temo que, si empiezo a hacerlo ahora, tal vez no pueda parar nunca.

—¿Quién ha sido, Nat?

—Ha tenido que ser el abogado de Lincoln. Le pagué mucho dinero para que me ayudara a cambiar de nombre después de todo lo que pasó. ¿Por qué me haría esto?

—Por dinero —suelto cuando las piezas encajan al fin—. Al verte conmigo olió la oportunidad de sacar tajada.

—Fui su cliente —afirma con un sollozo—. No puede hablar de mí.

—Tienes toda la razón. Me ocuparé de que sea inhabilitado y acusado penalmente por lo que te ha hecho. Por no mencionar que vamos a demandarle.

—Es como si todo estuviera pasando otra vez... Es igual que entonces.

Se refiere a la violación que sufrió cuando tenía quince años, algo que ahora todo el mundo sabe gracias a un abogado cabrón de Lincoln, Nebraska, que la ha vendido por dinero, seguramente por mucho.

La cólera apenas me deja respirar. Saber que yo soy la causa de que la conviertan en una víctima otra vez me provoca ganas de llorar con ella. La he arrastrado de nuevo a una pesadilla que había dejado atrás hacía ya mucho tiempo. Si hubiera sabido que algo semejante era siquiera posible, jamás me habría dejado ver en público a su lado.

—No es culpa tuya —susurra en voz queda.

Aunque me alivia ver una chispa de vida en sus ojos, normalmente luminosos, me niego a irme de rositas.

—La culpa es toda mía. Querían saber más de ti porque te vieron conmigo, así que hurgaron hasta que encontraron a alguien dispuesto a hablar por un precio.

—Yo no te culpo a ti. Le culpo a él.

La adoro por preocuparse tanto por mí en un momento como este.

—¿Cómo se llama, cariño?

—David Rogers. Hasta el día de hoy, era la única persona que me conocía por mis dos nombres. Ha tenido que ser él.

—¿Jamás se lo has dicho a nadie, ni siquiera a tu familia?

Ella niega con la cabeza.

—No he visto ni hablado con mi familia desde hace ocho años.

Me entristece recordar lo sola que ha estado todo este tiempo. Bueno, ya no está sola. Quiero todos los detalles de lo que le ocurrió, pero preguntarle ahora por eso no es lo que ella necesita, así que me quedo a su lado, sosteniéndole la mano y ofreciéndole sorbos de chocolate caliente, hasta que una llamada a la puerta anuncia la llegada de la doctora.

Me alivia que sea una mujer. Y todavía más que no le dé importancia a quién soy yo. En vez de eso, centra toda su atención en Natalie.

—Hola, soy la doctora Janelle Richmond.

Comparte el cabello oscuro, los ojos, la complexión y un parecido familiar con Gabe.

Me levanto para estrecharle la mano.

—Muchísimas gracias por venir.

Natalie me mira con manifiesta turbación.

—¿Has llamado a un médico?

—Pensé que podría darte algo que te ayude a dormir.

—¿Podría estar un rato a solas con ella? —inquiere Janelle.

No quiero marcharme, pero accedo a lo que pide.

—¿Te parece bien? —le pregunto a Natalie.

Agarra el edredón de mi cama.

—Supongo que sí.

—Estaré justo al otro lado de la puerta. Llámame si me necesitas.

Me inclino para besarla en la frente antes de abandonar la habitación y cierro la puerta al salir.

Addie me encuentra en el pasillo.

—¿Cómo está?

—Un poco mejor. —Me paso los dedos por el pelo una y otra vez—. ¿Puedes llamar a Emmett por mí?

—Claro. —Va al salón a por el teléfono y regresa a mi lado, delante de la puerta de mi dormitorio—. Aquí tienes.

Cojo el teléfono y saludo a mi abogado.

—Emmett.

—¿Qué puedo hacer, Flynn? —Como abogado jefe de Quantum, Emmett Burke es un amigo y un colega. También es miembro de nuestro club secreto de BDSM—. Ni siquiera puedo imaginar lo disgustado que debes de estar.

—He pasado del disgusto a la cólera. Un abogado de Lincoln, Nebraska, llamado David Rogers, se ocupó del cambio legal de nombre de Natalie. Ella dice que es la única persona que la conoce por ambos nombres. Quiero que lo entierres.

—Me pongo a ello. Flynn... —añade tras una pausa—, sé que has estado cuidando de Natalie, pero lo que están publicando sobre lo que le pasó... Tú... hum... Tienes que prepararte antes de leerlo. Es muy fuerte, tío.

En los diez años que llevamos trabajando juntos, así como de amistad personal, jamás he oído tartamudear a Emmett, un tipo muy seguro de sí mismo. Que ahora lo esté haciendo solo aumenta mi ansiedad.

—Dime lo más relevante... o lo más oscuro.

Me preparo para lo que estoy a punto de escuchar.

Su profundo suspiro llega alto y claro a través de la línea, avisándome de lo difícil que es para él contarme estas cosas.

—Su padre era asesor del ex gobernador de Nebraska, Oren Stone. Eran amigos de toda la vida. Las familias estaban muy unidas, y Natalie..., o April, como se llamaba por entonces, hacía de canguro de los hijos de Stone. Los acompañaba en las vacaciones familiares y se quedaba muchas noches en la mansión del gobernador.

A medida que se desarrolla la historia, la tensión me forma un nudo en el estómago. Su nombre era April...

—Al parecer, Stone lo organizó todo para que Natalie hiciera de canguro un fin de semana que su esposa y los niños iban a estar fuera de la ciudad. La retuvo allí todo el fin de semana, la violó repetidamente y amenazó a su familia si se lo decía a alguien.

Me siento como si me hubieran dado un puñetazo en el estómago.

—Qué hijo de puta.

—Ella fue directa a la policía.

Cierro los ojos, impresionado por la fortaleza y el coraje de aquella niña de quince años de la que habían abusado, que tuvo las agallas de bajarle los humos a ese cabrón.

Entonces Emmett deja caer la siguiente bomba.

—Sus padres se pusieron del lado de Stone.

—Joder, ¿me estás tomando el pelo?

—Ojalá. El caso llegó a la prensa nacional. Stone se hizo muchos enemigos a lo largo de su carrera. Un puñado de gente la apoyó durante el juicio. Ella solicitó y le fue concedida la emancipación de sus padres. Testificó contra Stone y su gráfico y detallado testimonio selló su destino. Fue condenado a veinticinco años de cárcel. Unas cuatro semanas después de que ingresara en prisión, fue violado y asesinado en la ducha por otro recluso.

Una perversa sensación de placer me invade al saber que padeció aunque solo fuera una mínima parte del sufrimiento que le infligió a Natalie.

—Ella desapareció después del juicio. No hay ninguna mención a ella en internet desde el día en que Stone fue condenado.

—Debió de ser entonces cuando se cambió el nombre.

—Natalie Bryant hizo su aparición un par de años más tarde, como estudiante de primer año en la Universidad de Nebraska. No se menciona en ninguna parte cómo o dónde pasó los años transcurridos entre el juicio y la universidad. Se graduó cuatro años después y luego se mudó a Nueva York tras aceptar un empleo de profesora en un colegio concertado.

—Dime que hay algo que podamos hacer con respecto al tal Rogers.

—Oh, podemos hacer mucho. Para empezar, haré una llamada al Colegio de Abogados de Nebraska y abriré un proceso civil, además de presentar cargos penales contra él. Va a lamentar haber fastidiado a Natalie... y a ti.

—Hagamos lo que hagamos, no podemos empeorarlo más para ella.

—Detesto decir que es muy probable que la cosa se agrave antes de mejorar.

La idea de que todo vaya a peor me pone enfermo. Me apoyo contra la pared y cierro los ojos, que se me llenan de lágrimas. Oír los detalles de lo que le pasó a Natalie me ha destrozado. Mis emociones están a flor de piel.

—Quiero protegerla, pero no sé cómo.

—Lo mejor que puedes hacer es mantenerla alejada de internet y de la televisión. Ella ya sabe lo que pasó. No necesita verlo expuesto para que todo el mundo lo contemple... otra vez. He hablado con Liza y estamos en ello. Tú cuida de Natalie y procura no preocuparte. Todo se olvidará en un par de días.

Puede que eso sea cierto, pero ¿volverá Natalie a ser la persona alegre y dulce que era antes de que su vida y su sufrimiento se expusieran al mundo?

Me despido de Emmett cuando la puerta del dormitorio se abre.

—Te llamaré mañana.

—Hablamos entonces.

Me guardo el teléfono de Addie en el bolsillo.

—¿Cómo está?

—Me ha dado permiso para que le diga que se encuentra en estado de shock y que está sufriendo una reacción física, de ahí los temblores y el llanto. Le he dado un sedante muy suave para que le ayude a descansar un poco. —La doctora me entrega su tarjeta—. Si la ansiedad persiste o tiene problemas para dormir, llámeme mañana y le haré una receta.

—¿Está...? ¿Se pondrá bien?

—Con el tiempo, pero va a costarle asimilar lo que ha pasado. Tendrá que ser paciente y dejar que lo supere a su manera.

La paciencia no es precisamente mi punto fuerte, pero me convertiré en el hombre más paciente sobre la faz de la Tierra si eso es lo que Natalie necesita de mí.

—Por favor, llámeme si alguno de los dos necesita ayuda.

—Muchas gracias por venir.

—No hay de qué. Gabe habla con mucho afecto de usted y del resto del personal de Quantum. Sé lo mucho que significa para él.

—Es de los buenos, eso seguro.

—No hace falta que me acompañe a la salida, así puede volver con Natalie.

—Gracias de nuevo. —El dormitorio está solo iluminado por la luz que procede del cuarto de baño. Natalie tiene los ojos cerrados, pero sus mejillas siguen húmedas por las lágrimas. Abre los ojos cuando me acerco a la cama. Aun en medio de la desesperación, siento la conexión que nos une desde el día en que nos conocimos. Y ahora esa conexión le ha arruinado la vida—. ¿Puedo traerte alguna cosa?

Ella niega con la cabeza.

—¿Quieres... puedes...?

—¿Qué, cariño? Lo que quieras.

—¿Me abrazas? —Su voz se quiebra en un sollozo—. Por favor.

—No hay nada que desee más en este mundo.

Me siento agradecido y honrado de que quiera tenerme cerca después de lo mucho que he complicado las cosas. Me quito la camisa y los vaqueros, que dejo en un montón en el suelo, y me meto en la cama con ella.

Se le escapa un gemido angustiado y se vuelve entre mis brazos, presionando el rostro contra mi pecho.

Las lágrimas me llenan los ojos y resbalan por mi rostro. No puedo soportar su dolor. Es como si alguien me clavara un puñal en el corazón.

—No pasa nada, cielo. Estoy aquí y todo va a salir bien. Te lo prometo.

Le acaricio la espalda cubierta por mi grueso albornoz. Sus hombros se sacuden con la fuerza de su llanto.

—Todos lo sabrán —murmura en voz tan baja que casi no la oigo—. Todo el mundo sabrá lo que me pasó.

—Y sabrán que sobreviviste y saliste adelante a pesar de ello. Esa parte también la conocerán.

—No quería que nadie lo supiera. No quería que tú lo supieras.

—Cielo, nada podría cambiar lo que siento por ti. Si acaso, te quiero aún más que esta mañana, y no pensaba que eso fuera posible.

—Es humillante.

—¿Te acuerdas de lo que me dijiste una vez? ¿Que necesitaste años de terapia para poder darte cuenta de que aquello fue algo que te hicieron a ti? ¿Que la culpa no era tuya? Pues esto es lo mismo. Tú no has hecho esto. Lo ha hecho alguien y vamos a hacer que pague por ello. Te lo prometo.

—¿Qué más da que pague? Todo el mundo lo sabrá de todas formas. Tú lo sabes.

—Natalie, cariño, eso no cambia nada para mí. Seguiría eligiéndote mil veces. Un millón de veces.

Ella sepulta su rostro entre mi cuello y mi hombro y yo la abrazo con tanta fuerza como puedo. Nos quedamos así mientras sus sollozos se suavizan, hasta que escucho un revelador ladrido en el pasillo.

—¡Fluff!

La excitación que aprecio en su voz me llena de esperanza.

—Quédate aquí. Yo iré a por ella.

La beso en la frente y me levanto de la cama. Tardo un minuto en ponerme los vaqueros antes de abrir la puerta a Leah y a Addie, que están a punto de llamar.

La perra me ve y me enseña los diez dientes que le quedan en su boca de catorce años.

—Fluff —la llama Natalie—. Ven con mamá.

La pequeña bola de pelo blanco entra como un rayo en el dormitorio y se sube a la cama, donde se reúne con Natalie.

—Gracias, Leah.

Su compañera de piso intenta no mirar fijamente mi pecho desnudo.

—Ah, claro. ¿Puedo verla? Solo un minuto.

—Por supuesto. Entra.

Me aparto a un lado para dejarle pasar.

—Hay un perro en tu cama —bromea Addie con un toque de frivolidad.

—Eso parece. —Puede invadir mi cuarto una manada de elefantes si con eso Natalie es feliz—. Tengo suerte de que Fluff sea inmune a mis muchos encantos.

Addie contiene la risa.

—Así que ¿por fin has encontrado a la única fémina de la Tierra que no alucina con Flynn Godfrey?

—Eso parece. De hecho, me mordió y me hizo sangre el día en que nos conocimos.

—Es posible que haya oído algo de eso.

—Veo que Hayden ha estado contando cuentos fuera de clase otra vez, ¿eh?

—Jamás revelo mis fuentes.

Mi mejor amigo y socio de negocios está loco por Addie, aunque él jamás lo reconocerá ante sí mismo ni ante ella. Sospecho que la atracción es mutua, pero Addie no habla de él conmigo y yo no pregunto.

Me paso los dedos por el pelo sin parar, hasta que estoy seguro de que debo de tenerlo de punta.

—Dime qué puedo hacer. Estoy completamente perdido.

—Solo tienes que estar a su lado. Ella necesita saber que nada ha cambiado para ti por lo que ha pasado hoy.

—Eso ya se lo he dicho. No sé si me cree.

—Sigue diciéndoselo hasta que no le quede ninguna duda.

—Jamás imaginé que pudiera sentir esto por nadie.

Mi confesión le arranca una sonrisa.

—Nos ocurre incluso a los mejores.

—No puedo perderla por esto. No puedo.

—No la perderás. Cuando las aguas se calmen, y lo harán, ella recordará que estuviste a su lado en todo momento. Eso es lo que importa.

Aunque agradezco su voto de confianza, desearía poder estar más seguro de que Natalie y yo lo superaremos sin consecuencias. ¿Cuánto tiempo tardará en culparme por arruinarle la vida?

2

Natalie

Me he preguntado en varias ocasiones cómo me sentiría si mis secretos salieran a la luz, pero nada podría haberme preparado para que me arrancaran de cuajo las costras de las heridas de un modo tan repentino y violento.

Me siento violada otra vez.

Fluff adopta una actitud protectora conmigo de inmediato, lamiéndome las lágrimas como ha hecho siempre desde el principio de mi larga pesadilla. Me alegro de ver a Leah, mi amiga y compañera de piso, pero sé que no tiene ni idea de qué decirme.

—Yo…, bueno…, si te sirve de consuelo, todo el mundo está cabreado con la señora Heffernan por despedirte —me dice—. Mi móvil echa humo con tantos mensajes de texto del colegio. Hasta Sue ha amenazado con marcharse a menos que te contraten de nuevo.

Sue es la auxiliar administrativa del colegio Emerson, donde Leah y yo somos profesoras.

Al menos yo lo era hasta que hoy me han despedido por mentir en mi revisión de antecedentes y por causar molestias al centro. Como si yo hubiera invitado a la horda de periodistas a que se apostara en el colegio con la esperanza de verme en semejante estado de humillación.

—Sé que no quieres hablar de ello y lo respeto —aduce Leah con voz entrecortada—, pero necesito que sepas cuánto siento todo lo que has sufrido y cuánto lamento todas las veces que me he burlado de tu castidad. No lo sabía, Nat.

Se le quiebra la voz; está a punto de echarse a llorar.

—Por favor, no te disculpes —le digo mientras le cojo la mano—. No lo sabías porque no te lo conté, ni a ti ni a nadie. Pretendía olvidar que aquello pasó, pero hoy he descubierto la facilidad con que el pasado puede echársenos encima.

—Flynn debe de estar pasándolo mal con todo esto.

—Se siente responsable. Y no es culpa suya.

—Es comprensible que lo crea así. Antes de que le conocieras a nadie le interesaba tu pasado.

—Sigue sin ser culpa suya, pero está casi tan disgustado como yo.

—Puede que tengas que repetirle que no le haces responsable a él.

Estoy muy cansada. Lo que sea que me haya dado la doctora para ayudarme a dormir está surtiendo efecto y me cuesta mantener los ojos abiertos.

—Me voy a ir para dejar que duermas. ¿Puedo llamarte mañana?

—Me gustaría que lo hicieras. —Le aprieto la mano—. Gracias por traer a Fluff.

—Ha sido un placer poder hacer algo por ti.

—Leah... —Me obligo a seguir con los ojos abiertos para mirarla—. Has sido la mejor amiga que he tenido desde que mi vida se derrumbó. Quiero darte las gracias por eso.

—Ay, Dios, Nat. He sido una amiga espantosa, siempre presionándote para que abandonaras tu zona de confort...

—No, has sido maravillosa y casi todo lo que has dicho es verdad. A pesar de nuestras diferencias, lo que hay entre nosotras es real. No tienes ni idea de cuánto aprecio nuestras normales y monótonas vidas en ese apartamento.

Leah se limpia las lágrimas de la cara.

—Ahora ya no podrás volver, ¿verdad?

—No sé qué voy a hacer. Todo es un desastre. No sé cómo voy a pagar el alquiler si no tengo empleo.

—Ambas tenéis el alquiler pagado para el resto del año —dice Flynn desde la puerta—. También he dispuesto seguridad para Leah hasta que esto pase.

No puedo creer lo que estoy oyendo.

—¿Has pagado nuestro alquiler durante un año?

—Sí, lo he hecho, y no se te ocurra decirme que no debería haberlo hecho. Nada de esto estaría pasando si no me hubieras conocido. Pagaros el alquiler y facilitaros las cosas a ambas es lo menos que puedo hacer en vista de los problemas que os he causado.

Tiendo la mano hacia Flynn.

—Ven aquí.

Leah se levanta para que Flynn pueda sentarse a mi lado en la cama.

—No es culpa tuya. No has sido tú quien me ha hecho esto.

Leah se aclara la garganta.

—Yo…, bueno…, voy a irme y a dejaros a solas. ¿Te llamo mañana?

—Claro. Si ves a mis niños, diles que los quiero.

La idea de no volver a verlos es la peor parte de un día descorazonador.

—Lo haré, y recogeré tus cosas del aula. —Se dispone a marcharse, pero se vuelve en el último momento—. Espero que sepas… que el que te hayan despedido por esto… merece que les demandes de inmediato. No tenía derecho.

—Confía en mí —responde Flynn—. Mis abogados ya están buscando la manera de devolverle su empleo.

—Bien. Intentad dormir un poco. Hablamos mañana.

—Gracias otra vez por traer a Fluff.

Al oír su nombre, mi querida perrita levanta la cabeza para ver qué está pasando antes de volver a roncar plácidamente en mis brazos.

Cuando Leah se marcha, centro mi atención en Flynn.

—Gracias por dejarme tener a Fluff aquí.

—Puedes tener todo lo que quieras. ¿Es que todavía no lo sabes?

—Aun así… No es muy simpática contigo y ahora está en tu cama.

—Tú también, así que aceptaré lo malo con lo bueno…

A pesar de su intento por aportar un poco de humor, le veo triste y destrozado. Odio ser la causa de eso. Le agarro la mano y entrelazo nuestros dedos.

—No es tan malo como lo fue en su momento.

—¿El qué?

—Todo. La última vez que la vida me escupió en la cara estaba muy sola. Esta vez os tengo a ti, a Leah, a Addie y a todos los que nos están ayudando.

—Estás muy lejos de estar sola —afirma de manera vehemente, y sus penetrantes ojos castaños resplandecen de amor—. Mataría por ti, Natalie.

—Por favor, no lo hagas. Te necesito aquí, a mi lado, no cumpliendo condena.

Él levanta nuestras manos unidas y me acaricia los nudillos con los labios. Me encanta la sensación de su barba incipiente sobre mi piel. Es muy apasionado y hermoso, y me ha demostrado cuánto me quiere al preocuparse tanto por mí esta noche.

—Ven a la cama conmigo.

Fluff lanza un gruñido de advertencia y no puedo evitar reír por lo ridícula que está siendo.

—Es agradable oír tu risa.

Cojo a Fluff y la aparto hacia el lado que él ocupa.

—Creo que es seguro.

Flynn se levanta y rodea la cama hasta el otro lado, se quita los vaqueros y se mete de nuevo entre las sábanas.

Fluff empieza a ladrar como una loca cuando él se acurruca contra mí.

Todo el episodio me parece divertidísimo y no puedo parar de reír. Y entonces vuelvo a llorar al recordar que mañana no he de estar en ninguna parte, que mis niños no entenderán por qué no estoy allí, que el mundo entero ha descubierto mi sórdido pasado y está arrastrando el nombre de Flynn por el lodo.

—Nat. —Suspira—. Ven aquí.

Dejo a la perra con su rabieta y me vuelvo hacia él. Por mucho que la quiera, ahora mismo necesito más el consuelo de Flynn. Él me envuelve con sus brazos y hace que me sienta cómoda entre ellos.

Entonces Flynn se sacude y grita de dolor.

—¡Mierda!

—¿Qué ha pasado?

—Me ha mordido. Otra vez.

Levanta la mano para enseñarme las marcas rojas, pero por suerte en esta ocasión no hay sangre.

—¡Fluff! ¡No! ¡No se muerde! —Me incorporo y me vuelvo hacia mi obstinada perrita—. ¡No, no! —Ella me lanza una mirada que dice que no está arrepentida y que volverá a hacerlo si tiene la oportunidad—. Lo siento muchísimo. —Me dirijo de nuevo a Flynn, que se está riendo—. ¿Qué te hace tanta gracia?

—Acaba de lanzarte una mirada que dice «que te den».

Su certera evaluación me hace reír también a mí.

—¡Es muy mala! No deberías tener que preocuparte porque te muerdan en tu propia cama.

—Podría decir mucho sobre eso...

—¡Flynn! Hablo en serio. Está fuera de control.

—Se muestra protectora contigo. Eso lo respeto. —Me tiende el brazo—. Vuelve.

Apunto a Fluff con un dedo y pongo mi voz más severa.

—No se muerde. O te vas a enterar.

—Estoy muy cachondo ahora mismo. ¿Has pensado en castigarme también a mí en algún momento?

Su irreverencia me hace reír y por un instante me olvido de la pesadilla en que se ha convertido mi vida.

De nuevo entre sus brazos, intento sosegar la agitación que me domina para poder descansar. Sin saber cómo ni cuándo, durante los últimos días su olor se ha convertido para mí en el aroma del hogar. Su pecho es ahora mi lugar favorito para descansar la cabeza, y envuelta por su abrazo encuentro mi rincón feliz. Me siento a salvo y amada gracias a él, aun en medio de mi peor pesadilla.

La medicación que me han administrado me está venciendo, pero no puedo dormir hasta que él sepa lo que siento.

—¿Flynn?

—¿Qué, cielo?

—Solo quiero que sepas que durante mucho tiempo he temido que esto pasara. No recuerdo un momento en que no tuviera miedo de ello. Pero estar aquí contigo... Estaría perdiendo la cabeza si no fuera porque tú me aseguras que todo va a ir bien.

—Todo va a ir bien. Eso te lo prometo. No quiero que te preocupes por nada. Cierra los ojos y duerme. Yo estoy aquí contigo.

Quiero hablar con él. Quiero estar con él. Pero no puedo seguir luchando contra los efectos del sedante.

—Te quiero —susurro.

—Yo también te quiero. Más que a nada en este mundo.

Quiero encontrar al cabrón que le ha hecho esto y matarlo con mis propias manos, pero no hasta después de hacerle sufrir un buen rato. La cólera me domina hasta tal punto que no sé qué hacer con ella, pero con Natalie durmiendo en mis brazos y el ñu que tiene por perro roncando al otro lado, lo único que puedo hacer es echar humo por las orejas.

Paso en vela la mayor parte de la noche pensando en lo que hay que hacer. Cuando mi agotado cerebro ya no puede aguantar ni un segundo más analizando el infierno que he desatado sobre la mujer a la que amo, dejo volar mi mente y reviso el tiempo que he pasado con ella. Desde aquel primer y trascendental encuentro en el parque de Greenwich Village hasta el pasado fin de semana en Los Ángeles, todo ha sido un torbellino de romanticismo, pasión y deseo.

Jamás imaginé que me enamoraría así. Cuando mi matrimonio llegó a su fin me resigné a ser un hastiado y cínico playboy que gozaba de las mujeres como otros hombres disfrutan de la cerveza. Trabajaba duro y follaba aún más duro, tanto y tan a menudo como podía. Los fines de semana en el club Quantum eran mi recompensa por el agotador trabajo. El club de BDSM que monté con cuatro de mis mejores amigos y colegas era el centro de mi vida hasta que conocí a Natalie. Entonces decidí que la necesitaba más a ella que a ese estilo de vida.

El pasado fin de semana ella me contó que había sido violada. Al oír eso supe que no había ninguna posibilidad de que algún día pudiera mostrarle mi lado dominante. Así que todo se reducía a una decisión: ella o Quantum. La he elegido a ella. La elegiría a ella siempre. La necesito más. Es así de sencillo.

Ella es todo lo que no sabía que necesitaba hasta que chocó literalmente conmigo y volvió mi vida del revés.

Y ahora yo le he devuelto el favor arruinando la vida que tanto le ha costado construir.

Cuando sale el sol, no estoy más cerca que antes de saber qué hacer para arreglar esta situación. Natalie sigue profundamente dormida, pero yo tengo que hacer algo, lo que sea, así que me levanto, me doy una ducha y me pongo unos pantalones de chándal y una camiseta de manga larga.

Addie, que ha pasado la noche en el sofá de mi despacho, ya está levantada y ha preparado café. Me ofrece una taza, con leche y un toque de azúcar, justo como a mí me gusta.

—Tienes que ver esto.

Me pasa su teléfono móvil.

Me da miedo mirar.

—Dime que no ha empeorado durante la noche.

—Tú léelo.

Es un tuit de mi mejor amigo y socio Hayden Roth. «Algunas cosas no son asunto nuestro, joder #EquipoNatalie #NoEsAsuntoNuestro»

Me siento muy conmovido por su gesto. No ha sido el mayor fan de Natalie porque teme que me comprometa con una mujer cuyo estilo de vida es tan diferente del mío. Él vivió el fin de mi matrimonio después de que mi esposa descubriera mis preferencias sexuales y se vengara de su «depravado» marido teniendo una aventura con el director de la película que estábamos rodando por entonces. Las consecuencias fueron desastrosas y desde entonces he evitado los compromisos.

Hasta ahora. Hasta Natalie.

—Pincha en el *hashtag* —insiste Addie—. Hay más.

De mi íntima amiga Marlowe Sloane: «Mucho amor y muchos abrazos a mis queridos amigos @FlynnGodfrey y Natalie #EquipoNatalie #NoEsAsuntoNuestro»

De mi hermana Ellie: «Mucho amor para @FlynnGodfrey y su chica, Natalie #EquipoNatalie #NoEsAsunto-Nuestro»

De uno de mis socios en Quantum, Jasper Autry: «Los putos paparazzi se han pasado. ¡Idos a la puta MIERDA! #EquipoNatalie #NoEsAsuntoNuestro»

Otro socio de Quantum, Kristian Bowen, ha tuiteado: «Menuda mierda hacerle esto a alguien de quien ya abusaron una vez. ¡Basta! #EquipoNatalie #NoEsAsunto-Nuestro»

Me siento abrumado por las muestras de apoyo de mi familia y amigos. Otra mucha gente que no conozco también ha intervenido, acusando a los medios de ir demasiado lejos al publicar la historia de Natalie.

—La gente está cabreada —dice Addie a las claras—. EquipoNatalie es *trending topic*.

—Genial. La gente debería cabrearse. Este asunto es indignante.

—Emmett llamó ayer, ya tarde. Se ha puesto en contacto con el abogado por lo del colegio de Natalie. Me temo que no hay buenas noticias. Su contrato estipula que pueden rescindirlo por incumplimiento en cualquier momento y no se puede recurrir.

—Tienes que estar de coña.

—Ojalá. Pensé que no teníais por qué enteraros anoche.

—Bueno, ¿y qué supuesta causa alegan?

—Técnicamente, ella mintió en la comprobación de antecedentes al asegurar que jamás se la había conocido por ningún otro nombre.

—¡Lo hizo por una buena razón!

—Tú y yo lo sabemos, y Emmett dice que el abogado reconoció que así era, pero la directora no está dispuesta a ceder.

—Joder, no me lo puedo creer. Natalie jamás me lo perdonará.

—Flynn, vamos. Ella sabe que esto no es responsabilidad tuya.

—¿Cómo que no es responsabilidad mía? Nada de esto estaría pasando si no la hubiera llevado a los Globos.

—¿Sabías lo que le ocurrió? Me refiero a antes del fin de semana pasado.

Niego con la cabeza.

—Sabía que la agredieron cuando era adolescente, pero no el resto.

—Entonces ¿cómo habrías podido protegerla de algo que ni siquiera conocías? —Y antes de que pueda responder, añade—: No podrías haberlo hecho. No es culpa tuya. La culpa es del hombre que la agredió. La culpa es de la persona que la vendió para sacarse un dinero. Tú no tienes la culpa.

—Deberías hacerle caso, Flynn —murmura Natalie a mi espalda.

Me doy la vuelta y ahí está, vestida con mi albornoz y sujetando a Fluff contra su pecho. Su rostro está atípicamente pálido y las oscuras ojeras bajo sus ojos deslustran su tez, por lo demás inmaculada.

—Hola, cariño.

Le tiendo la mano y ella viene conmigo.

—Addie tiene razón. Nada de esto es culpa tuya. Te acompañé el fin de semana pasado sabiendo lo que había en juego. Confié en alguien que no merecía esa confianza. Si él hubiera hecho su trabajo y mantenido la boca cerrada, nada de esto estaría pasando.

—¿Y si me llevo a Fluff a dar un paseo? —sugiere Addie.

—Gracias. —Natalie divisa la correa sobre la encimera, junto con algunos de los juguetes de la perra, y se la engancha.

Por suerte, a Fluff no parece importarle marcharse con alguien que no sea su querida Natalie. Le brindo a Addie una sonrisa de agradecimiento. Sacar al perro de mi novia no forma parte de su trabajo ni por asomo.

—Si no te hubieran visto conmigo, su historia no habría valido nada —le digo a Natalie cuando nos quedamos a solas.

—Una vez más, no es culpa tuya. La semana pasada realicé una búsqueda online de mi nombre y no había nada, aparte de la universidad a la que fui y de mi trabajo aquí. Por eso me sentía segura de mostrarme en público contigo. —Se acerca a mí y apoya las manos en mi pecho—. Tú no tienes la culpa. Quiero que lo digas.

Me obligo a sonreír por ella.

—Yo no tengo la culpa.

—Flynn...

Exhalo un suspiro antes de darle lo que necesita.

—Yo no tengo la culpa.

—Sigue repitiéndolo hasta que te lo creas. —Se pone de puntillas para besarme—. No cambiaría un solo minuto de nuestro mágico fin de semana. Ha sido el mejor de mi vida.

La rodeo con los brazos y la acerco a mí.

—También para mí, cariño. Ganar el Globo fue lo de menos. —Parece que hayan pasado meses y no días desde la noche en que logré el premio más importante de mi carrera y le hice el amor a Natalie por primera vez. Después de disfrutar del placer de estrecharla durante un momento, me aparto para poder ver su hermoso rostro—. Parece que estás un poco mejor.

Ella se encoge de hombros.

—Supongo que sí.

—Hayden ha iniciado el *hashtag* EquipoNatalie en Twitter. Es *trending topic*.

—¿En serio? ¿De verdad?

—Sí. El aluvión de apoyo ha sido alucinante. Todo el mundo está furioso por lo que te han hecho.

—Es muy amable por su parte, sobre todo teniendo en cuenta que ni siquiera le caigo bien.

—Eso no es verdad. Lo que pasa es que no te conoce. Empezasteis con mal pie, pero todo irá como la seda a partir de este momento.

Ahora que parece estar mucho mejor que anoche, detesto tener que contarle lo que Emmett ha averiguado acerca de su trabajo.

Como siempre, me ha calado como jamás lo ha hecho nadie.

—Sea lo que sea, dilo.

—Mi abogado ha estudiado tu situación en el colegio.

—Y...

—El contrato es muy sólido. Pueden despedirte por causa justificada, pero no define qué es una causa justificada. Al parecer, eso depende del criterio de la directora.

—Así que Cara-de-piedra Heffernan puede deshacerse de mí y yo no puedo hacer nada.

—Básicamente. —Voy con cuidado para no alterarla de nuevo—. ¿Sabías eso cuando firmaste el contrato?

Ella se muerde el labio inferior y asiente.

—Nunca imaginé que le daría un motivo para despedirme. —Se le llenan los ojos de lágrimas—. Voy a perder a esos niños.

Mientras le limpio las lágrimas me viene una idea a la cabeza. Pero voy a necesitar su móvil para ponerla en práctica.

—¿Te apetece un café?

—Sí, por favor. —Se lo preparo igual que el mío. Es una de las muchas cosas que tenemos en común en lo que a comidas y bebidas se refiere—. Bueno, ¿qué hago ahora? Todo el mundo me conoce, ya no tengo trabajo y no puedo volver a mi apartamento porque está tomado por la prensa.

—Se me ha ocurrido una cosa que podemos hacer.

—Te escucho.

—Volvamos a Los Ángeles y holgazaneemos en la playa hasta que esta mierda pase.

—¿Lo dices en serio?

—Muy en serio. Hayden tiene una casa en Malibú, en la misma calle que Marlowe, al fondo. Sé que nos la prestará mientras la necesitemos. A nadie se le ocurrirá buscarnos allí.

—Así que ¿nos subimos a un avión y nos vamos a California?

—¿Por qué no? Si nos quedamos aquí, estaremos atrapados dentro de casa. Si vamos allí, al menos podremos disfrutar del sol y la playa.

—Resulta raro no tener que ir a ningún sitio.

—Lo sé, cariño. Haré lo que tú quieras. Depende totalmente de ti.

Me observa, y sus ojos castaños me aniquilan, como siempre hacen.

—¿Puedo llevarme a Fluff?

—Por supuesto.

—Es muy amable de tu parte, sobre todo después de que te mordiera en tu propia cama.

—No me da miedo. —La miro a los ojos, con las manos en sus hombros—. Lo único que me asusta de verdad es perderte a ti ahora que te he encontrado.

—No vas a perderme, Flynn. Recuerda que eres tú quien te culpas de todo esto. No yo.

Colmado de gratitud, apoyo la frente contra la suya.

—Así que a Los Ángeles. ¿Verdad?

—Sí, hagámoslo.

3

Natalie

Siento una gran tristeza al dejar la ciudad que he llegado a amar, pero Flynn me ha convencido de que es lo mejor. Me pide que le preste mi teléfono para que pueda hablar con Leah sobre el apartamento. Se lo paso.

—¿Quieres que eche un vistazo a los mensajes de texto y de voz?

—No tienes por qué. Ya lo haré yo cuando tenga ganas.

—Nat... Seguramente sea mejor que no te metas en internet.

—Confía en mí, no tengo el más mínimo deseo de leer sobre mi infierno personal en internet. Eso ya lo hice hace ocho años. Ya tuve más que suficiente con una vez.

—No soporto que te esté pasando de nuevo. No lo soporto.

—Sé que no, pero en ciertos aspectos... Es un alivio. Ya lo sabe todo el mundo. No más secretos que guardar.

—Eran tus secretos, para liberarlos o no a tu conveniencia. No debería haber pasado así.

—Puede que no, pero me niego a darle a ese monstruo ni una pizca más de mi vida de lo que ya me arrebató. Si me hago un ovillo, derrotada, él gana. No puedo dejar que eso ocurra.

—Me impresionas. —Enmarca mi rostro con sus manos—. Eres la persona más fuerte que he conocido.

—No, no lo soy.

—Sí que lo eres. Esto tan espantoso te ocurrió cuando eras demasiado joven como para entenderlo, y luego tuviste que lidiar con ello tú sola.

—No estaba completamente sola. Tuve la suerte de que cuando Stone me agredió, ya se había ganado muchos enemigos. Me apoyaron encantados con tal de conseguir acabar con él.

—¿De verdad tus padres te dieron la espalda?

Me encojo de hombros y levanto la vista hacia él cuando resulta evidente que conoce los detalles de lo que me sucedió.

—Se ganaban las lentejas gracias a Stone. Mi padre trabajaba para él. Me dijeron que tenía que preocuparme por mi familia más que por mí misma.

—Me parece surrealista.

—Jamás entendieron que lo hice por mis hermanas. Candace tiene cuatro años menos que yo. Si mantenía la boca cerrada, habría ido a por ella a continuación.

—Qué valiente.

—Estaba aterrada. Me dijo que me mataría si se lo contaba a alguien. —Puedo notar que Flynn tiembla cuando me estrecha entre sus fuertes brazos—. Desde que todo ocurrió no me he sentido segura, a salvo de verdad, hasta que te encontré a ti.

—Natalie... —Sepulta su rostro en mi pelo—. Nadie volverá a hacerte daño. Lo juro por Dios.

Me aferro a él y a sus palabras a pesar de que me parte el corazón la pérdida de mi nueva y feliz vida en Nueva York.

Unas horas más tarde, de camino al aeropuerto de Teterboro, en New Jersey, Flynn me dice que tenemos que hacer
una breve parada antes de abandonar la ciudad. Viajamos
en uno de los dos vehículos llenos de personal de seguridad
contratado para mantenerme a salvo. Me sorprende oír que
vamos a parar en un sitio cuando está tan impaciente por
sacarme de Nueva York, donde los ávidos periodistas han
sitiado su casa y la mía.

Volaremos a Los Ángeles en el avión que Flynn ha fle-
tado para el viaje. Addie viene con nosotros. Ha sido un
apoyo silencioso todo el día, ocupándose de los teléfonos y
encargándose de los detalles, como recoger de mi apartamento el equipaje que me ha preparado Leah.

Es un alivio no tener que pensar en los detalles logísticos
en un momento como este.

—Gracias por todo lo que has hecho hoy, Addie.

Fluff intenta liberarse de mis brazos, pero la sujeto con
firmeza para que no cause problemas.

—Ha sido un placer ayudar.

La publicista de Flynn, Liza, quería venir para hablar
con nosotros, pero él le ha dado largas. Se ha pasado una
hora al teléfono con ella hace un rato, y ha gritado bastante
mientras hablaban. No soporto lo alterado que está ni que
aún se culpe a sí mismo.

Aparcamos en la acera de una calle que no reconozco.
Flynn me coge de la mano y me aleja del coche. La escolta
de seguridad nos rodea mientras entramos en lo que parece
un restaurante de estilo familiar, que está desierto antes de
la hora punta. Seguimos a Addie entre mesas hasta una sala
al fondo.

Estoy a punto de preguntarle qué está pasando cuando
se acercan a toda prisa un montón de niños de tercero. Todos hablan a la vez mientras me abrazan. Leah está allí, así
como varios profesores del colegio. También veo a Sue, la

administrativa, y a los padres de los niños, incluyendo a mi buena amiga Aileen. Su hijo Logan es uno de mis alumnos preferidos.

Aileen me abraza en cuanto consigue acercarse lo suficiente. Lloramos mientras nos aferramos la una a la otra.

—Menuda mierda —susurra.

Su cuerpo es delgado y huesudo por la batalla que está librando contra el cáncer de mama, pero su voz es feroz.

—No puedo creer que estéis todos aquí —acierto a decir. Me siento tan abrumada que apenas puedo respirar.

—Ha sido idea de Flynn. Addie y Leah lo han organizado para que pudieras ver a los niños antes de irte.

Miro a Flynn, tan llena de amor y de gratitud que no sé cómo expresárselo.

Él me devuelve una sonrisa, pero puedo ver su persistente desasosiego por el hecho de que esta reunión sea necesaria. Entonces mis niños reclaman toda mi atención y yo se la doy, ya que no sé cuánto tiempo pasará hasta que los vuelva a ver. Tienen muchas preguntas, para las que no hay respuestas sencillas.

—¿Por qué ya no puedes ser nuestra profe? —quiere saber Clarissa.

Las lágrimas me empañan los ojos, pero estoy resuelta a que los recuerdos que tengan de mí sean alegres, no tristes.

—Es muy complicado, cielo, pero no es porque no quiera ser vuestra maestra. Quiero serlo más que nada en el mundo, pero a veces no se puede tener lo que se quiere.

—Como en Navidad, cuando Papá Noel te trae algunos de los juguetes de la lista, pero no todos —puntualiza Micha.

—Exacto. Pero quiero que me hagáis un favor y que os esforcéis mucho con vuestra nueva profesora y le enseñéis lo mucho que habéis aprendido ya este año. Sé que os portaréis muy bien, porque siempre lo hacéis.

—Estoy triste porque no voy a verte todos los días —dice Logan.

Se me parte el corazón al pensar que yo tampoco voy a verle. El pobre niño ya tiene bastante a lo que enfrentarse, siempre preocupado por su mamá. Lo abrazo con fuerza, aunque sé que es muy probable que le vea de nuevo, porque tengo intención de seguir en contacto con Aileen.

Flynn ha preparado para todos una cena a base de espaguetis para los niños y sus padres, y cuando nos sentamos a comer parece una gran reunión familiar. Ojalá no tuviese que intentar contener las lágrimas todo el rato; quizá entonces podría creer que esta es otra noche más y que mañana volveré al aula a la que pertenezco. En cambio, estaré escondida en una casa en la playa de Malibú a la espera de que la prensa pierda interés en mí.

Su mano en mi espalda me tranquiliza y me serena. Está a mi lado en todo momento, recordándome que no estoy sola, que me ama. Siento su amor en cada mirada, en cada contacto, en cada palabra que pronuncia y que dice sobre mí. Le conozco desde hace doce días y mi vida ha cambiado de todas las formas posibles, sobre todo para mejor.

Podría vivir sin el frenesí mediático que en la actualidad se está produciendo en internet y en la prensa sensacionalista, pero Liza le ha asegurado a Flynn, y él a mí, que la historia no tiene ramificaciones y que la mayoría de la gente está horrorizada por la violación de mi intimidad.

Al parecer, el *hashtag* de Hayden se ha hecho viral y todo el que es alguien en Hollywood se ha sumado para denunciar a los medios. Estoy deseando tener la oportunidad de darle las gracias al mejor amigo y socio de Flynn por su apoyo cuando estemos en Los Ángeles.

—Bueno, ¿qué vas a hacer ahora? —me pregunta Aileen en voz baja.

—Nos vamos a Los Ángeles esta noche. El amigo de

Flynn tiene una casa en la playa. El plan es escondernos durante unos días. Y supongo que luego ya veremos qué pasa.

—Sé que esto es una pesadilla para ti, pero espero que intentes disfrutar del tiempo libre y de las vacaciones con ese alucinante hombre tuyo.

Me obligo a esbozar una sonrisa para ella.

—Consigue hacer que el vaso parezca un poco menos vacío.

—Bueno, sí, eso sin duda —replica Aileen con una pícara carcajada que hace que me ría con ella. Entonces me agarra la mano—. Permite que te dé un consejo, aunque no lo hayas pedido. Tienes salud, Natalie. Tienes a un hombre que está loco por ti y amigos que te aprecian mucho. Por favor, no dejes que este revés te arruine la vida. Prométemelo.

—No lo permitiré. Te lo prometo.

—Recuerda qué es lo más importante.

La abrazo con fuerza, agradecida por sus oportunas y sabias palabras.

—¿Y tú me prometes que te mantendrás en contacto?

—Siempre. Y para que lo sepas… un grupo de padres vamos a reunirnos con la junta de Emerson mañana por la noche. No vamos a dejarlo pasar sin luchar.

Me quedo muda de asombro.

—¿Vais a… vais a…?

—Vamos a luchar por ti, Natalie. A las profesoras como tú, que de verdad se preocupan por los niños, se les debería conceder al menos el beneficio de la duda, sobre todo en vista de lo que ya has pasado. Deberían tratarte como a la heroína que eres en lugar de denigrarte por forjarte una nueva vida. Y, por cierto, como amiga tuya que soy, estoy muy orgullosa de ti por haberle plantado cara a ese monstruo como lo hiciste.

Me seco las lágrimas que me ciegan. Hacía ocho años que no lloraba tanto.

—Ni siquiera sé qué decir.

—No tienes que decir nada. Estamos de tu parte y no nos conformaremos hasta que te readmitan de nuevo.

Le doy otro abrazo.

—Ha pasado mucho tiempo desde la última vez que tuve amigos de verdad.

—Tienes mucha gente a tu lado, así que no te pongas demasiado cómoda en California.

Río entre las lágrimas y me maravillo de las muestras de apoyo que estoy recibiendo por parte de los padres de mis alumnos.

Después de tomar cupcakes y helado de chocolate como postre, los niños empiezan a despedirse. Paso unos cuantos minutos con cada uno de ellos, y cuando les digo adiós a Logan, a Aileen y a su hija Maddie, estoy hecha un mar de lágrimas.

—Muchísimas gracias por todo lo que has hecho por nosotros este año, Natalie —me dice mientras me abraza—. A pesar de lo que ha pasado, quiero que sepas que Flynn y tú habéis marcado la diferencia en nuestra familia.

—Eso significa muchísimo para mí. Gracias.

Aileen abraza también a Flynn y le da las gracias profusamente por el enorme donativo que hizo al fondo que creamos en el colegio para el sustento de su familia.

—No sé de qué estás hablando —responde él con una sonrisa y un guiño. Siempre niega haber realizado la donación de medio millón de dólares que todos sabemos que proviene de él.

—Claro que no. Nunca sabrás cuánto significa esto para mí. —Aileen me mira—. Cuida mucho de nuestra chica. Significa mucho para nosotros.

Flynn me rodea con el brazo.

—Será un placer para mí cuidar de ella.

Aileen se abanica la cara de forma teatral y nos deja riendo mientras ella se marcha con sus hijos.

Sue, la administrativa, me da un abrazo.

—Aguanta, niña. Si hace que te sientas mejor, te diré que todo el profesorado y la mayoría del personal está que trina con la señora Heffernan por esto. A todos nos parece absurdo.

—Muchas gracias por tu apoyo y por estar aquí. Te lo agradezco muchísimo.

Sue me susurra al oído:

—Pensé que querrías saber que tu sexy amigo ha pagado el desayuno y la comida de todos los niños del colegio durante lo que queda de año.

Sue me da un apretón en el brazo y se marcha, dejándome boquiabierta con la información.

Leah es la última en irse.

—Joder, odio todo esto —masculla con su habitual franqueza.

—Yo también.

—Voy a echaros mucho de menos a Fluff y a ti.

—Nosotras también te echaremos de menos. A lo mejor puedes venir a vernos a Los Ángeles.

—Me encantaría. —Hace una pausa y se aclara la garganta—. Quiero que sepas que estás llevando esto de forma admirable. Yo estaría escondida en un rincón si algo de todo esto me pasase a mí, pero tú… Eres increíble, Nat. Todos lo creemos y solo quería que lo supieras.

La abrazo con fuerza.

—Has sido la mejor amiga que he tenido en años. Gracias por mi pequeña porción de normalidad en nuestro acogedor apartamento. Jamás lo olvidaré.

—Tampoco yo. Pero no te desharás de mí tan fácilmente. Te volveré loca a mensajes todos los días.

—Por favor, hazlo.

La suelto y ella abraza a Flynn.

—Eres la estrella de cine más simpática que he conocido, y si no quisiera tanto a Nat, estaría verde de la envidia.

—Gracias por todo lo que has hecho hoy y por ser una amiga tan buena para Natalie —replica Flynn, riendo de su típico descaro—. Te veremos pronto.

—Lo estoy deseando.

Me roba otro abrazo antes de marcharse.

Addie ha sacado a Fluff a hacer pipí, de modo que Flynn y yo nos quedamos solos en la habitación. Apoyo las manos en su pecho y levanto la mirada hacia él.

—Muchísimas gracias por esto. Es lo más bonito que ha hecho nadie por mí en toda mi vida.

—Es lo menos que podía hacer.

—Sigues culpándote, ¿verdad? —pregunto con una sonrisa burlona.

El profundo suspiro que deja escapar mientras me abraza lo dice todo.

—Quería que pudieras pasar página con los niños por si las cosas no salen bien en el colegio.

—Me alegro mucho de haber podido verlos y explicarles lo que está ocurriendo. No soportaría que por algún motivo pensaran que me fui por ellos.

—Eres maravillosa. Nunca te olvidarán.

—Eso espero. Y tú... pagar el desayuno y la comida de todos los niños del colegio... ¡Dios mío, Flynn!

Él se encoge de hombros.

—Ya sabes lo que siento por los niños que pasan hambre —responde con aspereza.

Rodeada por sus brazos, y con su frente apoyada en mi hombro, siento la tensión que le domina. Es como un cable con corriente que han soltado en un espacio reducido. Me preocupa qué ocurrirá cuando su cólera alcance el punto de ebullición. Pero ni por un segundo temo por mí. Tengo miedo sobre todo por él.

Addie vuelve con Fluff.

—¿Estáis listos para irnos?

Flynn me mira.

Echo un vistazo a la estancia que hasta hace un rato estaba llena de personas que tanto significan para mí y acto seguido cojo la mano del hombre que lo es todo para mí.

—Sí, vámonos.

Aparte de algunos amigos íntimos con los que mantendré el contacto, aquí ya no hay nada para mí.

Flynn

Ver a Natalie con sus niños ha fortalecido mi resolución de arreglar esto de algún modo. No estoy acostumbrado a que me digan que no hay nada que hacer. Siempre se puede hacer algo y voy a luchar con todas las armas a mi disposición contra la injusticia que han cometido con ella. Estoy seguro de que las veinte llamadas telefónicas en busca de unas novedades que no terminaban de llegar han hecho que Emmett, mi amigo y abogado, se dé a la bebida por mi culpa.

Ha estado en contacto con el Colegio de Abogados de Nebraska en referencia al abogado canalla, David Rogers, y tiene un detective privado investigando que de momento ha descubierto que estaba hasta las cejas de deudas, pero que de pronto se realizó un cuantioso ingreso en su cuenta.

Lo más probable es que viera a Natalie conmigo en los Globos de Oro y que pensara que había encontrado un modo para salir de su crisis económica. Bueno, pues ha jodido a la estrella de cine equivocada si piensa que va a quedar impune después de arruinar la vida de Natalie para enriquecer la suya. Voy a destruirle.

Deduzco por el grito de dolor de Natalie que le estoy apretando la mano con demasiada fuerza.

Fluff, que está hecha un ovillo en su regazo, levanta la cabeza y me enseña sus diez dientes.

—Lo siento, cielo.

Apoya la cabeza en mi hombro mientras uno de los tipos de seguridad nos lleva al aeropuerto. Addie va en otro coche para darnos un poco de intimidad.

—Estás muy tenso.

Dado que conducir es una de las pocas libertades que me permite la fama, no soporto que me lleven a ninguna parte, pero hasta que hayamos salido de Nueva York tengo que hacer lo necesario para garantizar su seguridad. Intento relajarme, pese a que mi cuerpo rezuma la clase de estrés que raras veces he experimentado en mi vida de ensueño.

—Flynn...

—¿Qué, cielo?

—Siento que estás a punto de estallar.

—No puedo evitarlo. Tengo la sensación de que voy a reventar.

No tengo palabras para expresar de forma adecuada lo que está pasando dentro de mí. Sin embargo, parece que cuanto más furioso estoy, más sosegada está ella. Dicho eso, prefiero su serenidad al inexpresivo aturdimiento de anoche. No quiero volver a verla en ese estado jamás.

—No soporto que te eches la culpa.

—No puedo evitarlo.

—¿Estás haciendo cuanto está en tu mano para resolverlo?

—Ya lo sabes.

—Entonces olvídate y deja que tu gente cumpla con su trabajo. Tú has hecho todo lo que puedes para ayudarme. —Me rodea el brazo derecho con los suyos—. Aileen me ha dado un consejo buenísimo esta noche.

Le aprieto la pierna.

—¿Cuál?

—Que recuerde que tengo salud y a un hombre que está loco por mí. O al menos eso creo.

—Sabes que sí.

—Me ha dicho que deberíamos disfrutar de esta pequeña escapada de la realidad mientras podamos y que intentemos centrarnos en todas las cosas positivas.

—Tiene mucha razón.

—Para mí es duro verte tan alterado.

—Para mí es duro ver tu vida patas arriba por culpa de tu relación conmigo.

—No es esa la razón de que mi vida esté patas arriba. Ha ocurrido porque alguien en quien confié se ha vuelto codicioso.

—Lo cual no habría pasado si yo no te hubiera arrastrado a mi vida.

Natalie me sorprende dejando a Fluff en el asiento y desabrochándose el cinturón de seguridad para subirse en mi regazo. La perra, muy ofendida por el trastorno, gruñe para mostrar su descontento.

Quiero gemir de placer cuando Natalie se coloca a horcajadas en mi regazo y me obliga a mirarla.

—¿Puedo decirte una cosa y tú me harás caso? Hazme caso de verdad y créeme cuando te digo que si alguien me hubiera dicho que perdería mi empleo, mi casa y mi anonimato, pero que la compensación sería el amor del hombre más extraordinario del mundo, habría elegido el amor por encima de todo lo demás. ¿Sabes cuánto tiempo hace desde la última vez que alguien me quiso?

La rodeo con los brazos y la estrecho con todas mis fuerzas.

—Joder, Nat.

Deseo darle las estrellas, la luna, el universo entero; todo lo que pueda imaginar por cada año en que estuvo tan dolorosamente sola.

—Lo que esta noche has hecho por mí, traerme a mis niños sabiendo cuánto necesitaba verlos... Nunca nadie ha hecho algo así por mí. Sé que quieres arreglarlo todo, pero ni siquiera tú puedes volver a cerrar la caja de Pandora. Mi tapadera ha volado por los aires y voy a tener que descubrir cómo vivir con eso. Es muy importante para mí saber que estás conmigo, que no tengo que pasar por esto yo sola. Esto podría haber pasado en cualquier momento. Cualquiera podría haberme asociado con la chica que acabó con el gobernador de Nebraska. No me puedo ni imaginar qué habría sido de mí sin ti, sin Addie y sin tu batallón de personas que buscan venganza en mi nombre. Has hecho que las cosas sean mejores al llamar a tu ejército y al estar aquí, abrazándome y dándome tu amor.

Ella hace que me arrodille, que desee ser un hombre mejor para merecer cada dulce centímetro de su ser y la confianza que ha depositado en mí. La pego contra mi cuerpo y aspiro el adictivo aroma de su cabello cuando roza mi cara. Por primera vez desde que Addie me envió ayer el mensaje de emergencia y me enteré de lo que estaba ocurriendo, inspiro hondo y siento que empiezo a relajarme un poco.

Que Natalie no me culpe por lo que le ha pasado me convierte en el cabrón más afortunado de la Tierra. En vez de apartarme como temía que haría, ha recurrido a mí y me ha acercado más a ella.

—Te quiero tanto, Nat. Más de lo que jamás pensé que podría amar a alguien.

—Yo también te quiero. ¡Cuando pensaba que había visto quién eres en toda su extensión, tú vas y organizas una cena para mi clase y luego pagas para que el colegio entero coma el resto del año!

—Técnicamente, ha sido Addie quien lo ha organizado.

—¿De quién fue la idea?

—Supongo que mía.

—¿Lo ves? Ahí lo tienes. Mi chico es el hombre más considerado y maravilloso del mundo.

Toma mi rostro entre sus pequeñas manos para que la mire mientras me besa. Oírla referirse a mí como «su chico» hace que se me forme un nudo que poco tiene que ver con la tensión y mucho con el deseo. Después del trascendental paso que dimos juntos la otra noche, no pensaba pasar los últimos días enfrentándome a su peor pesadilla hecha realidad. Esperaba pasarlos rodeado por ella, haciéndole el amor una y otra vez.

Nada ha salido según lo planeado desde que volvimos a casa desde Los Ángeles el lunes por la noche.

Llegamos a Teterboro y nos conducen a la pista, donde nos espera un jet privado. He solicitado un avión con una cama para este viaje, y no por las razones obvias. Quiero que Natalie duerma plácidamente durante el vuelo. Si además ocurren otras cosas... bueno, que así sea. Nuestra escolta de seguridad nos desea buen viaje y nos acompaña al avión, donde nos recibe una azafata llamada Miranda.

Me doy cuenta de que intenta ser profesional, pero en el fondo quiere ponerse a dar grititos histéricos, como hacen las mujeres cuando me conocen. Gracias a Dios, consigue contenerse. Natalie, Addie y yo nos abrochamos los cinturones para el despegue, pero en cuanto estamos volando, me levanto y le tiendo una mano a Nat.

—Vamos a dormir un poco —le digo a Addie—. ¿Estarás bien tú sola?

—Genial. Tengo un montón de trabajo pendiente y luego me echaré en el sillón. Nos vemos en Los Ángeles.

—No trabajes demasiado.

Ella me ofrece una pequeña sonrisa colmada de solidaridad por lo que estamos pasando. Está casi tan disgustada como nosotros y también quiere venganza.

Llevo a Natalie al dormitorio situado al fondo de la cabina.

—¡Madre mía! —exclama cuando ve la cama de matrimonio—. Esto sí que es vida.

—Me alegro que pienses así, porque es tu vida a partir de ahora.

—Todavía intento hacerme a la idea.

Le doy un beso rápido en los labios.

—Tómate todo el tiempo que necesites para acostumbrarte. ¿Quieres pasar tú primero al baño?

—Claro, gracias.

Se lleva el bolso consigo al diminuto lavabo anexo al dormitorio.

Mientras está dentro, me desabrocho la camisa y me la quito junto con la camiseta que llevo debajo. Me despojo de los vaqueros y los recojo del suelo para que Natalie no se tropiece con ellos. Unos minutos después, sale del baño vestida tan solo con una camiseta. Se ha cepillado el pelo y desprende el aroma mentolado de la pasta de dientes.

Aprovecho mi turno en el aseo y utilizo el cepillo y la pasta de dientes que proporciona la aerolínea. Me tomo después un minuto para recordarme que he de ser delicado con ella esta noche y dejar fuera de la cama la ira que me domina. No hay lugar ahí para ella, sobre todo en vista de lo que le ocurrió a Natalie en el pasado.

Cuando me siento lo bastante sereno como para ser lo que ella necesita, salgo del baño y me meto en la cama a su lado.

—Este se está convirtiendo en mi lugar favorito.

—¿La cama de un avión?

—No, la cama contigo. —Estiro el brazo hacia ella y recibo un gruñido y un ladrido que me recuerdan que no estamos solos—. Fluff, tú y yo tenemos que llegar a un entendimiento. —La pequeña mocosa me enseña sus patéticos colmillos—. De momento lo dejaremos para mañana.

La risa de Natalie suena como la de una chiquilla, y eso me tranquiliza. Si es capaz de reír así, tal vez pueda relajarme hasta mañana, cuando volveré a la carga. Natalie se incorpora para colocar a Fluff a los pies de la cama.

La perra reacciona con un quejido de protesta. No puedo decir que la culpe por querer dormir acurrucada contra Natalie.

—Quieta. —Su tono serio me pone cachondo. Joder, todo en ella me pone cachondo.

Satisfecha al ver que Fluff se queda ahí, se tumba de lado, mirándome.

—¿Qué tal estás? —me pregunta.

Le acaricio la mejilla y dejo que su sedoso cabello se deslice entre mis dedos.

—Debería ser yo quien preguntara eso.

—No soy yo quien está a punto de estallar por combustión espontánea a causa del estrés, la ira y un montón de desagradables emociones.

—¿Cómo eres capaz de estar tan tranquila?

—No lo sé. —Se muerde el labio inferior, un gesto que adoro—. Supongo que cuando tienes miedo de que ocurra lo peor y al final ocurre, ya no tienes que seguir preocupándote. ¿Tiene sentido?

—Tiene muchísimo sentido. Casi supone un alivio que la inquietud haya desaparecido.

—Sí, exacto.

—Siento mucho que hayas perdido tu empleo y a tus niños. No sé si algún día superaré que esto te haya pasado por mi culpa.

Me lanza esa mirada seria que normalmente le reserva a Fluff.

—No es culpa tuya. No voy a dejar de repetirlo hasta que tú también lo creas.

—Puede que pase una buena temporada, cariño.

—Bueno, parece que tenemos tiempo de sobra para pasarlo juntos.

Hay un millón de cosas que tengo que hacer con una nueva película en posproducción, decisiones que tomar respecto a proyectos futuros y montones de reuniones sobre la fundación contra el hambre que estoy creando. Pero no hay nada más importante que ella y sus necesidades.

Dejaré aparcado todo lo demás hasta que haya pasado esta crisis y esté seguro de que Natalie está bien de verdad, y no solo aparentándolo para mí.

Su mano en mi pecho exige mi plena atención cuando se desliza por la parte delantera de mi cuerpo hasta detenerse en mi estómago.

—¿Qué estás tramando?

—Solo tocarte. ¿Te parece bien?

—Joder, sí, me parece bien.

Con una sonrisa, se pone de rodillas y se inclina sobre mí, prodigando una lluvia de besos y pequeños mordiscos que me ponen tan duro como una roca en un par de segundos.

—Nat... ¿qué estás haciendo?

—Tocarte.

—Joder...

Entonces se echa a reír y mi corazón se encoge literalmente dentro de mi pecho por el potente estallido de amor. Puedo soportar cualquier tortura que tenga pensada si eso la hace reír y sonreír. Entonces cierra los dientes alrededor de mi pezón y la mente se me queda en blanco. Le agarro el cabello con las manos y trato de conservar algo de control, pero ella no lo permite.

«¡Santa madre de Dios!»

Extiende un reguero de besos por mi cuerpo y se ayuda de la lengua para dibujar las colinas y valles de mis abdominales. Doy gracias a Dios por cada segundo que he pasado en el gimnasio. Ahora mismo merece la pena. Su barbilla me roza la polla cubierta por los calzoncillos y estoy a punto de perderme. No se necesita más para llevarme al límite.

—¿Podría... puedo...?

—Nat —gruño con fuerza.

Ella apoya la cara sobre mi trémulo estómago; siento su suave cabello contra mi enfebrecida piel.

—Se me da de pena.

—¡Dios, de eso nada! Estás a punto de hacer que me corra solo de pensar en lo que quieres hacer.

Ella se vuelve para apoyar la barbilla en la mano y levantar la mirada hacia mí.

—¿De verdad?

—Sí —respondo con los dientes apretados. La sonrisa se extiende por su cara y la felicidad brilla en sus ojos. El amor por ella me inunda—. Estás muy satisfecha de ti misma, ¿verdad, cielo? —pregunto con una carcajada. Es realmente adorable.

—Tienes que reconocer que hacer temblar a un tío como tú produce cierta excitación.

—Un tío como yo... ¿Qué se supone que significa eso?

—Fuerte —dice besando mis pectorales—. Sexy. —Más besos, algunos acompañados de la acción de su lengua y, por Dios santo... de los dientes—. Dominante.

Acaricia con la nariz la línea de vello de mi abdomen y mi polla se inflama; la desea allí ya mismo. No sé qué necesito más, que ella me toque donde me muero por sentirla o escuchar las palabras que me describen desde su punto de vista.

Que me toque. Sin duda deseo que me toque en este mismo instante.

—Natalie... Ten un poco de piedad, ¿quieres?

Ella engancha con los dedos la cinturilla de mis calzoncillos y los baja despacio, tan despacio que está a punto de acabar conmigo solo con el roce de la banda elástica sobre mi rígida erección. Jamás he estado tan duro en toda mi vida.

Agarro el dobladillo de su camiseta y se la subo.

—¿Podemos deshacernos de esto?

Ella vacila un segundo antes de sacársela por la cabeza y dejarla caer al suelo. Sus generosos y preciosos pechos llenan mis anhelantes manos.

Natalie se retuerce para apartarse.

—¡No! No vas a arrebatarme mi espectáculo.

—¿Qué?

Durante una fracción de segundo olvido quién soy con ella y casi le recuerdo quién manda aquí. Por suerte, me contengo antes de cometer tan crítico error, pero el desliz que he estado a punto de tener me mortifica.

—Relájate y deja que te ame.

Exhalo una profunda bocanada de aire y recurro a toda mi fuerza de voluntad para controlarme sin controlarla también a ella. Yo no me someto ante nadie. Pero Natalie no es cualquiera. Se ha convertido en toda mi vida y si quiere someterme, aunque sea brevemente, lo consentiré. De alguna manera.

Se muerde el labio inferior mientras rodea con su mano la base de mi polla y empieza a acariciarme. Observa con fascinación la gota de humedad que aflora en la cabeza. Entonces, con el suspiro más erótico que he escuchado jamás, se inclina y la lame.

—Nat —jadeo—. Espera un segundo. —Ella me mira—. La última vez que hicimos esto... No lo hagas si no quieres.

No puedo olvidar los recuerdos que la asaltaron de repente la primera vez que me tuvo dentro de su boca.

—No pasa nada —afirma.

Sus labios rodean mi glande y su lengua me azota.

Intento por todos los medios no empujarle la cabeza para que acoja toda mi polla. Eso es lo que haría con cualquier otra mujer, pero Natalie no es otra mujer. Es mi mujer. Así pues, en vez de agarrarla, me aferro al edredón con todas mis fuerzas mientras ella se dispone a volverme loco con su experimentación.

—¿Te gusta? —pregunta.

—Sí. Es una pasada.

Oír eso le satisface y vuelve a por más, acogiendo más de mí esta vez. Deseo decirle qué hacer. Deseo decirle que me chupe, que me apriete los testículos y me acaricie con fuerza. He de morderme la lengua para no empezar a darle órdenes, porque lo más importante ahora es que se acostumbre a tenerme en su boca, no que lo haga tal y como yo quiero que lo haga.

Además, por lo visto da igual lo que haga, porque en muy poco tiempo hace que esté a punto de correrme.

—Cielo. —Ver sus seductores labios abrirse para acomodar mi polla me lleva más allá del límite—. Natalie.

Ella se retira despacio, de forma tortuosa, pues parece no entender mi apremio.

Me agarro la polla y giro las caderas para evitar correrme en su cara.

—Joder. —El orgasmo me sacude con poderosa intensidad. Resuello y tiemblo mientras Natalie me mira con una expresión satisfecha que podría superar incluso la mía—. ¡Por Dios!

—¿Te ha gustado? —pregunta.

—Sí. —Barboto una carcajada entre profundos resuellos—. Aunque gustar es una palabra que se queda muy corta.

—¿De veras?

Tengo ganas de abrazarla, de tocarla y besarla por todas partes.

—Pásame la camisa, ¿quieres? —Me limpio con ella el estómago y el pecho y luego la arrojo a un lado—. Ven aquí. —Le tiendo los brazos y la acerco a mí. La presión de sus pechos basta para ponerme de nuevo en marcha. Y en ese momento a Fluff se le escapa un ronquido que nos hace reír de nuevo—. No puedo creer que no haya intentado arrancarme la polla de un mordisco cuando le estabas dedicando toda tu atención.

—Jamás dejaría que te mordiera ahí.

—Gracias a Dios por las pequeñas cosas.

—No tiene nada de pequeña.

—Si no estuviera ya locamente enamorado de ti, ahora lo estaría.

—¿Flynn?

—¿Hum?

—Me gustaría que me hicieras el amor, como la otra noche.

—¿Ya no estás dolorida?

—No estoy dolorida —asegura mientras desliza un dedo por mi abdomen—, pero sí tengo una sensación de comezón.

Me siento como si me hubiera electrocutado. Su forma de mirarme, de tocarme... Esto no puede ser real. Acerco la mano para acariciarle el rostro antes de atraerla para besarla.

—¿Qué le ha pasado a mi tímida y reservada Natalie?

—Ha probado el cielo en tus brazos y ahora quiere más.

—¿Estás segura? Con todo lo que...

—Estoy segura.

—Me da miedo hacer algo que te asuste.

—No lo harás. No tienes absolutamente nada en común con el hombre que me hizo daño.

Quiero recordarle que sí tengo una cosa en común con él y que esa parte de mi anatomía en concreto quiere estar dentro de ella más que nada en el mundo.

—Prométeme que me detendrás si tienes miedo, si estás preocupada o...

Me sumerge en un beso que empieza siendo dulce y se convierte en algo muy distinto en cuestión de segundos. Me rodea el cuello con los brazos para tenerme donde ella quiere. Esta Natalie agresiva y apasionada me cautiva. Tal vez pueda, tal vez podamos... Visiones de ella atada al cabecero, con el trasero alzado, desfilan por mi mente como la mejor película que jamás he visto. Pero eso no va a pasar. He de recordarme que debo controlar mis instintos más primarios cuando esté a su lado.

La coloco debajo de mí y clavo la mirada en ella. Está sonrojada, con los ojos muy abiertos y absolutamente hermosa. Tiene los labios inflamados por la felación. Joder, está preciosa.

—¿Qué? —pregunta—. ¿Ocurre algo?

—No, amor mío, todo es perfecto. —La beso antes de levantarme de la cama para buscar un condón—. Mierda, los condones están en mi otra bolsa, la que me he dejado fuera. —Me pongo los vaqueros y me las arreglo para abrochármelos pese a mi rampante erección—. Vuelvo enseguida.

—Date prisa.

Su excitación y urgencia solo hacen que me ponga más duro. En la estancia principal, Addie está enfrascada trabajando con su ordenador portátil. La copa de vino tinto junto a su ordenador me dice que está intentando relajarse. Me mira cuando agarro la mochila que dejé en uno de los asientos.

—Se supone que estás durmiendo —le digo.

—Tú también.

—No te quedes hasta muy tarde.

—Oye, Flynn...

—¿Sí? —Sujeto la mochila frente a mí cuando me vuelvo hacia ella.

—He hablado con Liza por correo electrónico. Quiere organizar una entrevista para que Natalie cuente su historia...

—Ni hablar.

La sola idea me pone furioso.

—Tiene la teoría de que si Natalie habla, el frenesí mediático acabará mucho antes.

—De eso nada. Eres libre de citarle mis palabras a Liza.

Addie me lanza una mirada desafiante que conozco muy bien.

Exhalo un profundo suspiro mientras mi erección casi se esfuma al recordar nuestra situación.

—¿Qué es lo que me quieres decir?

Addie siempre dice lo que piensa y yo la animo a que lo haga. Es una mujer muy perspicaz y siempre pone mis intereses por delante.

—Por si sirve de algo, creo que tienes que considerar el consejo de Liza. Le pagas mucho dinero para que te diga qué hacer en estas situaciones. Resulta que estoy de acuerdo con ella. Si Natalie cuenta su historia con sus propias palabras, evitará que otro la cuente. Pondría fin a las escabrosas insinuaciones que pululan por internet.

—¿Sabes qué es lo que más detesto de todo esto?

—¿Qué?

—Que cada vez que se mencione su nombre durante el resto de su vida, esta historia irá ligada a él. Por eso se cambió de nombre.

—Yo también lo odio. Pero ha salido a la luz. Por mucho que quieras, no puedes fingir que no está pasando.

Ella tiene razón, y también Liza, pero solo puedo pensar

en Natalie y en pedirle que aparezca en la televisión nacional para hablar del episodio más doloroso de su vida. La sola idea me provoca náuseas.

—Duerme un poco. Addie.

—Buenas noches, Flynn. Y buena suerte por la mañana, aunque no la necesitas.

—Gracias.

Su comentario me recuerda que las nominaciones a los Oscar se anuncian al día siguiente, algo que en otras circunstancias acapararía mi mente. Pero ahora mismo no tengo capacidad para preocuparme de nada que no sea lo que está pasando con Natalie.

Regreso al dormitorio. Natalie me espera con la cabeza apoyada en una mano. Ver su hombro desnudo me recuerda lo que estaba a punto de ocurrir antes de que abandonara la habitación. Cojo los condones, dejo caer mis pantalones al suelo y vuelvo a la cama con ella.

—¿Qué sucede?

Me obligo a sonreír mientras levanto la caja de preservativos para que la vea.

—Ya nada.

—No me mientas. Algo ha pasado mientras estabas fuera. Lo sé con solo mirarte.

—¿Cómo es que has llegado a conocerme tan rápido?

—Del mismo modo que tú me conoces a mí.

Me acaricia la cara y su tierno tacto hace que me derrita por dentro.

La amo muchísimo y deseo protegerla de todo lo que pueda hacerle daño.

—Addie ha estado hablando con Liza. Ambas piensan que deberías hacer una entrevista que te dé la oportunidad de contar tu historia con tus propias palabras y poner fin así a todas las especulaciones.

Veo que la luz de sus ojos se apaga.

—Oh.

—Les he dicho que ni hablar. Jamás te pediría que contaras algo tan doloroso en televisión. La sola idea me repugna. No puedo ni imaginar cómo debes de sentirte.

—Si hiciéramos esto, me refiero a la entrevista… ¿Creen que la gente dejaría de hablar de mí? ¿De nosotros?

—Dejarían de hablar de lo que te pasó hace años. Aunque me temo que continuarán hablando de nosotros.

—Lo haré.

—¿Qué? No. No vas a hacerlo y se acabó. Les he dicho lo mismo a ellas.

—Flynn. —Se vale de la mano posada en mi cara para hacer que vuelva la cabeza hacia ella.

—No vas a hacerlo.

—Sí, lo voy a hacer.

—¡No! Ni de coña. Y se acabó.

¡Ella me brinda una sonrisa! Esa angelical y hermosa sonrisa que siempre me puede.

—¿Por qué sonríes como una boba?

Su sonrisa se hace más ancha.

—Eres una monada cuando te pones mandón.

No ha visto ni por asomo lo mandón que puedo ser. La idea de enseñarle mi lado dominante hace que mi polla cobre vida de nuevo.

—Voy a hacer la entrevista.

—No, no la vas a hacer.

—Sí que voy a hacerla.

La beso para evitar que siga hablando. Me apodero de sus labios y de su boca con el beso más abrasador que hemos compartido. Labios, lenguas y dientes. Espero que me aparte, sorprendida por atreverme a besarla de esta forma, pero ella corresponde a los embates de mi lengua de igual modo. Me vuelve loco de deseo y de la más intensa necesidad que he sentido en mi vida.

Interrumpo el beso para descender, masajeando sus pechos y succionando sus pezones. Sigo esperando que me detenga, pero ella me alienta con la espalda arqueada y las piernas enroscadas alrededor de mis caderas.

Estoy completa y jodidamente loco por ella.

4

Natalie

Hay algo diferente. Es más salvaje, más indómito, más voraz. ¿Se debe a que le he desafiado con respecto a la entrevista? Sea cual sea la razón, no me quejo. Me gusta Flynn así, un poco enloquecido y dominado por el deseo. Cuando hunde los dientes en mi pezón izquierdo me entran ganas de suplicarle que se dé prisa, que me tome, que mitigue la dolorosa presión entre mis piernas, pero no soy capaz de encontrar las palabras. Me las ha robado, junto con el aliento.

Ardo por él. Deja mis pezones erectos y doloridos para sembrar un reguero de besos por mi cuerpo. Sus manos están por todas partes, tocándome, acariciándome, persuadiéndome. No importa lo pegados que estemos, nunca es suficiente.

Se coloca entre mis piernas, empujándolas con sus anchos hombros para separarlas todo lo posible.

Cada célula de mi cuerpo está alerta, impaciente por lo que está a punto de ocurrir. La primera vez que lo hizo estuve a punto de perder la cabeza. Ni siquiera saber lo que he de esperar me prepara para el primer roce de su lengua ni el tacto de sus dedos al penetrarme.

—Dios, adoro el sabor de tu dulce coño —dice con un

grave gruñido que se propaga como una oleada de calor por todo mi ser—. Podría vivir aquí sin desear nunca otra cosa. —Sus dedos se adentran todavía más—. Tan caliente y tan apretado.

No estoy segura de si surten mayor efecto sus palabras o sus actos, pero la combinación es sin duda incendiaria. Estoy a punto de alcanzar un poderoso clímax y él apenas ha comenzado.

—Flynn...

—¿Qué, cielo? Dime. Cuéntame qué quieres.

—Yo... —No encuentro las palabras.

Flynn me lame y el orgasmo sacude mi cuerpo y me quema por dentro. Se queda conmigo todo el tiempo, llevándome más arriba y luego haciéndome bajar.

Entonces presiona contra mí, dilatándome para que acoja su gruesa erección. Es la sensación más indescriptible que he sentido jamás; su cuerpo se une al mío de un modo muy íntimo mientras se mantiene suspendido encima de mí y me observa en busca de alguna señal de angustia.

Mis manos se deslizan de su espalda a sus costillas y descienden hasta su prieto trasero.

Me penetra a la vez que libera un grave gruñido, haciéndome jadear a causa del impacto.

Flynn se queda inmóvil.

—Oh, Dios mío, Nat. Lo siento mucho. Estoy siendo brusco contigo.

Le acerco más a mí y rodeo sus caderas con las piernas para impedir que se retire.

—No pares. Por favor, no pares. Es una sensación increíble.

Mete las manos debajo de mí para agarrarme el trasero e invierte nuestras posiciones, de modo que quedo encima de él, contemplando su muy atractivo rostro mientras él clava la mirada en mis ojos castaño claro.

—Es jodidamente sexy.

—Yo… no sé qué hacer. Dime qué tengo que hacer.

—Dame un buen viaje, cielo. Mueve las caderas. Sí —dice con los dientes apretados—. Justo así. Joder.

Es lo más increíble que he sentido jamás. Está hundido hasta el fondo dentro de mí y siento que su tamaño me colma por completo. Es entonces cuando toca un punto en lo más hondo de mí que dispara algo… Ay, Dios mío… Sus dedos presionan entre mis piernas y la mezcla de ambas cosas me catapulta a otro orgasmo. Él me acompaña esta vez, hundiéndose más adentro mientras se corre.

Me muerdo el labio para no gritar.

Flynn me atrae hacia él; nuestras bocas unidas capturan mi grito y sus gemidos.

—Hostia puta —susurra contra mis labios. Sus brazos me rodean y me anclan a él.

Oigo el martilleo de su corazón cuando apoyo la cabeza en su pecho. Sus dedos se enroscan en mi pelo y provocan un hormigueo en mi cuero cabelludo. Nunca antes se me pasó por la cabeza que esa también pudiera ser una zona erógena. Mientras él continúa palpitando dentro de mí, yo sigo estremeciéndome por la explosiva liberación.

Sin perder la conexión, Flynn tira de las sábanas y nos arropa a ambos.

Los recuerdos del hombre que me hizo daño no se alejan demasiado de mi consciencia, pero Flynn no deja espacio para ellos. Cuando estamos juntos de esta forma, no hay tiempo ni lugar para otros pensamientos que no tengan que ver con lo que pasa aquí y ahora.

—¿Es siempre así? —le pregunto tras un prolongado silencio—. Como es entre nosotros.

—Nunca es así. Jamás.

Su apasionada respuesta me hace sonreír mientras el vello de su pecho me hace cosquillas en la nariz.

—Voy a hacer la entrevista.

—No vas a hacerla.

—Sí la voy a hacer.

Me tira del pelo con suavidad.

—Estás siendo una niña malcriada.

—Y tú un cabezota. Llevo mucho tiempo dirigiendo mi propia vida. Eso no va a cambiar solo porque ahora tú formes parte de ella.

—Esto es diferente. Tengo muchísima más experiencia que tú en este tipo de cosas y sé que puede salir muy, muy mal.

—¿Cómo puede empeorar más de lo que ya lo ha hecho?

Se dispone a decir algo, pero parece pensárselo mejor.

—Te sorprendería lo que puede suceder.

—No quiero pasarme la vida escondida y preocupada por lo que me espera al doblar la esquina. Quiero enfrentarme a ello cara a cara y olvidarlo.

—Sé que ya te he lo dicho varias veces, pero tu fortaleza me asombra de verdad, Nat.

Se enrolla un mechón de mi pelo en el dedo.

—Tu amor y tu apoyo me hacen más fuerte de lo que nunca he sido.

—No sé por qué, pero lo dudo.

—Así que voy a hacer la entrevista.

Flynn exhala un profundo suspiro.

—Hablaremos de ello mañana. Duerme.

—Eso hago.

Oigo una risita retumbar en su pecho y me quedo dormida con una sonrisa en los labios.

Despierto mucho más tarde al sentir una intensa presión entre mis piernas y la mano de Flynn contra mi vientre, sujetándome mientras me penetra desde atrás. ¡Santo Dios, qué sexy!

—¿Duele? —pregunta.

—No, Dios, no. Es alucinante.

—Tendrás que usar algún método anticonceptivo para que podamos olvidarnos de los condones. Quiero sentir tu ardiente y prieto coño sin nada entre nosotros.

—Flynn... —Cubro la mano con cuyos dedos pellizca mi pezón.

—¿Te desagrada que te diga cosas así?

—No... Nunca ha sido una palabra que me guste, pero cuando la dices tú...

—Te pones muy, muy húmeda cuando te digo guarradas.

La vergüenza hace que una oleada de calor invada mi cara y mis pechos.

—Sí, eso me gusta.

Él empuja con más fuerza y siento el crespo vello que rodea su pene frotarse contra mi trasero; otra parte de mí que parece ser una zona erógena. ¡Demonios!, mi cuerpo entero es erógeno cuando él me toca.

Como si pudiera leerme la mente, Flynn desplaza hasta mi culo la mano apoyada contra mi vientre y me acaricia. Sus dedos se cuelan entre mis nalgas para apretarse contra mi entrada trasera, sobresaltándome a causa de la sorpresa y el placer.

—¿Es demasiado? —pregunta.

—No.

Mi voz suena chillona y chirriante.

Dirige dos dedos al punto en que estamos unidos y luego, ya resbaladizos por la humedad, los lleva de nuevo a mi ano. Santo Dios... La combinación de su gruesa polla dilatándome y sus dedos excitándome resulta difícil de soportar. Entonces desliza la otra mano entre mis piernas y hace que me corra con tanta intensidad que tengo que morder la almohada para no gritar de placer.

Desciendo desde esas increíbles alturas para descubrir que su dedo está ahora dentro de mí, no tanto como para causarme dolor, pero sí lo suficiente para obligarme a afrontar el oscuro placer de otra parte más de mi cuerpo que ha despertado a la pasión.

—Quiero follarte aquí —farfulla en mi oído a la vez que hunde más su dedo dentro de mí.

Me resulta imposible imaginar cómo va a caber ahí, pero confío en él para que me demuestre lo alucinante que podría ser. Deseo dárselo todo, cada parte de mí.

Alojado por completo en mi interior, dilatándome hasta mis límites físicos y emocionales, se limita a mover solo el dedo dentro y fuera de mi ano.

—Tan caliente, tan apretado… Estoy deseando sentir tu culo aferrando con fuerza mi polla.

Estoy perdiendo la cabeza pedazo a pedazo. Me maneja como un maestro, atento solo a mí. Y entonces me corro de nuevo, con más fuerza e intensidad que antes. Él está ahí conmigo, jadeando en mi oído mientras me penetra con el dedo y con la polla a la vez.

En los momentos que prosiguen soy una masa estremecida y temblorosa. El corazón me late tan rápido que me pregunto si va a salírseme del pecho.

El anuncio del piloto me devuelve a la realidad y me recuerda que estamos en un avión.

—Buenos días, señor Godfrey y señorita Bryant. Esperamos que hayan dormido bien.

Flynn ríe con disimulo y me aprieta el pecho con suavidad.

—Hemos dormido genial —me susurra al oído.

—Dentro de cuarenta y cinco minutos llegaremos al aeropuerto de Los Ángeles, donde esperamos un aterrizaje sin complicaciones. Son más de las once de la noche. Pronto estarán en tierra.

—Necesito una ducha —dice Flynn—. ¿Te apuntas?

—Es demasiado pequeña para los dos. Ve tú primero.

—¿Estás segura?

—Sí, adelante.

Me besa en el hombro y sale de mi interior despacio y con cuidado.

Los músculos entre mis piernas se contraen en una serie de espasmos que me hacen sentir incómoda. No sé si podré volver a mirarle a la cara después de lo que acabamos de hacer. Hace una semana, la idea de practicar sexo con un hombre era inconcebible, y ahora practico sexo guarro con Flynn y me encanta.

No cabe duda de que me ha dado mucho en lo que pensar... y que esperar con impaciencia. Quiero más.

Flynn

Soy un puto animal. Es la única explicación posible para lo que acaba de pasar. ¿En qué estaba pensando? Se trata de una mujer a la que agredieron sexualmente siendo adolescente. Yo soy su primer amante, el primero. Y ya la estoy presionando para hacer cosas que están más allá de la zona de confort de la mayoría de las mujeres, más aún de una que fue violada. Tendré suerte si no me abandona en cuanto bajemos del avión.

Me tiemblan las manos mientras me lavo el pelo y el cuerpo. Pensé que podría controlar esto, pero acabo de demostrarme a mí mismo y a ella que no puedo controlar nada a menos que lo controle todo. Si le enseño ese lado de mí, estoy seguro de que ella me dejará, igual que hizo mi ex mujer, y me llamará monstruo depravado mientras sale por la puerta.

Si Natalie me mira alguna vez como lo hizo Valerie, no sobreviré. Los paralelismos no me pasan desapercibidos. La situación de ahora es similar a la de entonces, salvo que amo a Natalie más de lo que jamás amé a la mujer con la que me casé. Me costó años superar el fracaso de mi matrimonio. Si Natalie me deja, sé que jamás me repondré.

Lo que acaba de ocurrir no puede volver a pasar. Tengo que tener cuidado con lo que sale de mi puñetera boca cuando estoy con ella y mantener las manos donde deben estar. Hay mucho en juego como para arriesgarme a espantarla mostrándole la magnitud de mi deseo por ella.

«Quiero follarte aquí.» Dios, ¿de verdad le he dicho eso mientras le metía el dedo en el culo? Siento náuseas al imaginar lo que debe de estar pensando ahora mismo. Se ha encadenado a una bestia que ha desmantelado su ordenada vida de forma sistemática durante el breve período de tiempo que llevamos juntos.

Si no me ando con ojo, no tardará mucho en odiarme. Maldigo entre dientes mientras me enjabono el pecho porque estoy excitado otra vez. Acostumbro a dar rienda suelta a mi desmesurado deseo sexual, no a reprimirlo. Pero lo apaciguaré antes de hacer cualquier cosa que aterrorice a una mujer que ya ha experimentado el miedo más que de sobra en lo que a los hombres y al sexo se refiere.

Y por si sirve de algo, ni siquiera sé aún todo lo que le hicieron y ya la estoy presionando para hacer cosas que incluso a las mujeres más experimentadas a menudo les resultan repulsivas. ¿Y si el monstruo de Stone la sodomizó? ¿Y si mis actos provocan que reviva más recuerdos dolorosos?

Estoy a punto de sufrir un infarto cuando pienso en esa posibilidad. Tengo que saberlo. Ahora mismo. Me enjuago deprisa el jabón del cuerpo, agarro una toalla y me seco mientras salgo del baño.

Natalie está donde la he dejado, tumbada de lado, de espaldas a mí. Su hombro desnudo luce una marca roja en el punto en que le he mordido en pleno arrebato de pasión.

Me horroriza y me atenaza un miedo paralizante. Me obligo a rodear la cama y a sentarme a su lado.

—¿Estás bien?

—Ajá. ¿Has terminado con la ducha? —responde sin mirarme.

—Sí. Nat...

—Más vale que me meta en ella antes de que nos digan que ocupemos nuestros asientos para el aterrizaje.

Se enrolla la sábana alrededor de su cuerpo desnudo y se la lleva consigo al baño. La puerta se cierra y el sonido del cerrojo es como una bala directa a mi corazón.

Estoy bien jodido.

Natalie

Algo va muy mal. Flynn rezuma tensión. Temo incluso preguntar, porque parece a punto de perder los estribos mientras bajamos del avión y nos montamos en el todoterreno que nos espera en la pista. Llevo a Fluff en brazos y Flynn tiene el móvil pegado a la oreja, pero no ha dicho una palabra que pueda oír desde que recibió la llamada. Addie ha cogido un coche diferente después de asegurarnos que nos vería más tarde.

—Vale, dame un par de días y después hablamos —dice por fin. Y tras otra pausa, agrega—: Suena bien. —Concluye la llamada y se guarda el teléfono en el bolsillo.

—¿Qué ocurre?

—¿Qué? Nada. Era mi socio, Jasper. Las nominaciones a los Oscar se anuncian por la mañana y está de los nervios.

—A estas alturas, te conozco lo bastante bien como para saber cuándo ocurre algo, Flynn. Estás tan tenso que pareces a punto de explotar.

—No estoy tenso por Jasper.

—Ah. Entonces ¿por qué? ¿Se trata de los Oscar?

—No. ¿Por qué no me miras? —añade tras un prolongado silencio.

—¿Qué?

—No me has mirado ni una sola vez desde que nos levantamos.

Vuelvo la cabeza y le miro a los ojos muy despacio.

—¿Así?

—Sí, justo así.

—¿Adónde quieres llegar?

—Siento lo de antes.

—¿Qué es lo que sientes?

—Lo que he hecho y he dicho... Era demasiado, demasiado pronto. No debería haber...

—Flynn, para. —Exhalo un profundo suspiro—. Me ha encantado todo lo que hemos hecho. Y si no te miro es solo porque me da vergüenza lo mucho que me ha gustado.

Me observa fijamente.

—Te ha encantado.

—Me ha encantado, y lo habrías oído si hubiera tenido libertad para gritar a pleno pulmón. Pero con tu asistente al otro lado de la delgada puerta, me pareció necesario contener las ganas de vociferar.

Clava los dedos en los rígidos músculos de los muslos.

—Tienes que decirme qué te pasó, Nat. Tengo que saberlo para no hacer nada que dispare tus recuerdos.

Me miro las manos, apoyadas en mi regazo.

—No sé si puedo.

—Me aterra hacer algo mal.

—Nada de lo que haces está mal, porque me amas.

—Te amo más que a la vida misma. Estoy obsesionado contigo. Quiero abrazarte, besarte y tocarte, hacerte gritar, pero la idea de hacer algo que te asuste... Eso me está volviendo loco, Nat.

Me apoyo contra él y me rodea con el brazo, arrancándole un gruñido a Fluff que me hace reír.

—Al menos ya no te muerde.

—Me he estado volviendo loco pensando en las cosas que he hecho y he dicho...

—Me ha encantado. Quiero más.

—Natalie...

Su forma de pronunciar mi nombre, como si se estuviera conteniendo por los pelos, hace que ría como una boba. Ni en mis sueños más descabellados pensé que encontraría a un hombre así. Nos conocemos desde hace solo unos días y, sin embargo, en lo más profundo de mi ser creo que me amará durante el resto de nuestras vidas. Y yo le amaré de igual modo durante el mismo tiempo.

—¿Te estás riendo de mí? —pregunta.

—Puede que un poco.

—¿Sabes qué les ocurre a las niñas malas que se ríen en la cara de sus amantes?

—No —respondo sin aliento—. ¿Qué les ocurre?

Se inclina para susurrarme al oído.

—Que reciben una dulce azotaina en el culo hasta ponérselo rojo.

Se me seca la boca y empiezan a sudarme las manos.

—No te atreverías...

Pero sé que lo haría, y que seguramente me gustaría tanto como el resto de las cosas que hemos hecho juntos.

—Ponme a prueba. —Me besa, una suave y dulce caricia que no se corresponde con la intensidad de nuestra conversación—. Pero no voy a ponerte un solo dedo encima hasta que sepa qué te pasó. No puedo sobrellevar el miedo de asustarte. Tengo que saberlo, Nat.

Tiene razón y lo sé. Lo que sucede es que no quiere que tenga miedo y yo tampoco quiero que él lo tenga.

—Hablaremos pronto.

—Mañana.

—De acuerdo.

Flynn me coge de la mano, entrelaza los dedos con los míos y me aprieta con fuerza durante el resto del trayecto hasta Malibú.

La casa de la playa de Hayden no se parece en nada a la de Marlowe Sloane, lo que es una decepción. La de ella es una acogedora cabaña, mientras que la de él es toda cristal, madera clara y diseño contemporáneo. Carece por completo del encanto que tanto me gustó de la casa de Marlowe, pero ¿quién soy yo para quejarme de la propiedad a pie de playa valorada en millones de dólares que nos han prestado sin previo aviso? Estoy deseando ver las vistas por la mañana.

—¿Cómo es que tú no tienes casa aquí? —le pregunto mientras nos preparamos para irnos a la cama.

Fluff se está poniendo cómoda, recorriendo la casa y mirándolo todo.

—La tuve durante una temporada, pero no venía por aquí el tiempo suficiente como para justificar el coste. Se la vendí a Marlowe.

—¡Oh! ¿La casa era tuya? Me encantó el lugar.

—A mí también, pero apenas paraba por allí. Ella la quería, así que se la vendí.

—Es una casa fantástica.

—¿Y esta no?

—¡No, es genial!

Lo último que quiero es que piense que soy una desagradecida con él o con sus amigos, que se han volcado conmigo desde que mi vida se volvió patas arriba. A pesar de mi difícil comienzo con Hayden, ha demostrado ser un amigo para los dos durante el último par de días.

Flynn se ríe de mi angustia.

—Tampoco es lo que yo elegiría.

—Gracias a Dios.

Compartimos una cálida sonrisa.

—¿Ponemos el despertador para ver el anuncio de las nominaciones? —pregunta.

—Por supuesto que sí.

Programa la alarma de su móvil y se mete en la cama conmigo.

—¿Podrás dormir con las nominaciones que se avecinan?

—Sí. Es emocionante, pero desde luego no es lo más importante de mi vida ahora mismo.

Me abraza y lo siguiente que sé es que está sonando la alarma del despertador. Flynn me gruñe al oído.

—Venga, vamos a ver cómo te nomina la Academia —murmuro, tirándole del brazo.

—¡No lo digas! Me gafarás —replica en el acto. Me encanta su lado supersticioso. Le hace increíblemente humano. Aunque piense que al final será nominado, no da nada por sentado—. Me muero de hambre.

—Yo también comería algo.

Saqueamos la nevera de Hayden para preparar un gran desayuno y disfrutamos de café y cócteles de champán y zumo de naranja mientras el sol despunta sobre el Pacífico. Las vistas de Hayden son espectaculares. A las cinco y veinticinco encendemos la televisión. Las nominaciones para *Camuflaje* se van sucediendo hasta culminar con una para él como mejor actor y para el filme como mejor película.

Nuestros gritos de entusiasmo hacen que Fluff empiece a ladrar como una loca, pero estamos demasiado concentrados celebrándolo como para reprenderla.

Lo abrazo con fuerza e intento no llorar. Estoy muy orgullosa, me alegro mucho por él y me encanta compartir este momento especial con él.

El móvil de Flynn anuncia la llegada de un mensaje de

texto antes de sonar. Pone el altavoz y acepta la llamada de Hayden.

—¡Flynn! ¡Despierta! ¡Estás nominado al Oscar y yo también, y también Jasper y la película! ¡Hemos conseguido el mayor número de nominaciones! ¿Me estás oyendo?

—Estoy despierto y te estoy oyendo. —Me guiña un ojo, siguiéndole la corriente a Hayden como si no supiera aún la cuenta total—. Uau, es increíble. El mayor número de nominaciones, ¿eh?

—¡Doce! Nos han nominado a todo; mejor guión adaptado, mejor maquillaje, mejor partitura, mejor dirección de fotografía. ¡La leche, Flynn! ¡Hemos triunfado!

—Es fantástico. Me cuesta asimilarlo.

—Por fin, amigo mío. Durante el resto de nuestras vidas seremos los nominados a los premios de la Academia y probablemente ganadores...

—¡Hayden! ¡Para! No lo digas.

—¡Joder, Flynn, tú y tus supersticiones! Vuelve a la cama, que yo voy a pillarme una borrachera.

—Son las seis de la mañana y esta noche tienes los Premios de la Crítica Cinematográfica.

—Estaré sobrio para entonces. Y subiré a recogerlo cuando ganes. Ah... ¡telefonea a tus padres! Querrán saberlo.

—De acuerdo. Gracias por llamar... y enhorabuena a ti también. *Camuflaje* jamás se habría hecho sin ti.

—Sin los dos. Ve a celebrarlo.

Lo abrazo de nuevo.

—¡Estoy tan emocionada y orgullosa de ti!

—Gracias. ¡Uau! No tenía ni idea de que me sentiría tan bien.

—Ya te lo he dicho antes y volveré a repetírtelo; te mereces todos los premios del mundo por tu interpretación en *Camuflaje*.

—Gracias, cariño.

Su teléfono suena sin parar con llamadas de sus padres, sus hermanas, amigos y colegas. Entonces llama Liza, su publicista, con solicitudes de entrevistas que le mantienen ocupado durante las dos horas siguientes. Mientras él se pasa gran parte de la mañana al teléfono, yo no dejo de servirnos champán. Estamos achispados y bastante mareados cuando el teléfono deja por fin de sonar alrededor de las once.

Él me rodea con los brazos y me estrecha con fuerza.

—¿Cómo te sientes? —le pregunto.

—Es surrealista. Mis padres están entusiasmados. Eso me encanta.

—Están muy orgullosos.

—Eso es lo único que me ha importado durante mucho tiempo, hacer que se sientan orgullosos. Pero ahora quiero que tú también lo estés.

—Estoy tan orgullosa que podría estallar. Y ellos también.

Flynn sonríe y me besa.

—Gracias por eso. Significa mucho. —Me besa otra vez—. ¿Quieres que vayamos a la playa?

—¿Te importa si nos quedamos aquí en lugar de eso?

A pesar del equipo de seguridad que se reunió con nosotros en el aeropuerto y que rodea la casa, aún no estoy preparada para que me vean en público.

—Lo que prefieras, cielo. —Me besa en la frente—. Venga, vamos a cambiarnos.

—¿Flynn?

—¿Sí?

—Gracias por traerme aquí, por saber lo que necesito antes de que lo necesite. Por todo.

—No puedo creer que me estés dando las gracias cuando me siento el cabrón más afortunado del mundo por poder

pasar contigo el día y la noche de hoy, mañana y el día siguiente.

—Ambos somos afortunados.

Me levanta en sus fuertes brazos.

—Sí que lo somos.

5

Natalie

P asamos un día mágico y relajante en la piscina de Hayden. El ama de llaves, Connie, nos sirve un delicioso almuerzo que incluye una botella de chardonnay bien frío de las bodegas Quantum en Napa. Después, Flynn le dice que se tome unas vacaciones y que Hayden la llamará cuando necesite que vuelva al trabajo.

—Muchísimas gracias, señor Flynn. Que lo pasen bien.

—¿Quién va a pagarle las vacaciones? —pregunto cuando nos quedamos a solas—. ¿Hayden o tú?

—Hayden, por supuesto —responde con descaro, haciéndome reír.

—¿Lo sabe él?

—Ojos que no ven, corazón que no siente.

—¿Alguna relación entre el viñedo y la productora? —quiero saber mientras abre una segunda botella.

Estamos sentados en una tumbona doble junto a la piscina con vistas al océano. Fluff está acurrucada a mis pies, disfrutando del calor del sol.

—Sí. Es nuestro.

—¿Qué otras propiedades posee Quantum?

—Muchos bienes inmuebles, la mayoría en Nueva York

y en Los Ángeles, un par de restaurantes, cuatro cadenas de radio y seis de televisión. Creo que eso es todo.

—Uau. Pensaba que solo os dedicabais a hacer películas.

—Es la parte más importante, pero somos partidarios de diversificar.

—Tu vida me parece fascinante, y no porque seas famoso. Lo alucinante son todas sus posibilidades. Justo cuando creo que tengo una visión global, hay más.

Una extraña expresión cruza su rostro, pero la cambia enseguida por una de sus características sonrisas.

—También somos partidarios de vivir al máximo.

—¿Cómo os llegasteis a unir los cinco para fundar la empresa?

—He trabajado con Hayden desde el principio. Juntos hemos hecho seis películas y producido otras cinco. Marlowe participó en dos de nuestras primeras películas y estaba interesada en producir. Jasper, que es director de fotografía, y Kristian, un productor que se apuntó después, fueron dos opciones ideales para nosotros porque compartimos una visión parecida de la clase de películas que queremos hacer y producir. Sucedió de forma natural. —Llena las dos copas—. Este es un mundillo duro. Es agradable trabajar con gente en quien confío y que confía en mí.

—Estoy deseando conocer a Jasper y a Kristian.

—Te enamorarás del acento británico de Jasper. Le llamamos el «bajabragas».

—¿Puedo preguntar por qué?

—Bromeamos con que a las mujeres se les caen las bragas en cuanto él abre la boca.

—El acento británico es muy sexy.

—Ah, por Dios. Ahórramelo. Mis hermanas están coladitas por él. El año pasado por Navidad, Ellie le pidió que leyera *Una visita de San Nicolás* y se puso en ridículo babeando por su acento. Los chicos pensaron que estaba sufriendo una apoplejía o algo parecido. Fue vergonzoso.

—Me río con tantas ganas que casi me atraganto con el vino—. ¿Sabes?, me encanta hablar de mis amigos y de mi trabajo, pero preferiría hacerlo de ti y de tu familia.

Y así de fácil, se me encoje el estómago y el cuerpo se me pone en tensión de un plumazo.

—¿Nat?

—¿Sí?

—Mírame, cariño.

Me obligo a enfrentarme a su penetrante mirada.

—Quiero conocerte. Comprenderte. Y, más que nada, quiero protegerte para que nada vuelva a hacerte daño otra vez.

—Ni siquiera tú eres tan poderoso.

—Te sorprendería lo que puedo hacer cuando alguien a quien quiero está sufriendo.

—He visto de lo que eres capaz.

—Solo te he enseñado la superficie.

No puedo posponer esto por más tiempo, no si espero tener una relación seria con este asombroso hombre que me ha mostrado sin cesar su corazón y compartido su verdad. No merece menos que mi verdad a cambio.

—Cuéntame quién eras de niña. Quiero saberlo todo.

—Entonces me llamaba April. Me pusieron ese nombre porque nací el quince de abril. Solían bromear diciendo que estaba destinada a trabajar para Hacienda, porque nací el día en que se pagan los impuestos.

—Uf, los impuestos no son nada graciosos. En mi familia, la bromita es que con lo que yo pago de impuestos puede mantenerse el Pentágono.

—Pobrecito mío.

—Lo sé, lo sé.

—Por entonces, antes de que todo ocurriera, me gustaba mucho bailar, la gimnasia y ser animadora. Lo habitual.

El interés se trasluce en sus ojos.

—¿Eras animadora?

—Ajá.

—¿Querrás algún día, ya sabes...?

No esperaba reírme mientras hablo de mi pasado, pero Flynn hace que sea fácil.

—Si te portas muy bien.

—Voy a portarme muy, muy bien.

—En fin, mientras crecía, Oren Stone y su familia eran una parte importante de nuestras vidas. Mi padre y Oren eran amigos desde críos. Según mi madre, que creció con ellos, Oren siempre había ejercido una extraña influencia sobre mi padre. No me daba cuenta de aquello cuando era una niña, pero al volver la vista atrás puedo ver que su relación era rara. Mi terapeuta creía que Oren era un narcisista de libro. Todo giraba en torno a él y mi padre era su principal facilitador. Conseguía todo lo que quería: trabajo, dinero, mujeres, poder. Mi padre le ayudaba a que así fuera. La esposa de Oren, Stephanie, era una mujer muy agradable. No tenía ni idea de lo que pasaba a sus espaldas. Mis padres solían pelearse por las cosas que mi padre hacía por él. Siempre decía que no tenía otra opción si quería conservar su empleo. Mi madre lloraba y le suplicaba que buscara otro trabajo, pero él respondía que Oren le necesitaba y que no podía abandonarle.

—¿Estaban metidos en cosas ilegales? —pregunta Flynn.

—Estaban metidos en todo, y todo salió a la luz durante el juicio. Mis cargos solo eran la punta del iceberg. Pero me estoy adelantando. —Respiro hondo—. Aunque mi madre no tenía a Oren en gran estima, adoraba a Stephanie. Manteníamos la farsa de que nuestras familias eran amigas. Cuando Oren se convirtió en gobernador tuvieron que viajar mucho, y me pidieron que los acompañara en verano y durante las vacaciones para echar una mano con los niños, que eran mucho más pequeños que yo. No pude encontrar un trabajo de verano, así que acepté su ofrecimiento. Mis padres estaban entusiasmados. Recuerdo que mi madre decía lo feliz que era porque iba a trabajar para unos amigos, para gente a la que conocíamos y en la que confiábamos.

Cuando Flynn me acaricia la cara me doy cuenta de que las lágrimas ruedan por mis mejillas. Me quita la copa de la mano y la deja junto a la suya en una mesa cercana. Entonces me acerca a él, me abraza y me acaricia la espalda.

—Tómate tu tiempo, cariño.

—Estoy bien. Ya hace mucho de aquello. Hace tanto que a veces parece que no me ocurrió a mí; es como si lo hubiera visto todo en una película. —Respiro de nuevo y recurro a toda mi fortaleza para superar esto y poder así avanzar juntos—. Pasé un montón de semanas con ellos, ayudando con los niños mientras asistían a eventos y a otros actos a los que él tenía que acudir en calidad dc gobernador. También era habitual que me llamaran para hacer de canguro un fin de semana. Sin embargo, era extraño que me telefoneara él. Sabía que Stephanie estaba con gripe y que se había quedado sin voz, así que no le di mayor importancia. —Me empiezan a temblar las manos y me duele el estómago—. Mi madre me dejó en la mansión del gobernador el viernes después de clase. Dijo que me vería el domingo y que cuidara bien de los niños. Era lo que siempre me decía. Habíamos hecho eso cientos de veces, así que era algo normal. Salvo quc, cuando entré en la casa, solo estaba Oren. Dijo que Stephanie y los niños volverían pronto.

—Respira hondo, cariño. Eso es… Si es demasiado, no tienes que contármelo.

Él también tiene lágrimas en los ojos. Le está matando oír esto tanto como a mí contarlo. Saber que Flynn está a mi lado, que esto le duele casi tanto como a mí, me proporciona el valor para continuar.

—Estaba bebiendo cuando llegué. Después de una hora, me dijo que Stephanie y los niños estaban en Nueva York visitando a sus padres el fin de semana. Yo estaba confusa. Cometí el error de preguntarle qué hacía yo allí. Él… me dio una fuerte bofetada en la cara y me dijo que sabía muy bien por qué estaba allí, que llevaba años insinuándome, que él me ponía cachonda y todo tipo de cosas que yo entonces ni siquiera entendía.

—Hijo de puta. —La voz de Flynn no es más que un grave gruñido—. Es una suerte que ya esté muerto, porque si no lo mataría con mis propias manos.

—Me arrancó la ropa. Intenté luchar, pero era mucho más grande y fuerte que yo. Permanecí en un estado de incredulidad mientras ocurría todo. Conocía a aquel hombre de toda la vida, era el mejor amigo de mi padre… No podía creer que me hiciera eso a mí. Me pegó, me asfixió y me dijo que me mataría si hacía un solo ruido.

—Cabrón hijo de puta —susurra Flynn mientras limpia las lágrimas de mi cara y de la suya.

—La primera vez ocurrió en el cuarto de estar. Me hizo tanto daño que me desmayé a causa del dolor. Creo que me drogó, porque durante los dos días que luego supe que pasé allí, perdí y recuperé la consciencia a intervalos. Cada vez que recobraba el conocimiento, él estaba dentro de mí, haciéndome daño.

—En el avión, cuando te desperté de esa forma, ¿hice que recordaras la agresión? —pregunta con la voz entrecortada.

—No. Estaba muy excitada. No pensé en nada de eso.

—Me mataría hacer algo que te recordase lo que pasó entonces.

—Lo sé. —Le aprieto la mano y respiro hondo antes de proseguir con mi historia—: Cuando intentaba luchar, me pegaba. Me maniató, me pegó con un cinturón… Pensé que jamás acabaría. Y cuando creí que no podía ser peor, me la metió hasta el fondo de la garganta. No podía respirar; pensé que iba a morir.

—Ya basta, Nat. —Sus brazos son como bandas de acero que me rodean; sus lágrimas mojan mi cara y mi cuello—. No tienes por qué decir una palabra más.

—Estoy bien y quiero contarte el resto para que no tengamos que volver a hablar de ello. —Flynn se estremece y respira hondo. Puedo sentir su agonía y, en ese momento, estoy completamente segura de que me ama tanto como yo a él—. El domingo por la tarde me ordenó que me levantara y me duchara. Me dolía todo. Se metió en la ducha conmigo y me frotó, violándome otra vez mientras se limpiaba cualquier resto de mí. Después, me agarró del pelo y acercó su cara a la mía. Me dijo que despediría a mi padre si le contaba a alguien lo que había ocurrido. Me dijo que mi padre iría a la cárcel por cosas que había hecho y que nuestra familia quedaría en la indigencia. Me juró que nadie creería a una puta de quince años antes que a un gobernador y que me mataría si le decía una sola palabra a alguien. No sé por qué, pero me lo imaginé haciéndoles lo mismo a mis hermanas. Cuando me ordenó que cogiera mis cosas y me largara, fui derecha a la comisaría, que estaba a ochocientos metros de allí. Estaba muy asustada por las cosas que había dicho que me haría a mí y a mi familia si lo contaba, pero sabía que tenía que proteger a mis hermanas o les haría lo mismo a ellas. No podía dejar que eso pasara.

—Dios mío, Nat. Eres increíble. Que estuvieras tan lúcida después de lo que te había hecho...

—Me mantuve centrada en Candace y en Olivia cuando le conté a la policía lo que había ocurrido. Solo el miedo de que fuera a por ellas o a por otras chicas me dio el valor necesario para denunciarle. Al principio vi que los polis no me creían. Quiero decir que, si lo piensas, ahí estaba yo, una don nadie de quince años acusando al gobernador de Nebraska de violarme repetidamente. Pero me había dejado moratones que les obligó a tomarme en serio. Me llevaron al hospital. Eso fue casi peor que lo que Oren me había hecho. Me dieron algo por si me había quedado embarazada. El reconocimiento me dolió mucho. Lloré todo el tiempo. Me dieron puntos y... estaba horrorosa. —Acepto la servilleta que él me ofrece, me seco la cara y me sueno la nariz—. Hasta que la otra noche me visitó la doctora Richmond, nunca he vuelto a ir a ningún médico.

—Y yo voy y te pido que acudas a planificación familiar. Jamás te lo habría pedido de haberlo sabido.

Le peino el cabello con los dedos; necesito tocarle, consolarle.

—Estás oyendo esta historia por primera vez. No olvides que ya es vieja para mí. Ya no pienso en ello cada día.

—Va a pasar mucho tiempo antes de que deje de pensar en ello todos los días.

—¿Va a cambiarlo todo entre nosotros?

Flynn levanta la cabeza, que tenía apoyada sobre mi pecho.

—¿Qué? No, por supuesto que no.

—Me dolería mucho que me trataras de forma diferente ahora que has oído los detalles más escabrosos.

—Nat... Por Dios... Si acaso, te quiero más de lo que ya te quería.

—Hay más. —Estoy decidida a terminar con esto de una vez, así que continúo—: La policía llamó a mis padres. Acudieron al hospital y, con mi permiso, el detective al mando les contó lo que había sucedido. Mi padre me miró como si estuviera loca. Sus palabras exactas fueron: «¿Es que has perdido la puta cabeza?». Se negó rotundamente a creer que su querido Oren pudiera haber hecho aquello de lo que yo lo acusaba. Además, parecía muy asustado. Más tarde descubrí por qué. Estaba metido hasta el cuello en todo tipo de mierda por Oren y tuvo que testificar en su contra para evitar ir a la cárcel. No logro imaginar cómo, pero de alguna forma consiguió conservar el empleo en el gobierno del estado.

—¿Y tu madre?

—Me creyó. Pude verlo en sus ojos, pero mi padre la tenía completamente anulada. Él era quien mandaba y ella hacía lo que él le decía. Me dijo que si seguía adelante con aquello, si presentaba cargos, estaba muerta para ellos.

—¿Cómo pudo hacerle algo así a su propia hija, sobre todo cuando te habían hecho tantísimo daño?

—No lo sé. Nunca entendí la dinámica de su relación con Oren. La policía le informó de que ya no dependía de mí. Oren me había lavado, pero no se había deshecho de todos sus rastros sobre mi persona. Tenían pruebas de ADN e iban a presentar cargos. El detective al mando dijo: «Mientras hablamos, Stone está siendo arrestado». Al oír eso, mi padre se llevó a mi madre del hospital y no he vuelto a verles ni a hablar con ellos, ni con mis hermanas.

—Santo Dios, Natalie.

—Lo más triste es que ni siquiera me sorprendió que eligiera a Oren antes que a mí. Al menos fue consecuente.

—¿Qué hiciste? ¿Adónde fuiste?

—En realidad, tuve mucha suerte. Uno de los detectives me acogió en su familia mientras esperábamos a que se celebrara el juicio. Se portaron muy bien conmigo. En muchos aspectos, me salvaron la vida al llevarme a terapia y procurar que terminara el instituto con la ayuda de tutores. Lo peor fue perder a mis hermanas. Siempre me he preguntado qué les contaron y qué saben, si me echan de menos, si piensan en mí o si mi padre las volvió en mi contra. Supongo que Candace está ahora en la universidad, pero nunca he podido reunir el coraje para ponerme en contacto con ella.

Si me odia, prefiero no saberlo. —La tristeza sigue estando muy presente después de todo este tiempo—. Fueron un par de años muy duros, pero los superé con la ayuda de la familia que me acogió y del apoyo económico que recibía de donantes anónimos que odiaban a Stone y querían ayudarme a acabar con él. Ese dinero pagó mi nueva identidad y mis primeros dos años en la universidad. La otra mitad... Bueno, no sé qué voy a hacer ahora que han rescindido mi contrato.

—Yo me ocuparé de eso. No te preocupes.

—Yo voy a preocuparme y a ocuparme, no tú.

—Me estás tomando el pelo, ¿no? ¿Por qué estás metida en este lío?

—Estoy en este lío, como tú lo llamas, porque Oren Stone me violó cuando tenía quince años. Llevo ocupándome de ello desde entonces y continuaré haciéndolo.

—Ya no estás sola, cielo —susurra en voz tan baja que casi no le oigo—. Ahora todo es diferente, y lo último que deseo es que te preocupes por unos préstamos estudiantiles que yo podría pagar mañana mismo sin pestañear.

Muevo la cabeza antes de que él termine de hablar.

—No quiero que hagas eso. Encontraré la forma, como siempre hago. Conseguiré otro empleo.

Flynn se dispone a decir algo, pero en ese momento niega con la cabeza y me aparta de él.

—¿Qué?

—Voy a darme una ducha.

—Vale.

Se levanta y entra en la casa sin mirar atrás. Mientras le veo marcharse, temo que a pesar de que asegura lo contrario, oír mi historia vaya a cambiarlo todo entre nosotros.

6

Flynn

Tengo ganas de aporrear algo. Tengo ganas de darle una paliza de muerte al padre de Natalie y aportarle algo de sentido común a esa miserable que tiene por madre. Tengo ganas de desenterrar a Oren Stone y matarlo otra vez por lo que le hizo.

La ducha del baño de la planta baja de Hayden es lo bastante grande para seis personas. De pie bajo el chorro de agua intento contener mi ira, pero no hay forma de dominar la desesperación que siento después de haber oído lo que le ocurrió a mi preciosa Natalie. Golpeo la pared de baldosas con el puño, y como eso no hace que me sienta mejor, lo repito.

Y ahí está ella, tirando de mí y rodeándome con sus brazos. Me doy cuenta de que estoy llorando. No puedo recordar la última vez que lloré antes de conocerla, pero se me está rompiendo literalmente el corazón por la niña que fue y por la mujer que es hoy gracias a su coraje y determinación.

—No pasa nada, Flynn.

Desliza la mano por mi espalda en una caricia tranquilizadora.

¿Por qué me está consolando ella a mí? Debería ser yo quien la consolara a ella, pero me estoy tambaleando. Parece que no puedo controlarme a mí mismo ni mis emociones, y esto es nuevo para mí. Yo siempre tengo el control. Siempre.

—Estoy bien —me asegura—. Pasó hace años y lo he dejado atrás, donde debe quedarse.

Quiero seguir su ejemplo, dejarlo atrás y avanzar con ella, pero no sé si puedo. ¿Cómo no voy a pensar en lo que le pasó, en lo que le hicieron, cada vez que la toque? ¿Y si no puedo controlarme? ¿Y si el abrasador deseo que siento por ella hace que me olvide, aunque solo sea un momento, de lo que ha sufrido en el pasado? No podría vivir conmigo mismo si le hiciera daño de esa forma.

Cada encuentro sexual que ya hemos tenido pasa por mi cabeza en un nuevo contexto. ¿La he presionado demasiado o he hecho que vaya demasiado lejos? ¿La he asustado con mi deseo? Mi cuerpo entero tiembla a causa del miedo y la ira que corre por todo mi ser como un martillo neumático.

—Dios, estás sangrando.

Levanta mi mano derecha herida hacia la ducha.

El escozor del agua caliente sobre mis despellejados nudillos me saca de mi estupor.

—No pasa nada.

—Sí que pasa. Estás herido.

Libero mi mano de la suya y cierro el grifo.

—Tengo que… Voy a salir a correr.

—No huyas de mí, Flynn. Por favor, no lo hagas.

—No estoy seguro de ser lo que ahora mismo tú necesitas.

—Eres lo que necesito. No tenía ni idea de lo mucho que te necesitaba hasta que entraste en mi vida por la fuerza e hiciste que me enamorara de ti.

—Nat…

Me mata con su dulzura y su luz. ¿Cómo puede desprender tanta luz cuando ha soportado tanta oscuridad? La admiro tanto como la amo.

Sus brazos me rodean y acerca mi cabeza a su hombro.

—Eres justo lo que necesito. Por favor, no huyas. Quédate conmigo. Abrázame.

Mi cuerpo se sacude como un árbol en un huracán.

—Me da miedo tocarte.

Ella me coge los brazos y se rodea la cintura con ellos.

Nos quedamos así, en medio del vapor de la ducha que aún persiste durante interminables minutos. No tengo ni idea de cuánto tiempo ha pasado, pero siento que empiezo a relajarme un poco. Los temblores cesan y en su lugar se instala un profundo dolor en mis huesos.

Natalie me saca de la ducha y me envuelve en una toalla. Me seco mientras ella va al armario y regresa con una enorme camiseta puesta. La estampación de I♥NY es otro recordatorio de lo que ha perdido por mi culpa.

Me toma de la mano, me lleva hasta el lavabo y me limpia la sangre de los nudillos. Estoy tan entumecido que apenas siento la punzada de dolor de la herida. Natalie cierra el grifo y me lleva al dormitorio.

—Siéntate. —Señala la cama—. Enseguida vuelvo.

¿Qué coño me pasa? Yo debería estar cuidando de ella, no al revés. Pero no puedo moverme. No puedo pensar en nada que no sea la tormenta que se ha desencadenado dentro de mí mientras asumo lo que ella me ha contado.

Natalie regresa con un botiquín de primeros auxilios y una compresa fría. Aplica una pomada antibiótica sobre la herida, la cubre con una gasa y la sujeta con esparadrapo. Me acomoda contra una pila de almohadas y coloca la compresa fría sobre mis hinchados nudillos.

—Lo siento —murmuro cuando se mete conmigo en la cama y se acurruca contra mí.

—No lo sientas.

—He hecho que esto gire en torno a mí, cuando se trata de ti.

—Ya no. ¿No es eso lo que dijiste? Ahora se trata de nosotros.

—Sí —susurro con ferocidad.

—¿Sabes?, he pensado en esto.

—¿A qué te refieres?

—En cómo sería contarle al hombre del que me he enamorado lo que me pasó. Sabía que tendría que hacerlo algún día, y fantaseé sobre cómo sería.

—¿Y cómo es?

Necesito saberlo.

—En realidad, ha sido liberador compartirlo contigo. Ya no estoy sola con todo eso, como he estado durante ocho años. Me siento libre por primera vez desde hace más tiempo del que puedo recordar.

Me coloca bien la compresa fría en la mano.

—Eres libre para hacer y tener todo lo que quieras, Natalie, pero tienes que dejar que te ayude. Necesito ayudarte. Deja que pague tus préstamos estudiantiles para que no tengas que preocuparte más por eso. Deja que cuide de ti hasta que descubras qué hacer. No puedes pedirme que sea alguien que no soy. Tengo más dinero del que puedo gastar en una vida entera. Deja que lo utilice para hacerte la vida más fácil. Yo soy así, y así es como te amo; necesito cuidar de ti.

—Eres muy dulce por querer hacer eso por mí.

—No estoy siendo tierno —replico con un gruñido que la hace reír.

—Sí que lo eres.

—No lo soy.

—Podemos coincidir en que discrepamos sobre la ternura. En cuanto a los préstamos... Deja que me lo piense.

—Vale.

—¿Acabamos de tener nuestra primera pelea?

—No jodas. Esto no ha sido una pelea. Solo era yo portándome mal. Cuando peleemos, no tendrás que preguntar.

Natalie sonríe y se cierne sobre mí, con sus labios a solo un suspiro de los míos.

—Te quiero hasta cuando piensas que te estás portando mal.

—Me he portado mal.

—No, me has vuelto a demostrar cuánto me quieres haciendo también tuyo mi dolor.

—Te quiero más de lo que jamás podré demostrarte.

—Te quiero lo mismo.

Hundo los dedos en la húmeda masa de rizos que enmarca su precioso rostro.

—Eso me convierte en un cabrón afortunado.

—Ambos somos afortunados. No importa lo que pase, o lo que haya pasado hasta ahora; nos tenemos el uno al otro. Y eso es más de lo que jamás tuve antes.

—También yo, cielo.

La atrapo en un suave y dulce beso que derrocha amor y cariño. Pero entonces ella desliza la lengua por mi labio inferior y el fuego prende en mi interior. Me aparto de ella, como si hubiera tocado algo demasiado caliente.

—¿Qué sucede?

—Estoy muy alterado, cariño. Tal vez sea mejor que nos echemos una siesta. Si te toco...

—¿Qué? ¿Qué sucederá si me tocas?

—No lo sé, y eso me da miedo. Eres increíblemente valiosa para mí. No te haces una idea de cuánto. No confío en que pueda ser delicado contigo, y eso es lo que necesitas y mereces.

—Te necesito y te merezco a ti.

—Así no.

La compresa fría se escurre de mi mano y cae al suelo.

—Flynn.

Se pone de rodillas a mi lado.

Temo mirarla. Siempre la deseo más que respirar, pero ahora... Ahora la deseo desesperadamente. Deseo corregir cada injusticia que se ha cometido con ella y que se cumplan todos los sueños que jamás haya tenido. Más que nada, deseo hacerla mía de todas las formas posibles.

Sus dedos encuentran el dobladillo de la camiseta y la sube para sacársela por la cabeza. Está desnuda, salvo por unas diminutas braguitas de seda.

Se me seca la boca, y todo pensamiento que no tiene que ver con su exquisita belleza abandona mi mente como agua que se traga un desagüe. Es una auténtica diosa y, por alguna razón que tal vez nunca llegue a entender, me quiere a mí. Me ha concedido el increíble regalo de su confianza, que me llena de remordimientos por las cosas que yo sigo ocultándole. No me la merezco, eso nunca ha estado en duda, pero la deseo de todas formas.

—Dime qué hacer. ¿Qué quieres?

Me mira como si fuera la octava maravilla del mundo, esperando a que le diga qué es lo que deseo. Si le digo lo que de verdad quiero —su total y absoluta sumisión— la perderé para siempre, y con razón. Así que aplasto esas necesidades, alargo la mano hacia ella y la coloco encima de mí, con solo la delgada seda de sus braguitas entre nosotros. Jadea cuando aterriza sobre mi dura polla.

Le aferro las caderas, tratando de reunir la delicadeza que ella necesita del primer hombre al que le ha permitido tocarla así. Me ha hecho el valioso regalo de su amor y su confianza y deseo ser digno de ella.

—Las otras veces... ¿he hecho algo que te asustara?

—No. Jamás podría tener miedo de ti.

Aprieto los dientes para contener el impulso de decirle que podría aterrorizarla si quisiera. Pero no lo hago. No quiero hacerlo y por eso no lo digo. Esas necesidades e impulsos no tienen cabida en esta cama ni en esta relación.

—Lo que dije de que deseaba follarte aquí... —Le aprieto las nalgas con ambas manos—. ¿Te hizo eso él?

Ella niega con la cabeza.

—Habló de ello, me amenazó con hacerlo, pero afortunadamente no pasó.

Cierro los ojos mientras exhalo una profunda bocanada de aire.

—Siento mucho haber dicho eso, Nat. No estaba pensando. Me dejé llevar...

Ella me besa para hacer que me calle.

—Lo quiero todo contigo, Flynn. Quiero que me enseñes. Hazme tuya de todas las formas posibles.

Si supiera todas las formas en que la deseo, jamás haría semejante ofrecimiento.

—Eres mía. Pase lo que pase entre nosotros, eso nunca cambiará. Lo supe la primera vez que me miraste con esos impresionantes ojos que supieron ver en mi interior desde el principio... Supe que eras mía.

—En cuanto a eso...

—¿Qué?

—No tengo los ojos castaños.

No tengo ni idea de qué decir a eso.

—Llevo lentillas para ocultar mis ojos verdes. Y mi pelo natural es mucho más claro. No quería que nadie me reconociera como April.

—¿Quieres volver a ser April?

—No. Ella es mi pasado. Natalie es mi presente y mi futuro.

—Ya no tienes que esconderte a plena vista. Puedes ser lo que quieras, ser quien desees ser.

—Soy muy feliz siendo Natalie contigo.

La acerco a mí para darle un profundo y ardiente beso. Nuestras lenguas se enzarzan en una danza erótica que enseguida me lleva al borde de la locura. Natalie sabe al mejor de los vinos, al más dulce chocolate, a la droga más potente que jamás he probado. Quiero darle la vuelta y follarla fuerte y rápido, hasta satisfacer el ansia que siento dentro de mí.

Pero no lo hago. En vez de eso, me obligo a quedarme quieto, a acariciar su sedosa piel con veneración en lugar de con avidez, a besarla con amor más que con la mente puesta en la dominación. Le masajeo los pechos y excito sus rojizos pezones. Cuando cierra los ojos y deja caer hacia atrás la cabeza, aprovecho la ocasión para incorporarme y meterme uno en la boca.

Grita de placer y me tira del pelo con tanta fuerza que es posible que me haya hecho una calva. Saber que la he complacido bien merece el sacrificio de un poco de pelo.

—Deja que te oiga. Grita a pleno pulmón. Nadie salvo yo te oirá.

Paso la punta de la lengua alrededor del pezón antes de metérmelo de nuevo en la boca, y lo succiono con fuerza al tiempo que hundo los dientes en él, llevándola al borde del dolor, pero sin ir más allá.

Sus caderas se mueven de manera rítmica sobre mi dura polla. Introduzco la mano para comprobar si está lista y descubro que tiene las bragas empapadas.

—Joder —farfullo, desesperado por estar rodeado de todo ese apretado calor. Quiero arrancarle la prenda del cuerpo, sujetarle los brazos por encima de la cabeza y tomarla. Quiero poseerla. Pero no puedo hacer eso.

—Nat.

Deslizo los dedos bajo el elástico, dentro de la fluida humedad entre sus piernas.

—Mmm.

Me deshago con rapidez de las bragas y busco un condón antes de colocarla de nuevo encima de mí.

—¿Te parece bien?

Ella se muerde el labio y asiente.

Si hubiera hecho lo que deseo, hoy no la habría tocado, no hasta recobrar la compostura. Pero habría sido peor rechazar su insinuación.

—Tú mandas, cariño.

Poner las manos detrás de mi cabeza, cederle el poder a Natalie, permanecer pasivo mientras ella asume el control va en contra de todo en lo que creo, de todo lo que soy como dominante, pero lo hago por ella.

Natalie se eleva lo suficiente para posicionar mi polla donde desea sentirla. Luego desciende muy despacio, exhalando mientras me acoge, con los ojos como platos, los labios entreabiertos y los pechos erguidos. Es realmente sexy.

—¿Bien así? ¿Lo estoy haciendo bien?

—Eres perfecta. Es una sensación increíble.

He de morderme el labio para mantenerme centrado en el dolor que siento en vez de en lo que me gustaría hacer ahora mismo. He de mantener la calma por ella, he de mostrarme tierno, delicado.

Le lleva cinco minutos, puede que más, acogerme por entero en su interior. La siento tan apretada y tan caliente alrededor de mi polla que me pongo más duro por el esfuerzo de permanecer quieto y bajo control.

Natalie apoya las manos en mi pecho y me mira; la expresión de concentración en su rostro es más que adorable.

—Mueve las caderas, cielo. Como antes. Dame un buen viaje.

Ella cimbrea las caderas y siento que me aferra, sus músculos se contraen mientras se afanan por alojarme en su interior. Es la más increíble de las sensaciones, pero no puedo evitar pensar en las muchas maneras en que podría hacer que esto fuera más increíble todavía para ambos.

—Flynn... Quiero tus manos. Tócame —me pide. Yo me incorporo y la rodeo con los brazos, apretando sus pechos contra el mío—. Sí... —dice con un suspiro mientras me rodea el cuello con los brazos—. Así está mucho mejor.

La nueva posición hace que me hunda más en ella, me permite llegar al punto que la hace gritar de placer. Adoptamos un paso cada vez más frenético, sus uñas se clavan en mis hombros y sus caderas se contonean. Adoro su sensación, su olor, los sonidos que hace, el modo en que me aferra cuando hacemos el amor.

He descubierto que el amor hace que todo sea diferente. Puedo hacer esto, puedo ser un tío normal con ella, porque la amo muchísimo. Bajo la mano hasta el lugar en que estamos unidos y el ligero roce de mis dedos en su clítoris la hace gritar mientras se corre. Podría hacer que esto durara una hora o más si quisiera, pero ella no está lista para eso, así que claudico y la acompaño, surcando las olas de su clímax.

Se estremece en mis brazos y nuestras bocas se unen en un profundo y abrasador beso. La beso durante largo rato, hasta que siento que los estremecimientos empiezan a remitir, y entonces cambio de posición para colocarme encima.

Tiene los ojos muy abiertos y las mejillas sonrosadas por el calor que generamos juntos.

—Qué bueno —dice en voz queda. Yo asiento—. ¿Ha estado bien también para ti?

—Nat, pues claro que sí. Es alucinante.

—No tienes que decir eso si no es verdad. Sé que has estado con muchas otras mujeres...

La beso antes de que pueda terminar de decirlo.

—Nunca he estado con una mujer a la que amara tanto como te quiero a ti. Eso hace que todo sea distinto. —La beso otra vez y salgo de ella con cuidado—. Enseguida vuelvo. —En el baño, me deshago del condón y me estremezco cuando mi mano herida me recuerda la crisis emocional de hace un rato.

Camino sobre la cuerda floja en esta relación, moviéndome con cuidado para evitar el desastre, pero constantemente pierdo el equilibrio mientras me guío por esta complicada situación. Por un lado, nunca he sido más feliz en toda mi vida que desde que Natalie entró en ella. Siento que por fin he encontrado a mi otra mitad. Pero por otro lado... Ahí es donde está el problema. Es donde habita la otra mitad de mi personalidad, la mitad que oculto para no espantarla.

Me inclino sobre el lavabo y me echo agua fresca en la cara. Empieza a dolerme la mano, pero no puedo perder el tiempo preocupándome por eso cuando Natalie me espera en la habitación contigua. He de mantenerme centrado en ella y en lo que necesita mientras continuamos juntos este viaje.

Ella es lo único que importa.

Natalie

Después de cenar, Flynn abre otra botella de vino y nos acomodamos para ver los Premios de la Crítica Cinematográfica en la tele.

—¿Te gustaría estar allí? —pregunto cuando llevamos una hora de espectáculo.

—No. Estoy bien aquí. Tengo la mejor excusa posible para no asistir.

Sofoco un bostezo.

—¿Por qué tu categoría siempre tiene que ir al final?

—Porque es la más importante —responde con un guiño.

Estoy medio dormida cuando pronuncian su nombre como Mejor Actor. Hayden sube al escenario para recoger el premio.

—Me alegra aceptar este premio en nombre de mi amigo Flynn, que no ha podido estar aquí esta noche. —No dice por qué. No tiene que hacerlo—. Me ha pedido que transmita su agradecimiento a la Asociación de Críticos de Retransmisiones Cinematográficas por este increíble honor. Hacer *Camuflaje* fue una experiencia asombrosa para todos en Quantum, y he de decir con absoluta objetividad que tienen razón con este premio. Flynn ha hecho la mejor interpretación de su carrera en esta película. Gracias por honrar esa increíble actuación con este premio. Lo acepto con agradecimiento en su nombre.

—Ha sido muy bonito —digo en voz baja, satisfecha y conmovida por las sentidas palabras de Hayden.

—Sí que lo ha sido.

Continuamos viendo la retransmisión el tiempo necesario para comprobar que *Camuflaje* gana el premio de Mejor Película antes de que Flynn apague la tele.

—Es alucinante —admite con suavidad—. Hemos trabajado muy duro en esa película, hemos puesto todo lo que teníamos en ella. Ver que la reconocen así... —Calla cuando la voz parece abandonarle.

—Se merece cada premio, cada galardón. Podría verla cien veces y seguir queriendo más.

—¿Te gusta más que *Sonrisas y lágrimas*?

—Ay, maldita sea, esa es una pregunta difícil...

—Estoy agotado —dice, riendo.

Sé que no es porque esté borracho, aunque hoy hemos bebido muchísimo champán y vino. Este ha sido un día muy largo para los dos.

—Vamos a dormir.

Suspiro satisfecha cuando nos acurrucamos con Fluff hecha un ovillo entre nuestros pies.

—¿A qué ha venido eso?

—Soy feliz. Este ha sido un día tan increíble para ti...

—Ha sido un día increíble para los dos.

—Sí que lo ha sido. Me alegro mucho de que lo sepas todo.

—Yo también, pero daría todo lo que tengo por reescribir la historia y que nunca hubieras pasado por todo eso.

—Significa mucho para mí que sientas eso por mí.

—Lo siento todo por ti, Natalie.

Me quedo dormida oyendo sus dulces palabras de amor.

7

Natalie

Nos quedamos en la cama hasta bien entrado el día y disfrutamos de una relajada tarde junto a la piscina. No tenía ni idea de que fuera posible ser así de feliz. Ansío su tacto y él está siempre dispuesto a complacerme. Tengo la sensación de haber despertado de un largo sueño para descubrir a la mujer que siempre estuve destinada a ser. Flynn ha abierto la puerta de mi autoimpuesta prisión.

Escondidos en nuestro paraíso privado resulta fácil olvidar lo que está pasando en el mundo. La gente habla de mí, de mi doloroso pasado y mi nueva relación con Flynn. No puedo creer que eso me traiga sin cuidado. Que hablen si quieren. No pueden tocarme si no les dejo. Me niego a sacrificar un solo segundo de mi reciente felicidad por aquellos que quieren diseccionar mi vida de superviviente de violación en un intento por subir los índices de audiencia, las visitas y la venta de revistas. No tengo tiempo para ellos, y tampoco Flynn.

Sin embargo, Liza, su publicista, ha vuelto a sugerir que conceda una entrevista para contar mi versión de lo sucedido y que luego no volvamos a hablar nunca más de ello. Flynn sigue oponiéndose firmemente, pero yo creo que no es una mala idea. Me ha prometido que se lo pensará, pero no soy muy optimista al respecto.

Ha estado muy tenso y taciturno desde que le conté mi historia. Me doy cuenta de que se esfuerza en mantener un tono ligero conmigo y que me trata con cuidado en la cama. No me quejo. Hacer el amor con Flynn es alucinante a pesar de su contención. Pero es diferente.

Confío en que acepte lo que me pasó hace años y encuentre la forma de seguir adelante. Entretanto, intento ser paciente con él y darle tiempo para que lo asimile. Yo he tenido ocho años para hacerlo. Él, solo un día.

Flynn habla por teléfono con Addie mientras desayuno un tazón de cereales. Es nuestra segunda mañana en la casa de la playa de Hayden. No intento escuchar a hurtadillas, pero resulta difícil no hacerlo entre tantos gritos. No imagino qué le tiene tan alterado como para que se dirija a Addie de ese modo.

—No quiero hablar de ello. No voy a ir. —Se pasa los dedos por el pelo mientras se pasea por la piscina—. Hayden puede recogerlo por mí si llega el caso. —Agacha la cabeza contra el pecho—. Lo sé, Addie, sé que son mis colegas y que es algo muy importante. Pero esto también lo es. Es lo único que voy a decir. Tengo que irme. Hablaré contigo más tarde.

Se guarda el móvil en el bolsillo trasero de sus pantalones cortos cuando entra para reunirse conmigo.

—¿Qué sucede?

—Nada.

Ladeo la cabeza con aire inquisitivo.

—Eso no me ha parecido nada.

Apoya las manos en la encimera y suspira.

—Los Premios del Sindicato de Actores son a finales de mes y la están bombardeando a llamadas después de que anunciara que no iba a asistir.

—¿Por qué no vas a asistir?

—Ya sabes por qué.

—No, Flynn. No vamos a escondernos como si hubiéramos hecho algo malo. No es así.

—No pienso exponerte a esta locura. Ni hablar. Y no pienso ir sin ti.

Dejo la cuchara y el tazón. Me acerco a él, le rodeo con los brazos por detrás y apoyo la cabeza en su espalda.

—Has trabajado muy duro para esto. La película significa mucho para ti. No puedes perderte las galas.

—Sí que puedo.

—No vas a perdértelas. Si estás preocupado por mí, me quedaré en casa y te animaré desde el sillón.

—No voy a dejarte en casa y no quiero exponerte a más mierda.

—¿Quieres mirarme? ¿Por favor?

Tiro de su hombro y le obligo a volverse hacia mí.

Lo hace a regañadientes.

—No podemos escondernos. No es así como quiero vivir.

—No puedo protegerte de lo que dirán, de las preguntas que harán. Te violarán otra vez.

—Permite que haga la entrevista para poder contar la historia con mis propias palabras. Después de eso, no quedará nada más que decir.

—No me gusta.

—Lo sé, pero quiero poner fin a esto para que podamos seguir con nuestras vidas.

—¿Y qué pasa si tiene el efecto contrario? ¿Y si echas más leña al fuego y empeora las cosas?

—Si dejamos muy claro que no volveremos a hablar de ello, supondrá el punto y final para nosotros. Los demás pueden decir lo que quieran, pero el tema estará zanjado para los dos.

La tensión se refleja en su mandíbula mientras piensa en lo que he dicho.

—Carolyn Justice —dice tras una larga pausa durante la que no tengo ni idea de lo que pasa por su cabeza—. Es la única en quien confío para manejar esto como es debido.

Carolyn Justice es una diosa, soy fan de su programa desde hace años.

—De acuerdo.

—¿Estás segura? Te ruego que no lo hagas por mí. No nos pasará nada ni a mi carrera ni a mí aunque jamás diga una sola palabra sobre esto a nadie.

—Estoy segura. Lo hago por los dos, para que podamos tener un poco de paz y poner fin a este delirio. Si hacemos la entrevista y respondemos a todas sus preguntas, a lo mejor pasan a otra cosa y podemos asistir a los premios sin preocuparnos por que nos cosan a preguntas.

Se hace de nuevo el silencio.

—Le pediré a Liza que lo organice.

—¿Estás enfadado conmigo?

Abre los ojos como platos.

—¿Enfadado contigo? ¿Por qué coño iba a estar enfadado contigo?

—Porque te estoy empujando a hacer algo que no quieres hacer.

Coloca las manos en mis hombros y me envuelve en un abrazo.

—No estoy enfadado contigo. No podría estarlo. Creo que eres valiente y fabulosa, y me asombras cada día con tu fortaleza, tu coraje y tu entereza. Estoy furioso porque te hayas visto en esta posición. Estoy muy cabreado con la gente que se alimenta del sufrimiento ajeno. Jamás entenderé cómo alguien a quien confías tus asuntos más personales puede venderte al mejor postor. —Me mira y me besa en la frente—. No estoy enfadado contigo.

Me acurruco contra él.

—Has estado muy tenso.

—Tengo muchas cosas en la cabeza, cariño. Ha sido muy agradable disfrutar de este tiempo contigo, relajarnos, dormir y todo lo demás.

Me río de sus últimas palabras.

—Todo lo demás.

—Pero tengo que volver al trabajo uno de estos días.

—Me preguntaba cuándo ocurriría.

—Tenemos una reunión dentro de poco sobre la fundación y en algún momento tendré que ver a Hayden en la oficina. He comenzado la posproducción de la nueva película, y el título se nos resiste. También he de tomar algunas decisiones sobre futuros proyectos. Hay mucho por hacer.

—Siento haberte mantenido apartado de tu trabajo.

—No lo has hecho. He disfrutado de cada segundo que hemos pasado juntos y estoy deseando que pasemos juntos muchos más.

—Me preguntaba… Sobre la fundación.

—¿Qué sucede?

—Por favor, siéntete libre de decir que no si no te parece bien… pero ¿sería posible…?

Su sonrisa hace que le brillen los ojos y me cautiva de nuevo por lo guapo que es. Poder abrazarle, besarle y hacer el amor con él siempre que quiero todavía me sigue asombrando.

—¿Cuál es tu idea, cariño?

—Me gustaría implicarme en la fundación. —Noto que se me forma un nudo en la garganta—. Si a ti te parece bien.

—Sí, por supuesto que me parece bien. Debería habértelo pedido yo.

—No te lo habría preguntado si no creyera que puedo aportar algo.

—Me encantaría que formaras parte de ello y que participes como desees.

Me invade la clase de júbilo embriagador que sentí la noche anterior a mi primer día de clase.

—Gracias.

—Supongo que más vale que llame a Liza y le alegre el día… y el de Carolyn. ¿De verdad estás segura de esto?

—Estoy segura. Y ya que estás, llama también a Addie. Dile que vamos a asistir a los Premios del Sindicato de Actores porque se espera que mi novio gane y que las necesito a ella y a su amiga estilista Tenley para que me arreglen.

—Hecho, cariño.

Me besa y me da un suave apretón en la mano antes de salir de la habitación para hacer las llamadas.

Flynn

Tengo que hacer algo. No puedo soportar quedarme sentado de brazos cruzados a esperar que las cosas ocurran. Soy un tío proactivo, acostumbrado a tomar la iniciativa y tener el control, y esta situación me obliga a ser reactivo. Estoy a punto de perder la chaveta.

Liza y Natalie me han convencido para hacer la entrevista con Carolyn en contra de mi buen juicio. Aunque en el pasado solo he tenido buenos momentos con la periodista, temo que la entrevista haga que todo vaya a peor en vez de a mejor. Sé que es irracional, porque Carolyn es una gran profesional, pero no puedo evitar esos sentimientos.

Entro en el despacho y cierro la puerta. Me dejo caer en la silla, pongo los pies sobre la mesa e intento recobrar la compostura. Que yo pierda los estribos no va a servirle de nada a Natalie.

Necesito un psiquiatra, pero como no conozco a ninguno al que pueda llamar sin cita previa, me conformo con lo siguiente mejor. Llamo a mi padre. No me preocupa interrumpir su día porque siempre atiende las llamadas de su familia, sin importar qué esté haciendo.

Responde al segundo tono.

—Hola.

—Hola, papá. ¿Te pillo en mal momento?

—En absoluto. ¿Qué sucede?

—¿Qué te hace pensar que sucede algo?

—Hace treinta y tres años que eres mi hijo. Sé que algo pasa desde que has dicho «Hola, papá».

A pesar de la gravedad de la situación, mi padre me hace sonreír. Apoyo los codos en la mesa y me paso los dedos de la mano libre por el pelo una y otra vez.

—Flynn. Cuéntame.

—La amo muchísimo.

—Sé que sí, hijo. Tu madre y yo supimos nada más verte con ella que era la elegida.

—No soporto verla pasar por todo esto solo porque cometió el error de relacionarse conmigo.

—¿Qué dice ella al respecto?

—Cuanto más me altero yo, más serena parece estar, lo que resulta enervante.

Mi padre se echa a reír.

—¿Por qué no me sorprende? No olvides que, por desgracia, ella ya ha pasado por esto y es probable que sepa cómo manejarlo mejor que tú.

—Una vez es más que suficiente.

—En efecto, pero está pasando y está lidiando con ello bien. Eso es lo que importa.

—Liza y ella me han convencido de que concederle una entrevista a Carolyn Justice ayudará a mejorar la situación.

—¿Tú no crees que sea así?

—Me da miedo que haga que todo empeore.

—Sé que te gusta tener el control, pero en este caso me temo que vas a tener que seguir el ejemplo de Natalie. Ella sabe lo que puede y lo que no puede manejar. Si está empeñada en hacer la entrevista, deja que la haga. Es posible que la ayude contar la historia con sus propias palabras en lugar de dejar que otros la cuenten por ella.

No lo había pensado desde esa perspectiva.

—¿Y si empeora las cosas?

—¿Cómo podrían empeorar? ¿Qué es lo que de verdad temes?

—Que le hagan daño otra vez sin que yo pueda preverlo de antemano.

—¿Sabes qué ha sido lo más duro de la paternidad?

—No, ¿qué es? —El giro inesperado me coge por sorpresa.

—No poder proteger a mis hijos de todo dolor o sufrimiento. Todos desearíamos tener una bola de cristal para poder ver el futuro y evitarle cualquier problema a la gente a la que amamos. Pero como no es así, solo podemos hacer cuanto está en nuestras manos y estar a su lado cuando las cosas no salen según lo previsto.

—No estoy acostumbrado a esperar a que las cosas sucedan. Estoy más acostumbrado a hacer que las cosas pasen.

—Lo sé, hijo —repone con una risita—. Y también sé lo doloroso que tiene que ser para ti aceptar las ideas de otra persona. Pero deja que te pregunte una cosa, ¿estás haciendo todo lo que puedes para arreglar esto por ella?

—Joder, sí.

—¿Están tus abogados ocupándose del tema del colegio que la despidió y del tipo que la vendió?

—Sí —respondo con los dientes apretados.

—Entonces ¿qué más podrías hacer que no estés haciendo ya?

—Podría ir a Lincoln y darle una paliza al tío que la ha delatado.

—Te ruego que no hagas eso. No te pongas en peligro, ni a ti, ni a ella, ni tu buena reputación, cometiendo una estupidez que solo te proporcionaría un respiro momentáneo y que sin lugar a dudas haría que todo fuera peor de lo que ya lo es. —Él tiene razón, lo sé, pero eso no significa que tenga que gustarme—. ¿Flynn? Dime que vas a hacerme caso y no vas a cometer ninguna estupidez.

—No lo haré.

—Natalie necesita que seas fuerte por ella, que la guíes mientras entra en el mundo de la fama y aprenda a sobrellevar todo lo que le acompaña.

—Lo sé. Lo estoy intentando.

—Recuerda que no será siempre así. Ocurrirá alguna otra cosa y pasarán al siguiente escándalo.

—De un momento a otro.

—Quiero que tengas presente que, por malo que esto sea, ahora la tienes a ella y ella te tiene a ti. Eso es lo único que de verdad importa.

—Gracias, papá. Has dicho lo que necesitaba oír.

—Esperaba que llamaras. No quería molestarte con todo lo que estás pasando.

—Eras tú o un loquero.

Mi padre se parte de risa.

—Me alegro de que me hayas elegido a mí.

—Yo también.

—¿Nos vemos pronto?

—Sí.

—Aguanta, hijo. Os queremos y estamos aquí si nos necesitáis.

—Gracias. Yo también os quiero.

Termino la llamada sintiéndome mucho más calmado que antes de hablar con él. Sus charlas me han ayudado a pasar más de un momento complicado en mi vida y ha sido mi roca cuando me adentré en el proceloso mundo de la actuación y la producción. Siempre ha sido la voz de la razón, y eso era lo que hoy necesitaba.

Ahora solo tengo que poner en práctica su consejo y aceptar las ideas de Natalie. Eso puedo hacerlo. Al menos lo puedo intentar.

Natalie

Es asombrosa la rapidez con que suceden las cosas cuando el actor más importante del mundo está de por medio. Carolyn Justice tomó un vuelo nocturno de Nueva York a Los Ángeles y está previsto que la entrevista tenga lugar a mediodía en las oficinas de Quantum. Me he puesto mi fiel vestido negro. Llevo el pelo largo y rizado y, como estoy morena gracias a los días bajo el sol, solo me he aplicado rímel y brillo de labios.

Con suerte no pareceré una pueblerina en la televisión nacional.

Flynn lleva un traje de color pizarra, con una camisa blanca y sin corbata. También está bronceado y fantástico, pero, claro, él siempre lo está. Ha permanecido callado y retraído desde que ayer tomamos la decisión, y espero que vuelva a la normalidad en cuanto dejemos esto atrás.

En el edificio de Quantum conozco por fin a Liza, que es más joven de lo que esperaba. Es menuda, con un reluciente cabello negro corto, un elegante traje y unos taconazos de diez centímetros. A pesar de su aspecto profesional y muy cuidado, es afectuosa y divertida, y me cae bien en el acto.

Flynn nos presenta y ella me da un abrazo.

—Me alegro muchísimo de conocerte, Natalie.

—Gracias por tu ayuda con todo esto.

—Es un placer... y es mi cometido. Trabajar para este tío no es exactamente un calvario.

Engancho mi brazo con el de Flynn.

—Es un tío bastante guay.

—No podría estar más de acuerdo. Y quiero que sepas que pienso que estás haciendo lo correcto y que has elegido a la persona perfecta con la que hablar.

—La escogió Flynn.

Hablamos de él como si no estuviera justo a mi lado, emanando la tensión que le ha atenazado desde que me empeñé en hacer la entrevista.

—Ha elegido bien.

La hermana de Flynn, Ellie, que también trabaja en Quantum, me saluda y me abraza como si fuéramos viejas amigas.

—Esto es una mierda —exclama.

—Sí que lo es, pero con suerte servirá de ayuda.

—La familia entera te apoya, Natalie. Espero que lo sepas.

—Muchísimas gracias.

Su dulzura casi me hace llorar. He pasado mucho tiempo sin el apoyo de una familia y los Godfrey son todo un clan con el que contar.

Carolyn entra como una exhalación en la sala de conferencias a las doce en punto, seguida por un equipo de productores, cámaras, personal de peluquería y maquillaje y todo un séquito de personas que rondan por allí colgadas de sus móviles, dando órdenes y, en general, tratando de parecer importantes. La periodista es una rubia con unos cálidos ojos azules que impiden que parezca inaccesible. Se la conoce por ser una entrevistadora experta, que siempre hace las preguntas correctas y capaz de hacer que hasta el hombre más recio rompa a llorar con sus inquisitivos interrogatorios sobre los asuntos más personales.

Uno de los miembros de su equipo nos coloca los micrófonos. Flynn aparta la mano del tío y se ocupa de sujetar el mío a mi vestido. El posesivo gesto casi me hace reír, pero Flynn no está de humor para bobadas.

Con los micrófonos en su lugar, Carolyn se acerca a nosotros y abraza a Flynn.

—Es estupendo verte de nuevo.

—Lo mismo digo, Carolyn. Gracias por hacer esto.

—Gracias a ti. Esta es la entrevista del año. Todo el mundo la quería. Me siento muy honrada de que me hayas elegido a mí.

—Siempre has sido justa conmigo en el pasado. Espero que hagas lo mismo con Natalie.

Se muestra tan amable y encantador como siempre, pero la advertencia ha sido clara.

—Por supuesto. —Se vuelve hacia mí y me tiende la mano—. Es un placer conocerte, Natalie.

—Lo mismo digo. —Estoy totalmente deslumbrada. He visto el programa diario de Carolyn Justice desde que iba a la universidad—. Soy una gran fan tuya.

—¡Muchísimas gracias! Es estupendo saberlo. Antes de que empecemos, ¿hay algo que esté prohibido?

Miro a Flynn. El tendón que palpita en su mejilla me indica que está muy tenso, y que sin duda lo estará aún más en la próxima hora.

—No hay nada prohibido —respondo—, pero no voy a entrar en los detalles de la agresión.

—Lo entiendo; jamás te pediría que lo hicieras.

Tomo la mano herida de Flynn entre las mías cuando nos indican que vayamos hacia los asientos que la gente de Carolyn ha instalado bajo unos potentes focos. Los cables y cuerdas en el suelo me recuerdan al día en que nos conocimos, un pensamiento que comparto con Flynn.

Sus labios se curvan en una sonrisa que no alcanza sus

ojos. Tengo ganas de terminar con esto, tanto por su bien como por el mío.

Nos sentamos sin separar nuestras manos; necesito su consuelo tanto como deseo ofrecerle el mío.

Carolyn tiene preparada una entrada en la que resume los acontecimientos de la última semana y nos presenta, poniendo de relieve que esta entrevista exclusiva es la única que Flynn y yo vamos a conceder.

—Natalie, me gustaría empezar preguntándote cómo ha cambiado tu vida desde que conociste a Flynn.

La pregunta me pilla por sorpresa, porque cabría pensar que los cambios en mi vida son bastante obvios. Miro a Flynn, que tiene la vista clavada al frente, con expresión ilegible.

—Mi vida ha cambiado por completo —reconozco—. Y salvo algunas excepciones, ha cambiado para mejor. Me siento muy afortunada por haber conocido a Flynn, por formar parte de su vida y por tenerle en la mía.

Él me aprieta suavemente la mano.

—Tenemos mucha curiosidad por saber cómo os conocisteis. ¿Os importaría compartir esa historia?

Intercambiamos una mirada y él me indica con un gesto que proceda. Cuento la historia de cuando Fluff se me escapó en Greenwich Village y cómo la perseguí justo hasta los pies de Flynn.

—Choqué contra él y acabé en el suelo, sin aliento, mientras Fluff le mordía.

—¿El perro te mordió?

—Sí. —Levanta el brazo donde las marcas se han difuminado, aunque siguen siendo visibles—. Esa ancianita sigue siendo un duro rival a sus catorce años.

—Y eso que solo le quedan diez dientes en su linda boquita —apostillo.

A Carolyn se le escapa la risa.

—Bueno, ¿y qué pensaste cuando te diste cuenta de que tu perro había mordido a Flynn Godfrey?

—Temió que las demandara a ambas por todo lo que tenían —responde Flynn con su característico humor. Es genial tenerlo de vuelta después de convivir con el tenso y estresado Flynn.

—Que no es mucho —aclaro—. Me sentía mortificada, como es natural. Fluff jamás ha mordido a nadie y se le ocurre estrenarse con Flynn Godfrey.

—Todo el incidente fue muy divertido —apunta Flynn.

—He de preguntar cómo pasasteis de que su perro te mordiera a recorrer juntos la alfombra roja en los Globos de Oro una semana después.

Flynn me mira.

—Desde que la vi por primera vez supe que quería a Natalie en mi vida.

Carolyn se abanica la cara.

—¡Uau! Necesito una copa… y un cigarrillo.

Nos reímos.

—Tú no fumas —le recuerda Flynn.

—¡Hoy es un buen día para empezar! Y tú, Natalie… ¿Cómo se plantea uno salir con alguien como Flynn?

—Con sumo cuidado —contesto, haciéndolos reír de nuevo.

—Hizo que me lo currara.

—¿Cuándo supisteis que esto podría ser algo especial?

La pregunta va dirigida a mí.

—Flynn me mostró quién es de verdad varias veces en los primeros días que estuvimos juntos. Es difícil que no te guste, sobre todo cuando saca a relucir el encanto de los Godfrey.

—Imagino que eso puede ser impresionante.

—Y que lo digas.

A estas alturas siento que estoy charlando con una vieja

amiga. Imagino que esa es la razón por la que Carolyn es tan buena en lo que hace y está tan bien considerada en el gremio.

—¿Puedes describirnos cómo fue enterarte de que tu doloroso pasado se había hecho público después de que aparecieras en los Globos de Oro con Flynn?

Liza me advirtió que estuviera lista para esta pregunta, y lo estoy.

—Como es natural, es muy doloroso revivir una época de mi vida que preferiría olvidar, pero en ciertos aspectos también ha sido liberador. Ya no tengo que preocuparme de que alguien averigüe quién fui. El mundo entero lo sabe y, por sorprendente que parezca, la vida ha seguido adelante.

—Pero perdiste tu empleo en el colegio Emerson de Nueva York. ¿Es correcto?

—Sí.

Siento una punzada de dolor en el pecho al recordarlo.

—¿Has presentado alguna demanda al respecto?

—Estamos estudiando todas nuestras opciones —interviene Flynn—. Incluyendo la de interponer una demanda.

Es la primera vez que oigo hablar de esa posibilidad. Me aclaro la garganta.

—Los padres de mis alumnos han reclamado a la junta del colegio que me readmitan. Estamos esperando a conocer si la junta anula la decisión de la directora.

—Si te ofrecen de nuevo tu puesto, ¿lo aceptarías?

—Yo... no lo sé. Dependería de varias cuestiones.

—¿Puedes hablarnos de la demanda contra el abogado que vendió tu historia a la prensa?

Flynn se ocupa de responder a esa.

—Vamos a por todo, desde la expulsión de la profesión hasta cargos civiles y penales. No me daré por satisfecho hasta que sufra al menos la mitad de lo que Natalie ha sufrido.

—Incluso a aquellos de nosotros a los que nos indignó el modo en que se hizo pública tu historia, nos ha resultado difícil no sentirnos conmovidos por tu valor y tu fortaleza. ¿Puedes hablarnos de las decisiones que tomaste después de la agresión? ¿Es cierto que tu agresor amenazó la seguridad y el sustento de tu familia?

—Así es, pero no fue una decisión. Tenía…, o imagino que sigo teniendo…, hermanas pequeñas. Estaba segura de que en algún momento centraría la atención en ellas si no presentaba cargos. No podía dejar que eso pasara, así que no tenía otra opción que acudir a la policía.

—¿Entiendo que no has tenido contacto con tu familia desde que tomaste esa decisión?

—Así es. Mi padre trabajaba para el gobernador y eligió a su viejo amigo antes que a su hija.

A pesar de mi tono directo y de todos los años transcurridos, me sigue doliendo recordar a mi padre llevándose a mi madre del hospital y de mi vida, dejándome traumatizada, víctima de una agresión y sola.

—¿Cuántos años tenías, Natalie?

La voz de Carolyn se suaviza y en sus ojos brillan lágrimas sin derramar.

—Quince.

—¿Qué hiciste? ¿Cómo lo superaste? ¿Consideraste alguna vez la posibilidad de no presentar cargos contra Oren Stone? Vaya, siento estas tres preguntas.

Me río al ver su expresión de desconcierto.

—Tuve la suerte de que me acogiera la familia de uno de los detectives que había trabajado en mi caso. Fueron muy buenos conmigo. Además, conté con el apoyo económico de los detractores de Stone, que querían ayudarme a acabar con él. Y ni una sola vez se me pasó por la cabeza no presentar cargos o no ratificar la denuncia contra él. Lo que me hizo… Bueno, nadie debería salir impune de algo así.

—Siento curiosidad por saber cómo se hizo público tu nombre. Eras menor, y las víctimas de agresión se suelen mantener lejos de la prensa.

—Creemos que el equipo de Stone filtró mi nombre con la esperanza de que no testificara. Cuando se celebró el juicio ya no era ningún secreto. Además, era la hija de uno de sus asesores más importantes, así que esa conexión no tardó mucho en formar parte de la historia.

—Y cuando te enteraste de que había muerto en prisión después de ser violado... ¿Qué pensaste?

—El karma. La gente recoge lo que siembra en la vida. Sinceramente creo que si eres buena persona, te ocurrirán cosas buenas. Si eres malo... Bueno, tendrás lo que te mereces.

—No podría estar más de acuerdo —afirma Carolyn de manera enfática. Ahí es cuando sé que mi historia le conmueve de verdad—. Bueno, volvamos a la semana previa a los Globos de Oro. Acabas de conocer a Flynn y habéis iniciando un vertiginoso romance. Él te pide que le acompañes a un acto público de máxima relevancia mediática. ¿No tuviste miedo de que te descubrieran, después de haberte tomado tantas molestias para cambiar de nombre y de aspecto y para construirte una nueva vida?

—Para serte completamente sincera, quizá fui ingenua al pensar que el abogado al que pagué muchos miles de dólares que no podía permitirme gastar me protegería, porque ese era su trabajo. La ética le exigía que guardara mis secretos. Jamás, ni por un solo segundo, pensé que no lo haría.

—Flynn, antes de que la historia se hiciera pública, ¿conocías el pasado de Natalie?

Siento que todo su cuerpo se tensa junto a mí. No quiere estar aquí. No quiere hablar de esto, pero lo está haciendo porque yo se lo he pedido y le amo por eso.

—Sabía que había sido agredida. Conocí la historia

completa a la vez que el resto del mundo. Nuestra relación era todavía muy reciente y aún no habíamos llegado tan lejos.

—Natalie, ¿le habrías contado tu historia a Flynn con el tiempo?

—No lo sé. Lo más probable es que hubiera llegado un momento en el que habría tenido que explicarle por qué mi familia ya no forma parte de mi vida. Ni siquiera mi mejor amiga lo sabía. No es algo de lo que hable... o hablara... antes de que el mundo entero se enterara. La familia que me acogió después de la agresión todavía me conoce como April. Pero hace años que no los veo. Se mudaron a Seattle después de que yo me fuera a la universidad.

—El caso es que debería haber sido Natalie quien decidiera cuándo o qué me contaba —añade Flynn con un gruñido—. Alguien en quien ella confiaba le arrebató esa posibilidad, algo que no debería haber pasado.

—No puedo ni imaginar qué debiste de sentir cuando la historia se hizo pública, Flynn.

—Nunca pensé que sería capaz de matar, pero en este caso...

—No podemos culparte por sentirte así —aduce Carolyn—. Le pasaría a cualquiera. Bueno, ¿y qué planes tienes ahora, Natalie?

—En realidad, no he hecho ningún plan aparte de pasar una temporada aquí, en Los Ángeles, con Flynn. Esperamos los Premios de la Crítica con impaciencia.

—¿Tenéis pensado asistir? Había oído que no ibais a estar.

—Has oído mal —replico antes de que él pueda responder—. Ahí estaremos y yo animaré a Flynn. Su actuación en *Camuflaje* fue impresionante y se merece todos los aplausos que está recibiendo.

—No podría estar más de acuerdo —dice Carolyn—. Es con diferencia la mejor película del año.

—Gracias —responde Flynn con voz ronca.

—Y enhorabuena por todas las nominaciones a los Oscar que ha recibido *Camuflaje*. ¿Alguna predicción?

—No —ataja él, haciéndonos reír a ambas.

Carolyn descansa la barbilla en el brazo que ha apoyado en la rodilla.

—Hay algo que te quiero preguntar. ¿Cómo es salir con la estrella de cine más importante del universo?

Me río ante la pregunta típica de cualquier fan y porque así es como también yo lo veía.

—Es... Cuando empecé a verme con él, mi compañera de piso en Nueva York me preguntó si algún día le vería como a alguien que no fuera Flynn Godfrey, la estrella de cine más importante del mundo. Pero para mí es simplemente Flynn, el hombre más dulce, amable, sexy y considerado que he conocido, y me siento muy honrada de pasar el tiempo con él, sobre todo los últimos días. Ha sido un gran apoyo para mí en todo esto.

—Es toda una declaración —comenta Carolyn—. ¿Qué piensas tú, Flynn?

—Yo soy el afortunado.

Se lleva mi mano a los labios y yo me imagino a todas las mujeres de Estados Unidos babeando por la forma en que me mira mientras su boca roza mis nudillos.

—Has dicho en repetidas ocasiones que nunca volverías a casarte. ¿Has cambiado de opinión desde que conociste a Natalie?

—Desde luego.

Es evidente que Carolyn no se esperaba que fuera tan tajante.

—¿Oigo campanas de boda para los dos?

Flynn no aparta la mirada de mí cuando responde:

—En cuanto podamos.

—¿Es una proposición eso que acabo de oír? —Carolyn

casi levita en su asiento de la emoción. Le ha servido una enorme exclusiva en bandeja de plata.

—No, no lo es. —Flynn se ríe de su reacción—. Cuando le pida a Natalie que sea mi esposa, será un momento muy íntimo y personal entre los dos y nadie más.

—¿Seré la primera en saberlo después? —pregunta la periodista con una sonrisa esperanzada.

—Puede que después de que se lo haya contado a mis padres.

—Me parece bien. Y hablando de tus padres, ¿has conocido a Max y a Estelle, Natalie?

—Así es, y son tan maravillosos como parecen, igual que las hermanas, los cuñados y los sobrinos de Flynn. Son una familia increíble y han hecho que me sienta muy bien recibida.

—Una última pregunta antes de despedirnos. Después de todos estos años, si pudieras decirle algo a tu familia en Nebraska, ¿qué sería?

—Les diría a mis hermanas que las quiero y las echo mucho de menos —replico sin vacilar—. Y que me encantaría saber de ellas.

—Pueden contactar con Natalie a través de mi empresa, Producciones Quantum, en Los Ángeles —añade Flynn—. Siempre serán bienvenidas allá donde estemos.

Carolyn estira el brazo y posa la mano sobre las nuestras, que están unidas.

—Muchísimas gracias por hablar hoy conmigo. Espero que sepas lo impresionados que estamos por tu coraje y tu fortaleza. Apuesto por los dos, y a ti, Flynn, te estaré animando mientras continúe la temporada de premios.

—Gracias, Carolyn.

—Sí, gracias por recibirnos.

—El placer ha sido todo mío.

—Y estamos fuera —anuncia el director.

—Ha sido genial, chicos —asegura Carolyn, levantándose para darnos un abrazo a ambos antes de que nos quiten los micrófonos. A mí me retiene un segundo más de lo esperado—. Me tienes impresionada, Natalie. De verdad.

—Gracias.

—Tienes un gran chico.

—Soy muy consciente de ello —respondo con una sonrisa para Flynn.

Él me rodea con el brazo y me besa en la sien.

—¿Podemos irnos ya?

—Sí, claro. Lo emitiremos la semana que viene. Os avisaremos de cuándo. Gracias otra vez y buena suerte en los Oscar. Aunque no la necesitas.

—No le gafes —le pido—. Es muy supersticioso.

—No pretendía gafarle. Solo digo la verdad.

Flynn la besa en la mejilla.

—Hoy has dado en el clavo. No lo olvidaré. —Me saca de la sala de conferencias—. ¿Quieres ver mi despacho?

—Claro.

Está ubicado al final de un largo pasillo y tiene vistas a la gran ciudad de Los Ángeles.

—Mira. —Señala las letras de Hollywood en la lejanía. Más al oeste alcanzo a ver el Pacífico.

Su oficina es enorme y moderna, con tres altas paredes de cristal que aprovechan al máximo las excepcionales vistas. Al igual que los despachos de su casa, la mesa está abarrotada con montones encima de más montones.

—Deja que lo adivine, Addie tampoco tiene permitido el paso aquí.

—Así es. El despacho de un hombre es sagrado.

—Y un caos. Me encantaría ponerle las manos encima a tus tres supuestos despachos. Los ordenaría en un santiamén.

La mirada que me lanza está llena de espanto.

—¡Ni se te ocurra!

Me siento aliviada por la vuelta de su lado travieso, que tanto he echado de menos.

—Más vale que seas bueno conmigo o podría sentirme tentada.

Sus brazos me rodean desde atrás.

—Cielo, siempre soy bueno contigo.

Me relajo en su abrazo.

—Sí que lo eres.

Me acaricia el cuello con la nariz, poniendo en marcha una reacción en cadena que hace que todas las partes más importantes de mi cuerpo se pongan alerta ante su proximidad.

—¿En qué estás pensando, cariño?

—En lo que has dicho ahí... a Carolyn.

—He dicho un montón de cosas.

—Eso es cierto.

—¿Te refieres a lo de casarnos? —pregunta.

—Hum... sí...

—¿Eso te ha sorprendido?

—Un poco.

Coloca las manos en mis hombros y hace que me vuelva hacia él.

—¿Adónde crees que va esto? Me casaría contigo hoy mismo si no creyera que es demasiado pronto para ti.

—Oh. ¿Lo harías?

Enmarca mi rostro entre sus grandes manos y me besa.

—Puedes apostar lo que quieras a que sí. Quiero que seas mía para siempre jamás. Quiero saber que vamos a pasar juntos el resto de nuestras vidas. No creo que pueda relajarme de verdad en lo que a ti se refiere hasta que lleves mi anillo en el dedo.

—Flynn... Me dejas sin aliento.

—¿Es eso un sí?

—Espera un segundo... ¿Esto ha sido una proposición?

El corazón me late tan deprisa que coloco una mano sobre él, esperando calmarlo.

—Más bien estaba tanteando el terreno. La proposición de verdad será mucho más romántica e incluirá un anillo absolutamente impresionante, un anillo que hará justicia a la mujer a la que amo y con la que quiero pasar mi vida. Así que no, no era la proposición oficial. Pero en el hipotético caso de que lo hubiera sido... ¿Cuál habría sido tu respuesta?

Le quiero muchísimo cuando me muestra su vulnerabilidad y porque no da nada por sentado en lo que a mí respecta.

—Mi respuesta habría sido...

—¡Joder, Nat! Me estás matando.

—Sí. Habría respondido que sí un millar de veces.

Él me levanta en el aire mientras me besa.

—¿Solo un millar?

—Cien millones.

Después de otro beso, apostilla:

—Es una buena cifra y es casi lo que valdrás en cuanto digas «Sí, quiero».

—Poco me importa eso. Espero que sepas...

Otro beso.

—Sí, cariño. Lo sé. —Flynn me baja al suelo y me abraza con fuerza—. ¿Acabamos de hablar de lo que creo que acabamos de hablar?

—Eso creo. Y a pesar de lo que pienses, me casaría contigo hoy mismo.

—Te quiero, Nat. Me he sentido muy orgulloso de ti durante esa entrevista. Me asombras cada día y solo puedo pensar en tenerte para siempre, aquí mismo, entre mis brazos, que es donde debes estar.

—No hay otro lugar en el mundo en el que prefiriera estar.

—¿Ni siquiera en Nueva York con tu clase?

Lo pienso durante un segundo, pero ni siquiera me lleva tanto decidir.

—Ni siquiera ahí.

Sus brazos me estrechan con fuerza, hasta que apenas puedo respirar. Pero ¿quién necesita aire cuando Flynn Godfrey te profesa su amor eterno?

Un golpe en la puerta interrumpe el momento, pero él me suelta solo en parte, manteniendo un brazo sobre mis hombros.

—Adelante.

Addie asoma la cabeza.

—Siento interrumpir.

—¿Lo has conseguido? —pregunta Flynn.

—Por favor... Pues claro que sí.

—Te pido disculpas por dudar de ti.

No tengo ni idea de qué están hablando.

Addie entra y le entrega un paquete y un trozo de papel.

Tengo que mirar dos veces cuando veo mi fotografía en el papel.

—¿Qué es eso?

—Eso, amor mío, es tu recién expedido permiso de conducir del estado de California. Hoy vas a aprender a conducir.

8

Flynn

Está tan nerviosa que le tiemblan las manos cuando coge el volante del Mercedes plateado que tanto le gustó cuando estuvimos aquí para los Globos de Oro. Le dije que podía usarlo siempre que estuviéramos en Los Ángeles y fue entonces cuando reconoció que no sabía conducir.

Mi pobre y dulce Natalie se perdió muchos ritos de iniciación que el resto damos por sentado y quiero compensárselo, empezando por enseñarle a conducir.

—¿Y si choco con algo o araño el coche? Adoras tus coches.

Le cojo la mano desde el asiento del pasajero y espero a que ella me mire.

—No tanto como a ti.

—¿Ni siquiera el Bugatti? —pregunta, riendo y enarcando una ceja.

—Ni siquiera el Bugatti.

Su risa se apaga.

—Estás mintiendo. Amas ese coche más que a nada en el mundo.

—No, cariño, te amo a ti más que a nada en el mundo. Los coches son cosas. Se pueden reemplazar. Y están asegurados. A todo riesgo.

—Si estás seguro...

—Al cien por cien. Quiero que descubras lo divertido que es conducir y poder ir a donde quieras siempre que quieras.

Los guardaespaldas nos vigilan desde un todoterreno cercano. Se mantendrán pegados a nosotros hasta que el escándalo de alguna otra persona desplace de los titulares la historia del pasado de Natalie. Estamos en el aparcamiento de Quantum, donde hay espacio de sobra para practicar las maniobras básicas.

Reviso todas las funciones del coche y le digo dónde está todo.

—Conducir significa ser predecible. Hagas lo que hagas, debe ser lo que el conductor que va detrás de ti espera que hagas. ¿Me comprendes? Dicho de otro modo, no frenes en un semáforo en verde, ni en pleno giro, ni hagas nada que provoque que te golpeen por detrás.

—Vale... ¿Qué más?

—Ve despacio al principio, hasta que conozcas el coche y de lo que es capaz.

—No puedo creer que el primer coche que voy a conducir sea un Mercedes.

—El mío fue un Jaguar. Mi padre se pasó todo el rato hecho un manojo de nervios. Le acusé de estar más preocupado por el coche que por mí. Él no lo negó.

La historia la hace reír, tal y como esperaba.

—Vamos a dar una vuelta. —Señalo el contacto, ella gira la llave y arranca el coche—. Ahora mete primera.

—¿Estás seguro de esto?

—Segurísimo. Dame un buen viaje, cariño —añado con un guiño y una sonrisa para recordarle la última vez que le dije esas palabras; ella se sonroja de forma adorable.

Damos un centenar de vueltas alrededor del aparcamiento y, como esperaba, es una conductora cauta y concienzuda.

Supongo que es la ventaja de aprender a los veintitrés en lugar de a los dieciséis, cuando eres demasiado estúpido para saber de cuántas maneras puede matarte esta actividad. Natalie ha sido adulta desde los quince y llega a la conducción con la sensibilidad de una persona madura.

—¿Qué te parece? —le pregunto al cabo de una hora de conducir en círculos—. ¿Quieres salir a la carretera?

—¿La carretera de verdad, con otros coches? No creo que esté lista para eso.

—Claro que lo estás. Lo harás genial.

Hago una señal al todoterreno y aviso a los de seguridad de que vamos a salir.

—Flynn, en serio, no es buena idea.

Me arrimo para darle un beso en la mejilla.

—Es una gran idea. Mis padres nos esperan a comer y tenemos que ponernos en marcha.

Señalo la salida del aparcamiento.

Natalie aprieta los dientes y dirige el coche hacia donde le he indicado. Lo que debería ser un trayecto de veinte minutos hasta Beverly Hills nos lleva cuarenta, porque Natalie conduce tan despacio que tengo que reprimir las ganas de reír cuando un coche tras otro nos pasa de largo y sus furiosos conductores le enseñan el dedo corazón a mi chica.

—Aquí la gente es mala —masculla, rompiendo el prolongado silencio.

—Lo que ocurre es que esperan que todos los coches circulen al menos a la velocidad mínima permitida.

—Sé que te burlas de mí, y no dudes de que me acordaré de eso más tarde, cuando quieras ponerme las manos encima.

—Jamás me reiría de ti, cielo.

—Dice el hombre que quiere probar suerte más tarde.

La amo con locura. Adoro que discuta conmigo, que me ponga en mi sitio y le dé igual quién soy y lo que tengo. Por primera vez en mi vida adulta he encontrado a una mujer a la que de verdad le importo yo, y no todo lo que me acompaña. Ella es un milagro. Mi propio milagro andante. Y ver su concentración mientras sigue mis indicaciones hasta Beverly Hills solo hace que la ame aún más.

—Deja de mirarme.

—No quiero. Estás preciosa cuando te concentras.

—¿Te refieres a que estoy preciosa cuando estoy aterrorizada?

—No tienes por qué estarlo, y siempre estás preciosa.

—Vale, lo que tú digas.

—Lo estás haciendo genial. ¿Qué te parece hasta ahora?

—Aterrador.

—Es divertido. Espera a conducir un coche de verdad.

—¿Es que esto no es un coche de verdad?

—Este, mi amor, es un sedán. Podemos hacerlo mejor.

—Esto es todo lo real que pienso llegar.

—Ya veremos. —La miro y me deleito en su hermoso rostro, con sus labios fruncidos en un adorable mohín—. ¿Te parece bien que haya hecho esto?

—¿Obligarme a conducir entre el tráfico de Los Ángeles cuando no he conducido en mi vida?

—Eso, el permiso, todo —respondo entre risas ante su indignación.

—Me pregunto cómo has conseguido arrastrarme a un acuerdo legalmente vinculante con el estado de California sin mi participación.

Me burlo de eso.

—Todo es posible si sabes a quién pedírselo.

—Supongo que, con sesenta coches en tu haber, debes de tener a un funcionario de Tráfico entre tu personal.

—Tengo mis contactos.

Estamos parados en un semáforo, a la espera de girar a la izquierda hacia Beverly Hills, cuando ella me mira con esa dulce y adorable sonrisa que me detiene el corazón cada vez que me la regala.

—Gracias.

—¿Por qué?

—Por tirar de los hilos para conseguirme un permiso, por dejarme conducir este coche tan caro y tan bonito, por llevarme a comer a casa de tus padres y, sobre todo, por sentarte a mi lado durante la entrevista cuando era el último lugar en el que querías estar.

El semáforo se pone en verde y ella gira, con la concentración de nuevo dibujada en su cara. Le indico el camino a través del barrio hasta la casa de mis padres. Frenamos frente a la puerta de seguridad y le doy un código para que lo teclee y las puertas se abran.

—No puedo creer que me hayas dado esa clase de información.

—¿Por qué no iba a hacerlo? Te confiaría mi vida.

La persistente vocecilla al fondo de mi cabeza me recuerda que, aunque le confíe mi vida, no le he confiado mi verdad. Cuando las grandes verjas de hierro forjado se separan por completo, Natalie recorre el camino de entrada.

—¿Dónde aparco?

—Ahí mismo está bien.

Paramos y apaga el motor mientras exhala un enorme suspiro de alivio y apoya la cabeza en el volante.

Le concedo un segundo para que se recupere.

—Oye, Nat.

Ella levanta la cabeza y me mira.

—Lo que has dicho antes acerca de la entrevista...

—¿Qué pasa con eso?

Le coloco un mechón de pelo detrás de la oreja y aprovecho la oportunidad para acariciarle la mejilla con los dedos.

—No quería hacer la entrevista, pero no era el último

lugar en el que quería estar. Quiero estar donde tú estés, y si eso significa hacer cosas que no deseo, que así sea.

Ella clava la mirada en mí y estudia mi rostro con atención.

—¿Eres real? ¿Esto es real? No irás a convertirte de repente en un cabrón violento, ¿verdad?

Ahí está otra vez, esa punzada de remordimiento por lo que le estoy ocultando.

—No tengo pensado hacerlo.

—¿Lo prometes?

—Sí, cielo, lo prometo. —Estoy a punto de besarla cuando alguien golpetea la ventanilla a mi espalda. Gruño de frustración y me vuelvo para encontrar a mi padre, que sonríe como un bobo mientras mira dentro del coche. Divertido, presiono el botón para bajar el cristal—. Hola, papá.

—Hola, hijo. Natalie.

—Hola, Max.

—¿Qué tal? —pregunta.

—Bueno, estaba a punto de besar a mi chica antes de que me interrumpieras de forma tan grosera.

Natalie ríe como la niña que era antes de que le robaran la inocencia. El sonido es música para mi alma.

—No dejes que yo te lo impida —alega Max.

—El momento ha pasado —digo, guiñándole un ojo a Natalie—. ¿Lo dejamos para otra ocasión?

—Hecho.

—Así que ¿has dejado que tu novia te traiga? —pregunta mi padre cuando salimos del coche y lo seguimos al interior—. No es propio de ti.

—Natalie está aprendiendo a conducir y lo hace bien.

Por la forma en que se suaviza el rostro de mi padre puedo ver que comprende de inmediato que aprender a conducir es algo que ella se perdió.

—Eso es maravilloso.

Besa y abraza a Natalie, y le da la bienvenida a su casa como si fuera una amiga a la que hacía mucho que no veía. Le quiero mucho. Es el hombre más bueno que conozco y toda mi vida me he esforzado para hacer que se sienta orgulloso de mí.

Natalie alucina con la casa. Intenta contemplarlo todo a hurtadillas mientras mi padre la conduce por las grandes y espaciosas habitaciones hasta el patio trasero, donde mi madre y el ama de llaves, Ada, están colocando un montón de comida.

—Mira quién ha llegado, Stel —anuncia Max.

Mi madre deja lo que está haciendo y se acerca a abrazar a Natalie.

—Oh, mi dulce niña. Me has tenido muy preocupada. —Se aparta para poder verle la cara, pero no retira las manos de sus hombros—. ¿Qué tal lo llevas?

—Estoy bien. —Natalie me mira—. Flynn ha cuidado muy bien de mí.

—Más le vale. —Mi madre me coge de la mano y yo la beso en la mejilla—. Todo este asunto es indignante. Espero que demandéis a ese tío de Nebraska.

—Estamos en ello, mamá. Descuida.

—Hemos estado muy preocupados. Yo... estoy más que harta. Aunque pasara otros cincuenta años en este mundillo, jamás entenderé que un medio de comunicación pueda pagar por una historia así.

Mi padre rodea a su mujer con el brazo.

—Tómatelo con calma.

Ella inspira hondo.

—Lo siento. No pretendía arruinar este momento preocupándome por cosas que escapan a nuestro control.

—Quiero que sepáis que significa mucho para mí contar con vuestro apoyo —dice Natalie, dirigiéndose a ambos—. Ha pasado mucho tiempo desde la última vez que tuve unos padres en quien apoyarme, y vuestra indignación resulta muy reconfortante.

—Ahora tienes unos padres, cielo —replica Stelle con firmeza—. Nosotros seremos tus padres. De hecho, se nos da muy bien. Pregúntales a nuestros hijos.

Natalie parpadea sin cesar. Es evidente que la bondad de mi madre la ha conmovido en el alma.

—Muchísimas gracias —dice mientras la abraza.

—¿Qué tal ha ido la entrevista con Carolyn? —pregunta después de permanecer juntas durante tanto tiempo que todos acabamos con los ojos llorosos.

—Ha ido bien —responde Natalie—. Ha sido muy amable y respetuosa.

—A mí me alegra que haya terminado —añado.

—¿Cuándo está previsto que la emitan? —quiere saber mi padre.

—La semana que viene. Nos avisarán.

—¿Qué os apetece beber? —pregunta, y su jovial tono aligera el ambiente de forma considerable.

Pasamos una relajante hora con mis padres, durante la cual Max me cuenta que ha oído que hay un plan oculto en marcha para que las celebridades de la alfombra roja en los Premios de la Crítica boicoteen el programa de televisión *Hollywood Starz*, el que sacó la historia de Natalie.

Se lo cuento a ella de regreso a la casa en la playa de Malibú. Conduzco yo para que Natalie no tenga que hacerlo durante la terrible hora punta en Los Ángeles.

—Uau, así que van a rechazar a esos reporteros por lo que me hicieron.

—Sí, y cuando lo hagan en directo por la televisión, enviarán al resto el potente mensaje de que si cruzan la línea, pagarán el precio.

Natalie no responde, así que la miro y veo que se está mordiendo el labio inferior.

—¿Qué ocurre, Nat?

—Te va a parecer una tontería después de que me cabreara por lo de ir a los premios.

—¿Qué me va a parecer una tontería?

—Lo que pasa es que... Has trabajado muy duro en *Camuflaje* y todos dicen que vas a ganar otra vez.

—¡No me gafes!

Sonríe, pero puedo ver que sigue preocupada.

—No quiero que esa noche todo gire a mi alrededor. Lo importante eres tú y tus asombrosos logros.

Dios, es tan dulce y tan perfecta. Quiero llevarla a la cama y no dejar que se levante hasta saciar la ardiente necesidad que me provoca.

—Se trata de nosotros, cariño. Todo es por nosotros. Pase lo que pase con el resto de los premios, lo único que me importa es que volveré a casa contigo después. Los premios son un segundo plato que está muy por detrás de ese.

—¿Alguna vez te preguntas cómo ha podido pasar algo como esto con tanta rapidez?

—¿Algo como esto? ¿Te refieres a que me haya enamorado locamente de ti y, con suerte, tú también de mí?

—Sí, a eso me refiero —dice, riendo—. Y nada de con suerte. Estoy tan locamente enamorada como tú.

—No me pregunto cómo ha pasado. Sé cómo ha pasado con exactitud. Tú me embestiste y la loca de tu perra me mordió y me infectó con una poción de amor o algo parecido. El resto, como suele decirse, es historia.

—Pobre Fluff. Se está haciendo una reputación muy mala con todo esto.

—Se la merece.

El sonido del móvil de Natalie interrumpe nuestra «discusión».

—Asegúrate de ver quién llama antes de descolgar.

Siempre estoy alerta contra los incansables paparazzi.

No me extrañaría que hubieran buscado su número hasta dar con él.

—Es Leah. Hola, ¿qué tal?

No puedo oír qué dice su amiga, pero Natalie está absorta, escuchando lo que sea que su compañera de piso le esté diciendo.

—¿Cuándo crees que decidirán? —pregunta—. Vaya, bien, sigue mandándome mensajes, y dile a Sue que gracias por la información. Es genial —agrega tras otra breve pausa—. Hace sol y calor todos los días. Hoy he estado aprendiendo a conducir… y le hemos concedido una entrevista a Carolyn Justice.

Me río al oír los chillidos de Leah a modo de respuesta.

Hablan durante otro par de minutos antes de despedirse.

—¿Qué pasa? —pregunto en cuanto finaliza la llamada.

—Según nuestra amiga Sue, que trabaja en el despacho de dirección, la junta está considerando muy seriamente anular la decisión de despedirme que tomó la señora Heffernan. Al parecer, Aileen y los demás padres han presentado unos argumentos contundentes.

—Eso es genial, Nat.

Es estupendo y me alegro por ella, pero la idea de que regrese a Nueva York me resulta deprimente.

—Sí.

—Deberían readmitirte. Es lo correcto.

—Lo sé.

Se peina la melena con los dedos mientras contempla el paisaje por la ventanilla de camino a Malibú.

Me gustaría saber qué hará si recupera su empleo, pero no se lo planteo. Temo su respuesta.

—¿Te apetece un paseo por la playa? —pregunto cuando llegamos.

Apenas nos hemos alejado de la casa desde que estamos aquí, pero recuerdo lo mucho que a Natalie le gustó la playa el primer día. Y como Addie me ha entregado el paquete que estaba esperando, puedo seguir adelante con mis planes. La alegría y la emoción me ha llenado el estómago de mariposas.

—¿Podemos? No llevas tu sombrero de la mafia rusa.

—Eso atraería demasiada atención. Tengo mi gorra de béisbol de los Dodgers y unas gafas de sol negras. Y los tenemos a ellos.

Señalo a los chicos de seguridad que han aparcado en el camino de entrada detrás de nosotros.

—Claro, si te parece bien a ti.

Nos ponemos pantalones cortos y una camiseta y salimos con Fluff, que está entusiasmada por tenernos de nuevo en casa. Bueno, está entusiasmada de tener a Natalie. A mí me tolera. La playa está desierta a esta hora del día, así que disponemos del lugar para nosotros solos, sin contar con el equipo de seguridad que nos sigue en la distancia. Les he pedido que nos concedan cierta intimidad para lo que he planeado.

Paseamos cogidos de la mano por la orilla; el agua fría nos lame los pies.

—¿Se caldea en algún momento? —pregunta.

—En verano está tolerablemente fría.

—Esto es precioso. Si viviera aquí, me pasaría el día entero contemplando el océano.

—¿Quieres vivir aquí?

—No lo sé —responde con una risita nerviosa—. No tengo ni idea de dónde está mi lugar.

Me ha ofrecido el pie perfecto para la conversación que deseo tener con ella.

—Yo sí.

—Tú sí ¿qué?

Está contemplando el océano, así que no me ve mirarla, cautivado por la forma en que la brisa le agita el pelo. Jamás me cansaré de mirarla, de hablar con ella, de cogerle la mano, de hacerle el amor o cualquiera de las demás cosas que hacemos juntos.

—Sé cuál es tu lugar.

—¿Y cuál es?

—A mi lado.

Dejo de caminar, me vuelvo hacia ella e hinco una rodilla en la arena.

Natalie ahoga un grito de sorpresa y Fluff empieza a ladrar.

—¡Flynn! ¿Qué estás haciendo?

Me quito las gafas y me las coloco en la cabeza.

—Natalie, te amo más de lo que jamás imaginé que fuera posible amar a alguien. Cuando el otro día me enteré de lo que la prensa te estaba haciendo, me sentí como si me arrancaran el corazón del pecho. No pude pensar, respirar ni hacer nada hasta que estuve a tu lado.

Natalie se limpia las lágrimas de la cara.

—Espero que no hagas esto por lo que ha pasado con la prensa.

—¿Crees que lo hago por eso? Amor mío, esto es por lo que pasó en un parque cuando tú y ese cruel ñu que tienes me atropellasteis y cambiasteis mi vida para siempre con solo mirar los ojos más alucinantes que he visto nunca. Hago esto porque cada segundo que paso lejos de ti me parece la peor de las torturas que jamás he sufrido. Y hago esto porque, sencillamente, no puedo vivir sin ti. Así pues ¿crees que tal vez podrías ayudarme y apiadarte un poco de mí? ¿Quieres casarte conmigo, Natalie?

—Tus padres... ¿Estás seguro de que quieren todos los problemas que acarreo?

—Ya los has oído hoy. Están entusiasmados de darte la bienvenida a nuestra familia. Y, además, estarán ocupados celebrando que una mujer de la que se han enamorado a primera vista sea la adecuada para mí.

—Sí, Flynn —responde, riendo mientras se limpia las lágrimas—. Me casaré contigo.

—¿Por qué?

Ella ladea la cabeza para mirarme con aire inquisitivo.

—¿Que por qué?

—Dime por qué quieres casarte conmigo.

—Porque te amo desesperadamente...

Me levanto para besarla antes de que termine la frase.

—Es cuanto necesitaba oír.

—Deja que siga. —Con sus manos en mi cara, me mira a los ojos y siento que me está enseñando su alma—. No te quiero por todas las razones por las que el resto del mundo te quiere. Te quiero por todas esas otras cosas de ti que nadie salvo yo conseguirá ver jamás. Te quiero por tu bondad, por tu generosidad, por tu humor, porque no te tomas en serio a ti mismo, pero sí tu trabajo. Te quiero por cómo cuidas de tu tía abuela Sally...

—¿Cómo sabes tú eso?

—No irás a decirme que la prensa se equivoca en eso, ¿no?

—No, esa es una de las cosas que sí son ciertas —respondo con una carcajada.

—Te quiero por quien eres, no por lo que tienes. Eso jamás me importará tanto como tú.

—Y por eso he roto por ti mi promesa de no volver a casarme y estoy dispuesto a jurar unos nuevos votos contigo.

La levanto en vilo y doy vueltas con ella, bajándola para darle un beso más casto de lo que me gustaría, pero soy consciente de que los de seguridad nos están observando.

—No puedo creer que esto esté pasando. ¿De verdad vamos a casarnos?

—De verdad. ¿Qué haces mañana?

—¿Te refieres al día después de hoy? ¿Quieres casarte mañana?

La amo muchísimo. No me cabe la más mínima duda de que esto es lo correcto para ambos.

—Sí que quiero. Estamos viendo qué podemos organizar para mañana o para el lunes.

—¿Estamos? ¿Quiénes?

—Addie y yo, por supuesto.

—Creo que estoy hiperventilando. ¿Estoy hiperventilando?

La rodeo con los brazos, riendo, y la beso.

—¡Ay, Dios mío! He olvidado la parte más importante de todo esto de la proposición.

Me meto la mano en el bolsillo de los pantalones para coger el anillo que he guardado antes de salir de la casa. Lo he palpado por lo menos veinte veces para cerciorarme de que seguía ahí. Tomo la mano de Natalie y le coloco en el dedo el anillo que he mandado hacer para ella.

—¡Flynn! ¡Por Dios! Es precioso.

Llora sin control mientras contempla el exclusivo anillo de diamantes de cuatro quilates engastado en platino que he elegido para ella. En momentos así, ayuda tener un cuñado joyero. Hugh y yo llevamos días confabulados y el anillo es perfecto para Natalie.

—Así que ¿mañana o el lunes? A menos que quieras una boda a lo grande. En tal caso, supongo que podrías convencerme para que espere un mes o dos, pero desde luego no más de dos.

—Me da igual tener una gran boda.

—Yo ya la tuve y son demasiados quebraderos de cabeza para un día de fiesta. —La abrazo con fuerza, con la barbilla apoyada en su cabeza mientras contemplo el sol hundirse en el horizonte—. A ti te da igual tener una gran boda. Y desde luego yo no quiero pasar de nuevo por eso a no ser que tú quieras. Deberíamos aprovechar este respiro para ocuparnos de las cosas.

—¿Qué pasa con tus padres? Y tus hermanas. Los niños...

—No se trata de ellos. Se trata de ti y de mí. Podemos dar una gran fiesta más tarde para celebrarlo. No necesito a nadie más allí. ¿Y tú?

—Aparte de Leah y Aileen, en realidad no tengo a nadie más.

—Ahora sí, cariño. Me tienes a mí y toda una familia que te querrá y te protegerá siempre. Ya no estás sola.

—Esto tiene que ser un sueño. Nada tan alucinante puede ser real.

—Es muy real, y yo he pasado de jurar en público que jamás me casaría otra vez a necesitar casarme con tanta desesperación que no puedo soportar la idea de esperar ni siquiera dos días más para hacerte mi esposa.

—Flynn... Dios mío. Esto es una locura.

—¿Eso es un sí?

—¡Sí! —Ríe incluso mientras llora—. Es un sí.

La levanto en vilo de nuevo y doy vueltas con ella, haciéndola gritar de risa, lo que por supuesto hace que Fluff ladre y trate de morderme las piernas. El sonido de la risa de Natalie es la música más dulce que jamás he escuchado. La dejo en el suelo, me aseguro de que no pierde el equilibrio y saco el móvil del bolsillo. Nos encaminamos hacia la casa, sin dejar de rodearla con un brazo.

—¿Y bien? —pregunta Addie cuando coge la llamada.

—Luz verde lo antes posible.

—Flynn... Es fantástico. Enhorabuena a los dos. Lo más pronto que pueden hacerlo es el lunes, así que lo organizaré todo y te llamo mañana con los detalles.

Sé que ella trabajará sin descanso para hacerlo realidad, pero también que no le molesta hacerlo. Es una romántica empedernida.

—Eres la mejor, Addie.

—¡Lo sé! Enhorabuena otra vez. Estoy entusiasmada.

—Gracias. Yo también. —Me guardo el móvil en el bolsillo y vuelco de nuevo mi atención en Natalie. Caminamos despacio, tomándonos nuestro tiempo para regresar a la casa—. ¿Eres feliz, Nat?

—Soy muy feliz. No tenía ni idea de que fuera posible ser tan feliz.

—Eso es lo único que me importa. Es lo único que jamás importará.

Pero antes de casarme con Natalie he de hablar con Hayden y dejar el club. Además, tengo que ocuparme del cuarto de juegos del sótano de mi casa, aunque eso puedo hacerlo más tarde. Está cerrado con llave, por lo que es improbable que lo descubra. No hay espacio para el club y lo que allí ocurre ni para el cuarto de juegos de mi casa en mi nueva vida con Natalie.

9

Natalie

Regresamos a la casa y encontramos a Marlowe esperándonos sentada en la terraza de atrás. Se levanta de golpe cuando nos ve llegar.

—¡Aquí estáis!

—Hola, Mo. —Flynn saluda a su íntima amiga y socia con un beso—. ¿Qué sucede?

—He traído la cena. He estado pensando en vosotros y quería ver qué tal os iba.

Él se coloca las gafas de sol en la cabeza.

—¿Qué tal nos va, Nat?

Sus ojos brillan con la clase de dicha que no he visto en él desde que mi historia se hizo pública.

Levanto la mano izquierda para mostrarle el anillo que aún no puedo creer que lleve puesto en el dedo.

Marlowe grita entusiasmada y se apresura a abrazarnos a los dos.

—¡Ay, Dios mío! ¡Flynn Godfrey está prometido! ¡Esta va a ser la historia del siglo!

—Chis. —Le divierte ver su reacción—. No vamos a decir nada aún.

—¡Tenemos que hacer una fiesta! ¿Podemos celebrar una fiesta! ¡Por favor! ¿O queréis estar solos? Porque si es así, invitaré a los chicos y daremos una fiesta en vuestro honor en mi casa.

Flynn me mira. Sé que preferiría que estuviéramos a solas, pero se trata de sus mejores amigos y socios... a dos de los cuales todavía no conozco.

—Una fiesta parece divertido.

—¡Sí! —Marlowe aplaude con entusiasmo—. He dejado el móvil dentro. Haré unas cuantas llamadas.

Cuando nos quedamos solos, Flynn me rodea con el brazo y me roba un beso.

—¿Seguro que te parece bien?

—Es perfecto. Fíjate qué noche, qué anillo, qué vista y qué prometido tan guapo. Hay mucho que celebrar.

—Me encanta verte resplandecer de felicidad.

—Resplandezco gracias a ti. Porque tú me amas.

—Te amo muchísimo.

—¿Y te sorprende que resplandezca?

Nos quedamos así, abrazados, hasta que regresa Marlowe.

—Todo el mundo va a venir y traerán cerveza y más comida. Me encantan las fiestas que se montan sin que yo tenga que hacer otra cosa que decidir celebrarlas.

Su entusiasmo es contagioso. ¿Qué hago yo en la casa de la playa de Hayden Roth, a punto de disfrutar de una fiesta con Marlowe Sloane y mi flamante prometido, Flynn Godfrey? Esto es surrealista, aunque también es ahora mi nueva vida. Mi nueva vida. Con una punzada de remordimiento, pienso en mis niños de Nueva York y espero que se las estén apañando sin mí.

—¿Estás bien, cariño? —me pregunta, pendiente como siempre de mí.

—Sí, estoy genial.

Estoy mejor de lo que lo he estado en ocho largos años.

—Oye, Mo, ¿qué has preparado de cena?

—¡Enchiladas, chaval! ¿Qué otra cosa podía ser?

Flynn se echa a reír.

—Marlowe solo sabe preparar cocina mexicana. Pensamos que es posible que la raptaran de una familia mexicana en algún momento.

—¿Qué puedo decir? Llevo los tamales en la sangre. ¡Marchando margaritas para todos!

Vuelve a entrar para preparar las copas.

Suena el teléfono de Flynn, que hace una mueca cuando comprueba quién llama.

—Tengo que responder.

—Iré a echarle una mano a Marlowe.

Empiezo a alejarme, pero él me hace volver para darme un beso.

—Ahora sí. Ya puedes irte.

Me embriaga con su forma de amarme. Es arrebatadora y abrumadora en el mejor de los sentidos. Encuentro a Marlowe en la cocina, usando la batidora mientras mezcla las bebidas.

—¿Puedo ayudarte en algo?

—Abre esa botella de tequila.

—Hecho. —Desenrosco el tapón de la botella y se la paso—. Oye, Marlowe.

—¿Sí?

—¿Puedes recomendarme un buen médico aquí? Preferiblemente que sea mujer.

—¿Estás enferma?

—Estoy bien. Lo que pasa es que necesito, ya sabes... —Me doy cuenta de que estoy a punto de compartir algo bastante personal con una superestrella a la que conozco desde hace muy poco. Pero me cae bien y prefiero considerarla una amiga—. Métodos anticonceptivos.

—Aaah. Entiendo. Conozco a la mejor doctora del mundo.

Saca su móvil y antes de que pueda decir palabra, realiza una llamada, explica quién soy y qué necesito y fija una cita para las siete y media del lunes por la mañana... y todo mientras sigue con la batidora.

Alucino por su capacidad de hacer varias cosas a la vez y me aterra esa cita.

Marlowe termina la llamada y centra de nuevo la atención en la batidora, añadiendo más tequila hasta que queda satisfecha.

—La doctora Breslow te verá a las siete y media, antes de que abran a otros pacientes. Así te habrás ido antes de que haya nadie más allí. Te va a encantar.

—Debe de ser genial hacer una llamada un sábado por la noche y conseguir una cita para el lunes a primera hora de la mañana.

—La fama tiene sus ventajas, ciertamente —dice con un guiño—. La secretaria de Breslow es una fan y le consigo entradas para estrenos y cosas así. Cuidamos la una de la otra.

—Gracias.

—De nada. Breslow te lo solucionará enseguida.

Sirve un margarita, toma un sorbo y declara que está perfecto, de modo que me sirve a mí uno y luego me apunta la dirección de la doctora.

—Nunca he probado un margarita.

En cuanto las palabras abandonan mi boca me siento como una rústica pueblerina a su lado.

—Bueno, pues eso que te has perdido. Pruébalo.

Me encanta que no se inmute ante mi confesión. Tomo un sorbo de la ácida bebida.

—Mmm, está riquísimo.

—¿Verdad que sí? Pero ve despacio. Ya sabes lo que dicen del tequila...

—¿Qué dicen?

—Que hace que te quites la ropa, aunque no creo que Flynn pusiera ninguna objeción.

—¿Objeción a qué? —pregunta Flynn cuando se reúne con nosotras y acepta la copa que Marlowe le ofrece.

—A que Natalie descubra el poder del tequila.

—Tienes razón. —Me guiña el ojo—. No pondré objeciones.

Suena el timbre de la puerta y Marlowe corre a abrir.

Flynn se fija en el trozo de papel que tengo en la mano.

—¿Qué es eso?

—Marlowe me ha conseguido una cita con su médica para el lunes por la mañana a las siete y media. ¿Es factible?

—Claro, no tengo nada hasta la reunión de la fundación a las nueve.

—Me da un poco de miedo. ¿Vendrás conmigo?

Me rodea con el brazo y me besa en la frente.

—Por supuesto que sí, cariño.

Saber que estará ahí para cogerme de la mano reduce de inmediato mi nivel de ansiedad.

Marlowe regresa con dos hombres increíblemente guapos, ambos cargados con paquetes de doce latas de cerveza y botellas de vino que dejan sobre la encimera.

Flynn los abraza como a viejos colegas.

—Jasper, Kristian, quiero presentaros a Natalie.

Jasper es alto y rubio, de constitución delgada y musculosa. Me abraza como si nos conociéramos de toda la vida.

—Natalie —dice con el marcado acento británico sobre el que Flynn me había advertido—. Es un placer conocer a la mujer que por fin está a la altura de nuestro chico.

Yo me abanico la cara con la mano en deferencia al acento y Flynn pone los ojos en blanco.

—También es un placer para mí conocerte, Jasper. He oído hablar mucho de ti.

—¿Qué te ha dicho de mí? —pregunta Kristian. Tiene el pelo negro y unos penetrantes ojos azules.

Intento pensar desesperadamente en algo.

—El Lamborghini.

—Sí. —Se ríe y me rodea con los brazos—. Lo detesta.

—Creo que no dijo «detestar».

—Sí que lo dije —replica Flynn—. Y ahora quítale las manos de encima a mi prometida.

—¿Tu qué? —exclaman Jasper y Kristian a la vez.

—Habéis oído bien, chicos —repone Marlowe—. ¡Los cerdos ya vuelan!

—Lo siento —bromea Jasper, tambaleándose de forma exagerada—. Necesito un momento.

—Cierra la puta bocaza —exclama Flynn, riendo mientras le da un fingido empujón a su amigo.

El timbre suena de nuevo y Marlowe regresa con otro hombre guapísimo. Este tiene el cabello castaño y los ojos dorados. Viste un traje negro que se ciñe a su musculosa figura como si lo hubieran hecho a medida para él. Seguramente así sea.

—¡Emmett! —exclama Jasper—. No te lo vas a creer. ¡Nuestro Flynn está prometido!

Emmett se para en seco.

—¿Qué has dicho? ¿Que él qué?

—Enséñaselo, Natalie —dice Kristian.

Levanto el anillo para que Emmett lo vea.

Él mira el anillo más de cerca, después a Flynn y luego otra vez el anillo.

—Ponle una copa al pobrecillo, Mo —sugiere Jasper—. Se ha quedado mudo del asombro.

—Estás prometido de verdad —replica Emmett.

—Tanto como el que más. Te presento a mi prometida, Natalie Bryant. Natalie, nuestro abogado principal, Emmett Burke.

Él me estrecha la mano.

—Encantado de conocerte.

—Lo mismo digo. Gracias por toda tu ayuda esta semana.

—Créeme, he disfrutado haciéndoselo pagar a ese cabrón de David Rogers. Hemos convertido su vida en un puto infierno y no hemos hecho más que empezar.

—Gracias.

Addie llega con la hermana de Flynn, Ellie, y Hayden lo hace poco después, cargado con bolsas de la compra y otro paquete de doce latas de cerveza.

—Le prestas a un colega tu casa de la playa y ¿cómo te lo agradece? Montando un fiestón.

—Tienes suerte de que decidiéramos invitarte. —Flynn le estrecha la mano como lo hacen los tíos hoy en día.

—Tenemos una gran noticia —anuncia Jasper.

Hayden abre una cerveza y se bebe la mitad.

—¿Cuál?

—Nuestro chico, Flynn, está prometido.

Hayden se atraganta con la cerveza y tose sin parar mientras Jasper ríe y le palmea la espalda.

No sé cómo tomarme la reacción de Hayden. Una vez deja de toser, mira a Flynn durante un interminable e incómodo momento, sin articular palabra.

—Bueno, parece que hay que darte la enhorabuena —dice por fin.

—Gracias —responde Flynn con voz tirante. Me doy cuenta de que no le agrada nada la reacción de su mejor amigo.

Como cuando le conocí, no puedo evitar reparar en que Hayden es muy atractivo, pero de un modo tosco. Reúno el coraje para dirigirme directamente a él.

—Hayden, quería darte las gracias por tu apoyo en Twitter esta semana. Ha significado mucho para mí.

—Claro. Todos estamos del mismo lado en esto. Sigo sin creer lo que ocurrió.

—También nosotros, pero el apoyo incondicional ha hecho que sea más soportable.

—Me alegro de oír eso.

—¿Qué tal fue la entrevista con Carolyn? —pregunta Kristian.

—Fue bien —responde Flynn—. Natalie tiene un don natural y Carolyn le hizo las preguntas adecuadas. Tenemos la esperanza de que ponga fin a esta locura.

Hayden se ríe de eso.

—¿Qué te hace tanta gracia? —pregunta Flynn.

—Espera a que se enteren de que estáis prometidos. Todavía no has conocido la verdadera locura.

—No se van a enterar.

—¿Qué quieres decir?

—Que nos vamos a casar el lunes por la noche en Las Vegas. Cuando se enteren, ya estará hecho.

El anuncio es recibido con un silencio estupefacto.

—El lunes —murmura Marlowe al menos un minuto después—. Eso es dentro de dos días.

—Sí.

—¿A qué tanta prisa? —quiere saber Hayden.

Puedo sentir la tensión que emana de Flynn.

—No hay prisa. Es lo que deseamos. —Me rodea con un brazo—. ¿Dónde están esas enchiladas, Mo? Me muero de hambre.

Con eso, envía el mensaje de que ya no va a hablar más de nuestros planes.

Flynn

Tengo un cabreo monumental con Hayden. No esperaba que se pusiera a dar saltos de alegría por el anuncio de mi compromiso, pero tampoco que me cuestionara como lo ha hecho delante de Natalie. Horas después todavía echo humo por las orejas. Estoy con los chicos en la terraza, jugando a póquer y disfrutando de unos puros cubanos que ha traído Kristian. Las chicas están dentro, riendo, charlando y bebiendo. He estado pendiente de Natalie y ella parece disfrutar con mis amigos y mi hermana.

—No voy —anuncia Emmett, retirándose.

Jasper lanza sus cartas sobre la mesa.

—Yo tampoco.

Kristian sigue su ejemplo.

—Ya somos tres.

Todo se reduce a Hayden y a mí. Le fulmino con la mirada, dejando que la furia impulse mi deseo no solo de derrotarle al póquer, sino de zanjar el asunto con él antes de que termine la noche. Él estudia sus cartas durante largo rato antes de dejarlas sobre la mesa.

—Me retiro.

—¿En serio?

Aunque me ha servido una victoria fácil, tengo que contenerme para no saltar por encima de la mesa y lanzarme a su cuello.

Él se encoje de hombros.

—No tengo ganas. —Después, me susurra en voz baja—: ¿Qué coño estás haciendo, Flynn?

—¿Que qué estoy haciendo? Creía que estaba jugando a póquer.

—Sabes de qué hablo. ¿Te vas a casar? ¿Con una chica a la que conoces desde hace dos semanas? ¿Que no sabe nada de tu verdadero estilo de vida?

—Cierra la puta bocaza, Hayden. Lo que yo haga no es asunto tuyo, joder.

—Oh, ¿conque así están las cosas? Entiendo.

—No entiendes nada.

—Entiendo que estás a punto de cometer un error garrafal y que no quieres que nadie te lo diga.

—Tienes razón. No quiero.

Me reprimo para permanecer en mi asiento y no seguir mi anterior impulso de saltar por encima de la mesa y darle una paliza.

Emmett se aclara la garganta.

—¿Tienes algo que decir? —le pregunto.

—Solo quiero saber... Y no te mosquees también conmigo... Pero ¿has considerado firmar un acuerdo prematrimonial?

—No, no he considerado un acuerdo prematrimonial. La quiero. Ella me quiere. Esto no va de dinero.

—Flynn... —Esa única palabra de Jasper está cuajada de algo que no quiero escuchar.

—¿De verdad estás preparado para darle la mitad de todo por lo que tanto has trabajado cuando esto salga mal? —inquiere Hayden.

—¿Cuando salga mal? Vaya, gracias por el voto de confianza. Os lo agradezco mucho.

—Sabes que solo se preocupa por ti —añade Kristian en voz baja—. Todos lo hacemos.

—No necesito que mire por mí. No necesito que ninguno lo hagáis. Supongo que era mucho pedir un poco de apoyo de mis mejores amigos.

—Eso es muy injusto —se defiende Hayden—. Siempre te hemos apoyado. Lo sabes. Pero cuando le das la espalda a todo lo que eres y a todo en lo que crees por una mujer, perdónanos, pero es normal que pensemos que te has vuelto loco.

—Yo no he hecho eso —replico, aunque las palabras de Hayden asestan un golpe directo a mis preocupaciones más profundas con respecto a Natalie y a mí.

—¿Le has hablado del club Quantum? —pregunta Hayden.

Miro hacia la casa. Natalie está con Marlowe, Addie y Ellie.

—No es necesario. Voy a dejarlo.

Un silencio sepulcral recibe el anuncio.

—Tengo que irme —ataja Hayden al tiempo que se levanta de la mesa.

—Has estado bebiendo, tío —protesta Kristian—. Deberías quedarte aquí.

—No voy a quedarme aquí.

—Pues vente a mi casa, pero no conduzcas hasta la ciudad.

—Vale, pero quiero irme. Ahora. Oh, y Flynn, cuando se te antoje volver a trabajar, me vendría bien un poco de ayuda con la película que se supone que tenemos que terminar.

—La semana que viene —respondo con voz tirante.

—Genial.

Jasper se pone de pie.

—He traído a Kris, así que supongo que yo también me marcho. Que lo paséis bien esta noche. Flynn, enhorabuena. Me alegro por los dos.

—Gracias.

Hayden entra en la casa sin dirigirme una sola palabra más.

Los tres se marchan, pero Emmett se queda. Siento cierta desazón por la bronca con Hayden, aunque no estoy del todo sorprendido por su reacción. Ha recelado de mi relación con Natalie desde el principio.

—Sabes que solo se preocupa por ti —repite Emmett tras un largo silencio.

—Ojalá se preocupara un poco menos.

—Por desgracia, todos recordamos demasiado bien las consecuencias de tu divorcio.

—Esto es diferente. Ya amo a Natalie más de lo que nunca quise a Val. No se parece en nada a aquello.

—¿En nada? —Las cejas enarcan la pregunta—. Lo que causó tus problemas con Val no es algo que pueda encenderse y apagarse con un interruptor. Es quien eres. Quienes somos. Ya has intentado antes vivir alejado de nuestro estilo de vida con resultados catastróficos para Val y para ti. No queremos verte así otra vez.

—Eso lo sé, y agradezco vuestra inquietud. Pero esto es diferente.

—Eso ya lo has dicho. Mira, no es asunto mío. No es asunto de Hayden, pero eres nuestro amigo y nos preocupamos por ti. Eso es todo. Nunca has sido un imbécil. Pero si te casas con esta mujer... con cualquier mujer... sin protegerte tú ni tus considerables recursos, es que eres un imbécil.

Tiene razón. Sé que la tiene, y también sé que perdería los estribos si alguno de mis mejores amigos estuviera pensando en casarse con una mujer a la que conociera desde hace solo dos semanas sin un acuerdo prematrimonial. Pero no puedo imaginarme abordando ese tema con Natalie. Ella no busca mi dinero. Lo sé en el fondo de mi alma y es una de las razones de que la ame tanto.

—No podría importarle menos el dinero, Em.

—A todo el mundo le importa el dinero. Sobre todo a la gente que no lo tiene —arguye él. Detesto esta conversación y cómo me hace sentir—. Hay una solución —dice con tiento.

—¿Cuál?

—Abre una cuantiosa cuenta a su nombre y haz que firme algo que diga que eso es todo lo que conseguirá si el matrimonio termina.

Niego con la cabeza antes de que acabe de hablar.

—No pienso emprender este matrimonio como si fuera un acuerdo comercial. Sería una falta de respeto hacia ella y hacia lo que somos el uno para el otro.

—Te oigo y confieso que siento envidia de que hayas encontrado a alguien que te haga sentir eso. Pero como amigo y abogado tuyo, sería una negligencia por mi parte no animarte a que lo reconsideres.

—Agradezco tu preocupación, tu amistad y tu asesoramiento legal.

—Pero aun así me estás diciendo que me vaya a la mierda, ¿no? —pregunta con una carcajada.

—Del modo más suave posible.

—Está bien. He hecho lo que debía. Si cambias de opinión, llámame. Puedo preparar algo para mañana por la mañana.

—No voy a cambiar de opinión.

—Entonces me pongo en marcha. —Se levanta y le estrecho la mano que me tiende—. Gracias por una noche tan agradable.

—Ha sido divertido. Justo lo que necesitaba después de la semana que hemos tenido.

—Sabes que te deseo lo mejor, Flynn. Natalie parece una persona realmente estupenda.

—No tienes ni idea de lo asombrosa que es. Mantenme informado de la situación con Rogers y con el colegio de Natalie.

—Lo haré. Enhorabuena otra vez.

—Gracias.

Una vez solo, permanezco sentado durante largo rato con la mirada fija en el oscuro océano, sobre cuya superficie la luna creciente dibuja su brillante estela. Mis amigos me han planteado algunas dudas que, en vista de la certeza que siento en lo que a Natalie se refiere, resultan exasperantes.

No mentía cuando he dicho que en el fondo de mi alma sé que nuestra relación no tiene nada que ver con mi dinero ni con mi fama, con el hecho de que sea una celebridad ni con ninguna de las demás razones estúpidas por las que las mujeres se han interesado por mí en el pasado.

No, con Natalie se trata de nosotros dos y de lo que hemos encontrado juntos.

—¿Qué haces aquí tú solo? —me pregunta cuando sale para reunirse conmigo.

—Disfrutar de las vistas, que acaban de mejorar mucho. ¿Se han ido todos?

—Sí, han dicho que gracias por una noche tan divertida.

Le tiendo la mano y la acerco hasta mi regazo. Cuando se coloca entre mis brazos, su familiar aroma colma mis sentidos y siento que puedo respirar de nuevo. Nada de esto puede estar mal. Es lo más correcto que he hecho en toda mi vida.

—¿Por qué estás tan callado?

—Por nada en particular.

—¿Te has divertido con tus amigos?

—Sí. ¿Y tú?

—Son encantadores. Los adoro a todos.

—Ellos también te adoran.

—¿Hayden también?

—Por supuesto. Piensa que eres genial.

—Seguro que sí. Se ha marchado con mucha prisa, lo que me lleva a preguntarme si habéis discutido nuestros planes para el lunes. Y, por si te interesa, Addie se ha ido tras él.

Natalie es increíblemente astuta y perspicaz, otra de las cosas por las que la amo tanto.

—Le preocupan un poco las prisas, pero no tú. Tienes que saber que esta semana te has ganado la inquebrantable admiración de todas las personas que hay en mi vida.

Ella apoya la cabeza en mi hombro.

—Preferiría haberlo hecho de la manera tradicional.

—¿Y cómo es eso?

—Amándote como te mereces que te amen durante el resto de mi vida.

Y esa, justo esa, es la razón por la que no habrá ningún acuerdo prematrimonial antes de la boda.

—¿Sabes lo que no hemos hecho todavía?

—¿Qué?

—Celebrar nuestro compromiso como es debido.

—¿Cómo se celebra un compromiso como es debido? No he estado prometida antes, así que no tengo ni idea.

Con ella en mis brazos, me levanto para entrar.

—Ven conmigo, amor mío, y te lo enseñaré.

Natalie

Flynn entra en casa conmigo en brazos, pasamos por delante de Fluff, que está acurrucada en el sillón, y vamos directos al dormitorio de la planta baja que hemos convertido en nuestro. Me deja en el suelo junto a la cama.

—Desnúdate, cariño.

Él se quita la camiseta por la cabeza mientras contempla cómo me despojo de la mía y de los pantalones cortos.

Los suyos caen en un montón a sus pies y viene a por mí.

—Espera, aún no he terminado de desnudarme.

—Ya me ocupo yo de las mejores partes. —Me quita el sujetador y las bragas con rapidez y se aparta un poco. La admiración que descubro en sus ojos hace que me acalore—. Mmm, fíjate lo que voy a poder amar durante el resto de mi vida. A la mujer más sexy del mundo.

No sé si llego a tanto, pero él hace que sienta que es verdad con su forma de tocarme, de acariciarme, hasta que estoy lista para suplicarle que acelere las cosas.

Con sus manos en mis costillas, inclina la cabeza para besarme el cuello. Sus labios son suaves, delicados y muy persuasivos. Le daría todo lo que me pidiera con tal de que no dejara de tocarme. Me ha prometido una vida entera de placer, amor, risas y todas las cosas alucinantes que hemos descubierto juntos, y estoy más que dispuesta a recoger los frutos.

—Flynn...

—¿Hum?

—Solo quiero decirte...

Cuesta hablar cuando tiene el lóbulo de mi oreja entre los dientes y mis pechos en las manos.

—¿Qué me quieres decir, cariño?

—Me ilusiona mucho casarme contigo. Estar contigo. Tenerlo todo contigo.

—A mí también. Has hecho que desee cosas que dije que jamás querría de nuevo.

—Quiero hacerte feliz.

—Jamás he sido tan feliz.

—Me refiero a aquí también.

Señalo la cama y luego levanto la vista hacia él para calibrar su reacción.

—Sabes cómo ponerme a cien, mi vida.

—Enséñame algo nuevo. Algo que no hayamos hecho antes.

Un beso arrollador sigue al grave gruñido que escapa de sus labios.

Le rodeo el cuello con los brazos, apretando mi cuerpo contra el suyo y abriendo la boca a su lengua. Sus manos están por todas partes, acariciándome en una vorágine de necesidad. Y entonces me levanta en vilo, con las manos en mi trasero.

Mientras mis piernas le envuelven las caderas y su lengua invade mi boca, pierdo el sentido del tiempo y de todo lo que no esté ocurriendo aquí mismo, ahora mismo, con el amor de mi vida.

Él interrumpe el beso, con la respiración dificultosa y entrecortada.

—¿Quieres algo nuevo?

Yo asiento.

—Quiero saberlo todo. Enséñame.

—Ya es oficial; me estás matando. Eres tan jodidamente dulce.

Debería odiar que sea tan vulgar, pero no es así. Me encanta. Me gusta todo lo que dice y hace.

Me sienta en la cama.

—Date la vuelta.

Me muevo de forma vacilante para volverme de espaldas a él.

—¿Así?

—Ajá. Ahora desliza el culo hacia delante y túmbate de modo que la cabeza sobresalga de la cama.

Aunque no alcanzo a imaginar qué tiene planeado, me pongo en la posición que me dice.

Él se inclina para meterse mi pezón en su tibia boca. Acaricio sus muslos con mis manos; necesito tocarle mientras me lleva a la locura con el pausado e incesante tironeo de sus labios sobre mis pezones.

—Abre la boca —me pide con voz ronca.

Cuando lo hago, se coge el pene con la mano y lo hunde poco a poco en mi boca abierta. En esta posición puedo acoger más de él que antes.

—Despacio, cielo, despacito. Toma cuanto puedas de mí.

Los labios me escuecen, tirantes alrededor de su polla. Le acaricio con la lengua, haciéndole jadear.

—Dios, sí, Nat... Justo así. Si necesitas parar, dame en la pierna. —Me coge la mano y la coloca en su pierna para demostrarme cómo—. Aquí. Así. ¿De acuerdo?

Le doy una palmadita para decirle que lo entiendo. Estoy tan concentrada tratando de abarcar más de él que apenas me doy cuenta de que se inclina sobre mí, introduce las manos bajo mis muslos, me levanta y me separa las piernas. Solo comprendo sus intenciones cuando siento la caricia de su lengua.

¿Cómo se supone que voy a concentrarme en respirar y abarcarle más adentro de mi boca y mi garganta cuando me está haciendo eso? Dios, es alucinante. Alzo las caderas; quiero más. Sus dedos se deslizan en la humedad entre mis piernas, penetrándome mientras comienza a mover las caderas muy despacio, saliendo de mi boca y volviendo a hundirse en ella después.

Lo lamo con la lengua y eso le hace temblar. Después acerco la mano para cogerle los testículos y noto que se pone más duro y se alarga dentro de mi boca.

Su lengua no da tregua a mi clítoris, sus dedos entran y salen de mi interior. Uno de ellos presiona mi entrada trasera, exigiendo paso. Sufro una sobrecarga sensorial, el orgasmo que ha estado fraguándose estalla y me revuelvo bajo su peso; mis gemidos contra su polla le hacen gritar.

Desciendo de la altísima cumbre con su dedo firmemente alojado dentro de mi ano y su lengua lamiéndome el clítoris.

Cuando las contracciones terminan, él retira el dedo, se yergue y saca el pene de mi boca. Mi saliva lo recubre de una pátina brillante y está tan duro que se mantiene alzado contra su ombligo mientras coge un condón. Aún me estremecen los últimos vestigios de mi clímax cuando Flynn se sube a la cama, me atrae contra él y se hunde en mí, provocándome otro orgasmo inmediatamente. Está tan duro y tan grande que mi cuerpo se esfuerza para acomodarle y amoldarse a él.

—Te quiero tanto, Nat. Tantísimo...

Sus roncas palabras contra mi oído son como una descarga eléctrica, que disparan una nueva oleada de deseo que puedo sentir en cada parte de mi ser. Ha desaparecido el amante cauto y vacilante que tenía miedo de asustarme. En su lugar está un Flynn Godfrey liberado y me encanta así. Me gusta haberle llevado a esto al pedirle algo nuevo, saber que es mío para siempre y que nadie más le conocerá como yo.

Me penetra hasta el fondo y se detiene, la cabeza hacia atrás y los ojos cerrados.

—Nunca he sentido nada mejor, Nat. Jamás.

—Yo tampoco.

—¿Te gusta? ¿De verdad te gusta?

—No me canso de ti.

—Dios, me vuelves loco cuando dices cosas como esa.

Se inclina sobre mí, se mete mi pezón en la boca y baja la mano hasta el punto donde estamos unidos para acariciarme el clítoris.

Y así, en un abrir y cerrar de ojos, siento que la tensión comienza a aumentar de nuevo. Me retuerzo debajo de él, tratando de hacer que se mueva, pero él no se deja persuadir.

—Flynn…

—¿Qué, cariño?

—Necesito que te muevas.

—Lo haré.

—Ahora.

Sonríe cuando me besa.

Le tiro del pelo con la esperanza de conseguir su atención para que deje de torturarme, pero parece que eso solo hace que se ponga más duro dentro de mí. Cierro los ojos a la vez que dejo escapar un gruñido y procuro respirar, preguntándome cómo es posible que pueda aumentar todavía más su tamaño de lo que ya lo ha hecho. Tengo la sensación de que me ha empalado.

—No pienso moverme hasta que te corras otra vez.

—No sé si puedo hacerlo de nuevo.

—Pues va a ser una noche muy larga.

—Flynn…

Empuja sus caderas contra mí, provocando oleadas de sensaciones que por poco no alcanzan a desencadenar una liberación absoluta.

—Puedo quedarme así toda la noche.

—Ayúdame. Haz que me corra.

Flynn se libera con otro de esos gruñidos que tanto adoro.

—Te quiero cuando dices cosas como esa.

—Ya lo veo. Se te ha puesto aún más dura.

Coloca los brazos bajo mis piernas, me las separa todavía más y se hunde más adentro. A continuación, se inclina sobre mí y me succiona un pezón, clavándole los dientes. Descubro una conexión directa entre mi pezón y el lugar en que estamos unidos. Estallo de inmediato. Una explosión absoluta. Me corro con tanta fuerza que el descarnado placer que me invade me hace gritar.

Él me suelta las piernas y empieza a moverse de nuevo, hasta que también se corre. Me penetra sin cesar, hasta que acaba encima de mí; grande, pesado, sudoroso y todo mío.

—Me has dejado agotado —dice tras un largo período de silencio.

—Tú me has destrozado.

—¿Qué piensas del sexo de compromiso?

—Me da un poco de miedo lo que pueda entrañar el sexo de casados.

Flynn levanta la cabeza y me sonríe.

—Muy pronto lo descubrirás.

—Lo estoy deseando.

10

Natalie

El lunes por la mañana Flynn me lleva muy temprano a la ciudad para acudir a mi cita. Le he dicho que estoy demasiado nerviosa por ver a la doctora como para conducir y, por suerte, no me presiona. A pesar del termo de café que me ha preparado, no dejo de bostezar. Nos acostamos muy tarde, «celebrándolo» un poco más, y puse el despertador muy pronto para disponer de tiempo para ducharme y prepararme mentalmente para esta cita.

Ayer pasamos todo el día en la cama, levantándonos solo para ducharnos y comer antes de volver a por más. Así que, además de estar cansada, estoy bastante dolorida, motivo por el que la cita me intimida todavía más. Ni siquiera soy capaz de pensar en nuestros emocionantes planes para más tarde hasta que la visita haya concluido.

—No tienes que hacer esto si no quieres —dice Flynn—. Sé que es traumático para ti y no soporto la idea de que hagas algo que te agobie solo porque yo lo he mencionado.

—No es solo por ti. También es por mí. Esto nos dará la clase de libertad que todos los recién casados deberían tener.

Flynn se mueve en su asiento, incómodo.

Bajo la mirada y veo que tiene una erección.

—¿Solo con eso? —pregunto, riendo.

—Se me pone dura en cuanto me miras. Pero cuando hablas de nuestra libertad sexual... Qué quieres, soy humano.

—Me sorprende que ayer no la dejaras completamente agotada.

—Tiene mucho aguante. Los buenos no se rinden.

Me río como una loca mientras me enzarzo en un juego verbal por primera vez en mi vida... y no tardo en darme cuenta de que estoy tratando con un maestro.

Flynn se acerca nuestras manos unidas a los labios y me mordisquea los dedos.

—Ayer fue muy divertido.

—Sí que lo fue.

—Esta noche lo será aún más.

—Ni me lo imagino.

No tiene nada que decir a eso, lo que me lleva a preguntarme qué está imaginando. Sé que soy una neófita en todo lo relacionado con el sexo, pero seguí el ritmo bastante bien, hasta que por fin nos quedamos dormidos alrededor de las cuatro de la madrugada. Me preocupa satisfacerle en la cama. ¿Seré suficiente para él durante el resto de nuestras vidas? Dios, espero que sí. Me moriría si alguna vez me engañara.

Me duele el estómago al recordar la historia que me contó sobre la mutua infidelidad cuando su matrimonio terminó. Entonces dijo que darle a probar a su ex mujer un poco de su propia medicina no había sido su mejor ocurrencia.

—¿Qué sucede en esa cabecita?

Esbozo una sonrisa forzada.

—Nada. Miedo a las batas blancas.

—¿Estás segura de querer hacerlo?

—Sí.

Le digo lo que necesita oír, pero las preocupaciones me pesan y me acompañan cuando entro en un alto edificio de ladrillo. El personal de oficina nos recibe con absoluta profesionalidad, aunque se quedan mirando a Flynn como jovencitas deslumbradas. Ya siento la mano desnuda sin el precioso anillo que he guardado en el compartimento interior de mi bolso.

Después de completar un extenso historial médico, de que me midan y me saquen sangre, me llevan a una habitación y me piden que tome asiento. Me aseguran que la doctora llegará dentro de un momento.

Me siento en una de las sillas y Flynn lo hace a mi lado, sosteniéndome la mano.

Gracias a Dios, no nos hace esperar demasiado. Una llamada a la puerta precede la entrada de la doctora en la sala. Es más joven de lo que esperaba, una auténtica chica del sur de California, de cabello rubio y ojos azules.

—Es un placer conocerles a ambos —saluda, estrechándonos la mano.

—Doctora, usted, como el resto del mundo, saben lo que sufrió Natalie en el pasado, pero también debería saber que esta es su primera visita a un médico desde la noche en que le hicieron las pruebas de violación. Está muy nerviosa, razón por la que me ha pedido que la acompañe.

—Por supuesto, lo entiendo. Natalie, ¿qué la trae por aquí, aparte de que ya es hora de que se haga un reconocimiento médico?

—Yo… me interesan los métodos anticonceptivos.

—¿Es esta su primera relación sexual?

Asiento.

—Sí.

—¿Han usado protección?

—Así es —responde él por mí.

—De acuerdo, es bueno saberlo. —Se interesa por mi período y pregunta si he tenido algunos problemas de salud que, por suerte, no he padecido—. Muy bien. —Saca una bata de un armario y la deja sobre la camilla—. Tiene que quitárselo todo, ¿de acuerdo?

Asiento a pesar de mis temblores y ella se dirige a la puerta.

—Vuelvo dentro de un minuto.

Cuando sale me quedo mirando la bata durante largo rato, recordando la última vez que me puse una igual, cuando era una chica rota y traumatizada. Ver la bata me devuelve a aquella noche, hace tantos años.

—¿Cielo?

Casi había olvidado que él está aquí.

—La camilla, la bata... Lo trae todo de nuevo a mi memoria.

—Pues no hagamos esto, Nat. Hoy no.

—No, quiero acabar con esto. Tendré que hacerlo en algún momento si queremos tener hijos. —Me vuelvo hacia él—. Vamos a tener hijos, ¿verdad?

Él me dedica una tierna sonrisa.

—Tantos como desees, cariño.

Mi corazón rebosa felicidad al ver la forma en que me mira cuando dice eso.

—Entonces imagino que tengo que poner fin a mi fobia a los médicos.

Agarro el bajo del vestido que me he puesto en deferencia a la reunión de la fundación a la que vamos a asistir después.

—Déjame a mí.

Me quita la ropa, prenda a prenda, empezando por el vestido, y luego me pone la bata de algodón y me la ata a la cintura.

—¿Estás segura de que quieres que yo esté presente?

—Muy segura. Solo espero que todavía quieras tener sexo conmigo después.

Me rodea con el brazo, me atrae hacia él y apoya la barbilla en mi cabeza.

—Siempre querré tener sexo contigo.

La doctora nos encuentra así cuando regresa.

—Tenga la amabilidad de sentarse en la camilla.

Se lava las manos y se prepara para el reconocimiento.

Un violento temblor me sacude cuando me siento. No sé si puedo pasar por esto.

—Señor Godfrey, usted puede sentarse aquí. —Señala un taburete que coloca en la cabecera de la camilla.

—Ven aquí, cielo.

Me tiendo en sus acogedores brazos y me sujeta la cabeza de forma que ninguno de los dos podemos ver lo que está pasando en ninguna otra parte.

—¿Te parece bien así?

Inspiro el sexy aroma de su colonia, que me calma y me centra.

—Sí.

La doctora tiene la amabilidad de contarme todo lo que va a hacer antes de proceder, empezando con un examen de mamas que me habría mortificado si Flynn no hubiera mantenido la cabeza gacha, apoyada contra la mía. Tengo la sensación de que no le apetece mirar a ningún otro sitio más que a mí. La doctora me habla de la autoexploración del pecho y de lo importante que es ser diligente en cuestión de prevención.

La escucho y estoy atenta, pero tengo los ojos cerrados con fuerza y estoy deseando terminar, que acabe lo antes posible. Se coloca entre mis piernas, baja el extremo de la camilla y me coloca los pies en los estribos.

Me asaltan imágenes de la última vez que estuve así. Apenas puedo respirar, estoy llorando y todavía no ha pasado nada.

—Tranquila, cielo. —Flynn me acaricia la cara y el pelo mientras me habla en voz queda.

—¿Continuamos? —pregunta la doctora.

—Sí —respondo—. Por favor.

Me explica en detalle el procedimiento del frotis y me pregunta si estoy lista.

—Sí.

Cierro los ojos y aprieto los dientes.

Flynn me sostiene la mano y me cuenta en susurros lo mucho que nos vamos a divertir en Las Vegas, que mañana a estas horas ya estaremos casados y cuánto que me ama.

Estoy dolorida por todo el sexo de ayer, así que me estremezco cuando el espéculo entra en mi interior, pero ella trabaja con rapidez y eficacia para tomar las muestras. Todo termina antes de que pueda sucumbir a la histeria que siento a flor de piel.

—¿Qué tal lo lleva, Natalie?

—Bien —consigo decir, aunque tengo los dientes apretados.

—Ahora, dos dedos para examinar el útero y los ovarios. —Igual que antes, es rápida pero concienzuda—. Todo parece estar bien, Natalie. Ya puede incorporarse.

Todavía estoy temblando, pero el alivio es enorme. Lo he conseguido. Lo he superado. Ella me enumera las opciones en cuestión de métodos anticonceptivos y después de comentarlo con Flynn, elegimos una inyección para tres meses que será efectiva por completo al cabo de una semana. La enfermera entra en la sala y me pone la inyección.

La doctora me sorprende cuando me entrega una receta.

—Tómese esto la próxima vez que tenga que ver a un médico. Le ayudará a calmar los nervios.

—Le agradezco mucho su paciencia.

—No hay de qué. Espero que sepa que la fobia a los médicos después de pasar por el examen de agresión y violación es muy común entre las víctimas de abusos sexuales. No es solo usted, cielo. —Me entrega su tarjeta—. Por favor, llámeme a cualquier hora si hay algo que pueda hacer por usted. El número de mi móvil está detrás.

—Muchísimas gracias.

—Sí, gracias —repite Flynn—. Le agradecemos su sensibilidad.

—Ha sido un placer conocerlos a ambos. —Se dispone a salir de la habitación, pero se vuelve antes de cruzar el umbral—. Natalie, lo que le ha sucedido esta semana... Ese tipo de cosas pueden ser un desencadenante que reabra viejas heridas. Cuídese mucho y, por favor, llámeme si puedo serle de ayuda.

—Lo haré. Gracias de nuevo.

—Tómense todo el tiempo que necesiten aquí —dice antes de salir, cerrando la puerta tras de sí.

Me tiemblan tanto las manos que Flynn me tiene que ayudar a vestirme. Actúa con muda resolución mientras lo hace. Me mete el vestido por la cabeza y lo coloca como es debido. Con una mano a cada lado de mí sobre la camilla, apoya la cabeza en mi hombro, como si necesitara un momento para serenarse.

Le paso los dedos por el cabello.

—Lo siento muchísimo, Nat. No tendría que haberte hecho pasar por esto.

—Tenía que hacerlo tarde o temprano.

—Pero no tenía por qué ser hoy.

—Me alegro de haberlo hecho. Ya he pasado por la primera vez y muy pronto también estaremos protegidos.

Saca un trozo de papel del bolsillo, lo desdobla y me lo da.

—¿Qué es esto?

—La prueba de que estoy limpio. Mi médico me lo ha enviado esta mañana. Me hice la prueba en Nueva York.

—Un inicio de cero para nuestra vida de casados.

—Sí, exacto.

—Has dicho que te la hiciste en Nueva York, pero hasta ayer no me pediste que me casara contigo.

—La tercera vez que nos vimos ya sabía que no había

vuelta atrás. Que eras para mí. —Dobla las rodillas para poder mirarme a los ojos—. ¿Estás bien? Entendería perfectamente que quisieras posponer nuestros planes para hoy porque no tienes ganas de nada.

—Me encuentro bien ahora que ha terminado y no vas a librarte de casarte conmigo hoy.

Flynn exhala un suspiro de alivio mientras me abraza.

—Gracias a Dios.

Flynn

Ver a Natalie soportar ese reconocimiento ha sido la experiencia más tortuosa de toda mi vida. No puedo ni imaginar lo que debe de haber sido para ella. Vamos de camino a las oficinas de Quantum para asistir a una reunión con el grupo que pronto compondrá la junta directiva de mi fundación contra el hambre.

Pensé en posponer la reunión después de presenciar la reacción emocional de Natalie a la cita médica, pero con tantas personas ocupadas ya en camino, era demasiado tarde para cancelarla.

Ella guarda silencio durante el trayecto a la oficina y no la presiono para que hable. Sé que está lidiando con otra herida abierta más, lo que hace que desee ponerme a aporrear cosas.

Llevarla a la oficina otra vez me pone nervioso, teniendo en cuenta los secretos que ocultamos en el sótano del edificio de Quantum. Al igual que en Nueva York, nuestro club de BDSM está ubicado allí, aunque Natalie jamás lo sabrá. No es una parte de mi vida que pueda compartir con ella, así que la dejaré en el pasado, donde debe estar.

Después de presenciar el trauma que le ha provocado el reconocimiento médico, estoy más que convencido de que mi ahora antiguo estilo de vida jamás formará parte de nuestra relación, así que ¿por qué habría de hablarle de ello? Ella no lo entendería a menos que lo experimentase, y después de lo sucedido, no hay forma de que lleve la dominación o la sumisión a nuestra cama. Encontraré la forma de vivir sin ello, porque vivir sin Natalie no es una opción.

Cuando llegamos a la planta superior del edificio de Quantum en la que están alojadas nuestras oficinas, todo el mundo está emocionado con las nominaciones a los Oscar. La recepcionista me anuncia que mis padres me esperan en mi despacho. Me alegra tener la ocasión de hablar con ellos de nuestros planes de boda antes de la reunión.

Entramos cogidos de la mano. Mis padres disfrutan de un café, sentados en uno de los sofás. Les he pedido a ellos y a mis hermanas que formen parte de la junta directiva de la fundación y han aceptado encantados. Se levantan para saludarnos y los dos abrazan y besan a Natalie. Me encanta su natural familiaridad con ella y cómo le han dado la bienvenida a nuestra familia. Eso es justo lo que Natalie necesita ahora y ellos parecen saberlo.

—Me alegro de que hayáis podido llegar unos minutos antes.

—Dijiste que tenías noticias que no estaban relacionadas con la reunión —señala mi padre, con los ojos brillantes—. Eso siempre acapara nuestra atención.

Observó a Natalie antes de mirarlos de nuevo a ellos.

—Natalie y yo nos vamos a casar estar noche.

Raras veces he visto a mis padres quedarse sin palabras, pero mi anuncio los deja estupefactos de verdad.

Y entonces mi madre comienza a llorar y sé que todo va a ir bien.

—Es una noticia maravillosa, hijo —dice mi padre—. Enhorabuena a los dos.

—Sí, estamos emocionados —añade mi madre.

Noto que Natalie se relaja un poco cuando resulta evidente que no ponen reparos a nuestra noticia.

—Qué noviazgo tan breve. —Es la manera que mi padre tiene de preguntar si nos estamos precipitando. Él jamás utilizaría esa palabra con nosotros. No es su forma de ser.

—¿Puedo ver tu anillo? —le pide mi madre.

—Acordamos que no lo llevaría puesto esta mañana para que la noticia no se divulgue antes de que nosotros queramos.

Natalie saca el anillo del bolso, se lo pone y le acerca la mano a mi madre.

—Es precioso —exclama, y luego añade para mí—: Bien hecho, cariño.

—Todo gracias a Hugh. Ha sido una pieza fundamental.

—¿Dónde pensáis casaros? —inquiere mi padre.

—Nos vamos a Las Vegas a pasar la noche.

—Qué emocionante —comenta mi madre—. Natalie, la cabeza debe de darte vueltas.

—En el mejor de los sentidos —responde, mirándome con una sonrisa.

—Celebraremos una fiesta —declara mi madre—. Lo haremos en nuestra casa. Tienes que dejar que lo celebremos con vosotros. En las próximas dos semanas.

Miro a Natalie, a la que parece agradarle la idea.

—Claro, mamá, será estupendo. Nada demasiado extravagante. Solo la familia más cercana.

En nuestro caso, la familia más cercana incluye a un par de cientos de nuestros mejores amigos.

—Por supuesto. —Se agarra las manos—. Había perdido la esperanza de que volvieras a casarte, pero después de conocer a Natalie le dije a Max que nuestro chico iba a casarse con esa encantadora muchacha.

—Y ya sabes cuánto le gusta a tu madre llevar la razón.

—Disfruto de mi capacidad de predecir el futuro y predigo que vais a ser muy felices juntos —continúa mi madre—. Bienvenida a la familia, y gracias por hacer a Flynn más feliz de lo que jamás le he visto.

—Él también me ha hecho muy feliz, y te agradezco tan afectuosa bienvenida. No puedo expresar lo mucho que significa para mí volver a ser parte de una familia.

—Puede que después de que hayas pasado más tiempo con los Godfrey desees volver a cuando las cosas eran sencillas —le advierto.

—No lo haré. Enseñadme vuestra peor cara.

—No les explicaremos a las chicas que ha dicho eso —replica mi madre, haciéndonos reír a todos.

Charlamos con ellos unos minutos más, hasta que uno de los administrativos nos anuncia que los demás han llegado para la reunión. Les pido a mis padres que se adelanten y me tomo un minuto para estar a solas con Natalie.

—Ha ido bien, ¿verdad? —le pregunto.

—Son maravillosos. Ni siquiera se han inmutado.

—Jamás lo harían. Me conocen, y sobre todo saben que me conozco a mí mismo y que sé lo que quiero. —Una vez más, mi conciencia asoma su fea cabeza para recordarme la parte de mí mismo que estoy rechazando al casarme con Natalie—. ¿Te parece bien esperar para contárselo a todos los demás hasta que sea un hecho consumado? Aunque confío en mi familia y en tus amigos, no me gustaría que se supiera antes de que estemos listos para divulgarlo.

—Me parece bien. Lo que creas conveniente. Sin duda sabes mejor que yo cómo manejar este tipo de anuncio.

—Quería decirte que durante la reunión voy a nombrarte presidenta del consejo de la fundación.

La cara de Natalie se llena de sorpresa.

—¿Que vas a hacer qué?

—Quiero que supervises todo esto. Todos responderán ante ti.

—¿Hablas en serio?

—Muy en serio.

—Pero yo no sé nada de dirigir una fundación.

—Tampoco yo. Lo descubriremos juntos. Tu trabajo como profesora en la ciudad hace que sepas más que yo sobre el problema que esperamos resolver. Estás más cualificada de lo que jamás lo estaré yo para estar al frente de esta labor.

—Hace años que estás comprometido con este asunto y la fundación llevará tu nombre. Deberías ser tú.

—Llevará nuestros nombres, y no he estado tan comprometido con el asunto como voy a estarlo a partir de ahora.

—¿Nuestros nombres?

—Se llamará Fundación Flynn y Natalie Godfrey.

—Flynn… No sé qué decir. Tu fe en mí es…

—He encontrado a la mejor persona posible para capitanear una labor que llevo tan dentro de mi corazón como tú. Creo con sinceridad que puedes obtener una gran repercusión, Nat. Pero si no quieres asumir el puesto, lo entenderé perfectamente.

—Me encantaría intentarlo, siempre que sepas que puede que enrede las cosas antes de que llegue a controlar la situación.

—No vas a enredar nada. Tenemos un personal magnífico en Quantum que estará a tu disposición.

—¿Y si…?

—Y si ¿qué?

Me mira con incertidumbre.

—¿Y si recupero mi empleo en Nueva York?

—Supongo que tendremos que tomar una decisión si eso ocurre. En cualquier caso, te quiero en la fundación y me siento muy cómodo poniéndote al frente y con un salario a partir de hoy. Pero solo si es lo que tú también deseas.

—Me siento honrada por la fe que tienes en mí y me encantaría intentarlo. Gracias.

—Entonces vamos a reunirnos con nuestro nuevo consejo de administración.

11

Natalie

S in duda este será uno de los días más surrealistas de mi vida. Viajamos en otro avión privado rumbo a Las Vegas mientras el sol desciende hacia el horizonte, acurrucada junto a Flynn en el sofá y con Fluff durmiendo en mi regazo.

Me ha sorprendido enormemente al pedirme que presida la fundación, pero en cuanto me he recuperado, he empezado a entusiasmarme con el reto. Al final de la reunión ya tenía una lista de tres páginas que me mantendrá ocupada durante la primera mitad del año.

Reconozco que Flynn se ha dado cuenta de que necesito algo en lo que volcar mis energías desde que perdí mi trabajo. La labor que planeamos realizar para ayudar a alimentar a los niños que pasan hambre es una causa que merece muchísimo la pena y necesita este tipo de acciones.

Lo he visto entre mis propios alumnos; aunque la mayor parte de ellos proceden de buenas familias, con padres que trabajan duro, de vez en cuando alguno llegaba a clase sin haber desayunado y sin dinero para la comida.

Esa silenciosa vergüenza que ningún niño debería experimentar jamás me partía el corazón.

—¿En qué estás pensando, cielo?

—En la lista de cosas pendientes que he elaborado en la reunión.

—Sabía que contrataba a la persona idónea para este trabajo. Ya estás metida en harina.

—Conque es un trabajo, ¿eh?

—Por supuesto que sí. Te dije que iba a meterte en la nómina de Quantum. Y el salario de tu primer año asciende a la cantidad exacta de tus préstamos estudiantiles más el cincuenta por ciento.

La risa brota de mi pecho de forma espontánea y libre.

—Tienes mucha labia, Flynn Godfrey.

—Vaya, gracias, cariño. Me alegra que lo pienses.

—Rechazo tu generoso salario y ofrezco mi tiempo a la fundación. Verás, mi futuro marido es asquerosamente rico, así que en realidad no necesito trabajar.

—Oh, bien jugado, amor mío.

—Vaya, gracias. —Adoro cada segundo que paso en presencia de este extraordinario hombre. Da igual lo que estemos haciendo, me hace más feliz de lo que he sido o he esperado serlo jamás.

—Pero ni hablar de eso. Si trabajas, cobras. Así funcionan las cosas. Y hablando de ese marido que es asquerosamente rico…

—Seguro que quieres que firme algo. Firmaré lo que sea.

—No, no quiero que firmes nada.

—Flynn, sé serio. Cualquiera con un mínimo de cerebro que tenga lo que tienes tú espera que su novia desde hace dos semanas firme un acuerdo prematrimonial antes de dar el sí quiero.

—Bueno, supongo que yo no tengo un mínimo de cerebro, porque no va a haber ningún acuerdo prematrimonial.

Se muestra tan categórico que empiezo a cuestionar si ya ha tenido esta discusión con alguna otra persona.

—¿Por esto Hayden se marchó como lo hizo la otra noche?

—¿Cómo se marchó?

—Cabreado. Supuse que tenía que ver conmigo, ya que causo ese efecto en él.

Flynn parece estar decidiendo cuánto desea contar.

—¿Te han dicho tus amigos que eres tonto por no firmar un acuerdo prematrimonial?

—No sé si tonto fue la palabra que usaron.

Pongo los ojos en blanco.

—Por si sirve de algo, estoy de acuerdo con ellos. De hecho, me sentiría más cómoda si hubiera algo que te protegiera. Solo por si acaso.

—Por si acaso ¿qué?

Le lanzo una mirada para decirle que le entiendo.

—No seas obtuso.

—Me encanta tu vocabulario, señorita Bryant, y para que lo sepas, este matrimonio es para siempre, así que me niego a empezarlo haciendo planes para ponerle fin.

—Aunque agradezco tu inquebrantable fe en mí y en nosotros, sería prudente que me pidieras que firmara algo que diga que no quiero tu dinero. Solo te quiero a ti.

—Razón por la que no voy a pedirte que firmes nada. Te creo cuando dices que solo me quieres a mí. Eres la única mujer con la que he estado que está conmigo por las razones adecuadas. Todo lo que tengo es tuyo.

Las lágrimas me anegan los ojos. ¿Cómo puede estar pasando esto de verdad?

—Te quiero muchísimo. Quien seas para el resto del mundo y lo que tengas… Nada de eso me importa tanto como quién eres conmigo y lo que me das cada día al amarme.

Él se acerca para besarme. Le agarro para impedir que se aparte, lo que perturba a Fluff, que se despierta con un gruñido y un ladrido que nos hace reír otra vez.

—Vivo aterrorizada por que te muerda en tu famosa cara.

—Una cicatriz o dos aportará algo de carácter.

—Eres perfecto tal y como estás.

Una limusina nos recibe cuando aterrizamos en Las Vegas y nos lleva a la ciudad. Me deslumbra el Strip; las luces, el llamativo esplendor y la palpable energía. Flynn, que ha estado un millón de veces aquí, disfruta observándome mientras yo lo veo todo por primera vez.

Accedemos al Bellagio a través de una entrada especial y nos escoltan hasta un ascensor que nos deja directamente en la palaciega suite con ventanales del suelo al techo abiertos al Strip y a las elaboradas fuentes por las que el hotel es famoso. Me acerco a la ventana para contemplarlo.

Flynn se une a mí allí y me rodea con los brazos desde atrás.

—¿Qué te parece, cariño?

—Es alucinante. Hay tanto que ver que no sé dónde mirar primero.

—Ojalá fuéramos personas normales y pudiera llevarte a pasear para acercarnos a las fuentes o enseñarte el casino, donde podrías probar suerte en las mesas.

Me vuelvo hacia él.

—No querría que fuéramos otras personas, solo quienes somos. Estoy muy satisfecha con esta preciosa suite y con tenerte todo para mí.

—Me tendrás todo para ti después de que nos ocupemos de nuestro asuntillo.

—¿Qué clase de asuntillo? —pregunto con una sonrisa coqueta, aunque sé perfectamente de qué se trata.

Suena el timbre de la puerta.

—Retén ese pensamiento.

Me besa antes de ir a abrir una puerta en la que no había reparado.

Sigo mirando por la ventana, pero a mi espalda se desarrolla una vertiginosa actividad que veo reflejada en el cristal. Me vuelvo y encuentro a cuatro personas y un perchero con vestidos.

—¿Qué es todo eso?

—No podía pedirte que te casaras conmigo sin un vestido fabuloso y sin que, como mínimo, te peinen como tú quieras. Oh, y sin flores. Están de camino.

—Deja que adivine. ¿Addie?

—Con un poco de ayuda por mi parte. —De repente parece inseguro; es adorable—. Espero que te parezca bien.

Me pongo de puntillas para besarle.

—Es perfecto. Todo es perfecto.

—Entonces te dejo para que te prepares. Nos vemos en un rato.

—Sí, en un rato.

Una hora más tarde, llevo puesto un precioso vestido blanco de seda de un diseñador que no conozco. Lo he elegido porque me sienta como si me lo hubieran hecho a medida. Además, es sexy de un modo sutil, con un escote en pico que estoy segura que a mi futuro esposo le agradará. El corpiño está cuajado de cristales y perlas, pero el resto es exquisito y sencillo, y por eso va a la perfección conmigo.

He traído el juego de pendientes y collar de diamantes que Flynn me regaló antes de los Globos de Oro y me tiemblan las manos un poco mientras me los pongo. Me sigue aterrando perderlos, aunque él me haya dicho que no debo preocuparme por eso. Están asegurados. Aun así, me moriría si perdiera las valiosas gemas.

He optado por dejarme el pelo suelto porque es más yo de lo que jamás será un elaborado recogido. Lo llevo largo y rizado, como me gusta. Nunca me he sentido más auténtica, la nueva y mejorada yo, que cuando estoy con Flynn, así que quiero estar guapa para él esta noche.

Siento curiosidad por las personas que me ayudan a prepararme y por la clase de amenazas que deben de haberles hecho para que guarden nuestro secreto. Espero que ninguno de ellos ceda a la presión de soltarlo todo. Estoy segura de que el equipo de Flynn tiene un plan en cuanto a cómo dar a conocer la noticia al mundo.

Sin embargo, no es eso lo que me preocupa ahora mismo. En este momento solo puedo pensar en que estoy a punto de casarme con el hombre más maravilloso que he conocido y estoy deseando encomendarle a él el resto de mi vida.

Todos se marchan, y me echo un último vistazo en el espejo antes de darme por satisfecha. No sé si debo esperar en el dormitorio o salir a ver si Flynn también está listo.

Una suave llamada a la puerta pone fin a mi dilema. Siento mariposas en el estómago cuando cruzo la habitación para abrir. Flynn está ahí, con un sexy traje negro y una delgada corbata. Se ha domado el cabello y se ha afeitado. Está impresionante, y su forma de mirarme me quita el aliento.

—Natalie... Dios mío, estás preciosa. Sal aquí y deja que te vea. —Me toma de la mano y me conduce hasta el enorme salón, más grande que todo mi apartamento en Nueva York. Sin soltarme la mano, posa la otra sobre su corazón—. Tengo que ser el hombre más afortunado que jamás ha existido para haberte encontrado. Y que tú me ames...

—Te quiero mucho. Estoy deseando ser tu esposa.

—Entonces hagámoslo oficial, ¿te parece? —Me entrega un ramo de rosas blancas, bocas de dragón y otras flores que no reconozco. Luego hace una llamada por el teléfono de la habitación y al cabo de unos minutos suena el timbre de nuevo. Esta vez se trata de un hombre trajeado que entra seguido de la mujer que le acompaña. Ambos tienen el pelo gris y una afectuosa y amable sonrisa dibujada en la cara—. Natalie, estos son el juez Henry Gallagher y su esposa, Teresa. Él nos casará y los dos serán nuestros testigos.

Les estrecho la mano.

—Encantada de conocerles a ambos.

—Lo mismo digo —repone él—. Ambos somos grandes fans de su trabajo, señor Godfrey.

—Por favor, llámenme Flynn.

—Tengo algunas cosas que han de firmar —continúa el juez Gallagher.

Nos ocupamos del papeleo y decidimos colocarnos delante de la chimenea para la ceremonia. Dejo las flores sobre una mesa cercana y acepto las manos de Flynn cuando las alarga hacia mí con una sonrisa embriagadora.

De repente, tomo conciencia de que lo estamos haciendo de verdad. Vamos a casarnos y ni siquiera estoy un poco nerviosa. Es porque sé sin el más mínimo asomo de duda que estoy haciendo lo correcto. La sonrisa que se dibuja en el apuesto rostro de Flynn me dice que él siente lo mismo. Le aprieto las manos con suavidad.

—Flynn y Natalie, habéis venido aquí esta noche para casaros. ¿Juráis ambos estos votos por voluntad propia?

—Sí, juro —decimos a la vez.

Flynn me aprieta las manos.

—Natalie, repite conmigo.

Recito mis votos, escucho a Flynn recitar los suyos y se me escapan las lágrimas cuando me coloca una alianza de platino en el dedo, a juego con el anillo de compromiso. Me entra el pánico durante un segundo al darme cuenta de que no tengo un anillo para él, pero también se ha ocupado de eso, por supuesto.

Saca un anillo a juego y lo deposita en mi mano con un guiño y una sonrisa.

Cuando se lo coloco en el dedo, la magnitud de lo que

estamos haciendo parece calar en mí. Estoy mareada y rebosante de felicidad. Ha pasado mucho tiempo desde que sentí algo que podría describirse como felicidad, pero estando aquí de pie, en una lujosa suite de Las Vegas, casándome con el hombre de mis sueños —por Dios, el hombre de los sueños de todas—, conozco la auténtica felicidad por primera vez desde que puedo recordar.

Entonces él me besa y el juez nos declara marido y mujer. Soy la mujer de Flynn Godfrey.

Saca su móvil y le pide a la señora Gallagher que nos haga una foto. Nos hace una docena y después pregunta si sería mucho pedir hacerse ella una con Flynn. Como es natural, él accede y luego les entrega un sobre.

—Un pequeño detalle para darles las gracias por su tiempo.

Cuando los vemos marchar, entran dos camareros vestidos de esmoquin, uno empujando una mesa dispuesta para dos y otro con una cubitera de hielo con dos botellas de champán.

—Cuando esté listo, señor Godfrey —dice el de más edad.

—Dennos diez minutos, por favor.

—Por supuesto.

Se marchan, cerrando la puerta al salir y dejándome a solas con mi marido. Mi marido. Que alguien me pellizque, por favor. Me envuelve en sus brazos y sepulta el rostro en mi cabello.

—Hola, señora Godfrey.

Deslizo las manos alrededor de la chaqueta de su traje para devolverle el abrazo.

—Hola, señor Godfrey.

—¿Cómo es?

—Surrealista. Alucinante. Perfecto.

—También para mí.

—Jamás olvidaré esto, Flynn. Nada de esto. El vertiginoso noviazgo ha sido...

—Una experiencia transformadora.

Asiento, de acuerdo con él.

—Increíble.

Es mi palabra favorita para describirlos a él y a nuestra relación.

Sin romper el intenso contacto visual, me besa con suavidad. Me doy cuenta de que se está conteniendo porque tiene otros planes antes de que consumemos nuestro matrimonio.

—Tenemos un asuntillo que atender.

—¿Cuál?

Saca su móvil del bolsillo.

—Ayúdame a elegir la mejor.

Revisamos las fotos que ha tomado la señora Gallagher.

—Esa.

—Esa es buena.

Escribe un mensaje de texto y se la envía a Liza con las palabras «Luz verde».

—¿Qué va a pasar?

—Va a publicar la foto con una sola frase: «Flynn Godfrey se ha casado con Natalie Bryant en Las Vegas esta noche». Es cuanto pensamos decir.

—No hay más que decir.

—Oh, cariño, podría decir mucho más, pero me lo reservaré todo para ti. Nadie más tiene por qué saberlo.

—¿Te parece bien que les envíe la foto a Leah y a Aileen para que no tengan que enterarse por Twitter?

—Por supuesto. Te la paso a tu móvil.

Cuando tengo la foto, la envío en un rápido mensaje colectivo a mis amigos en Nueva York, que me responden en el acto.

LEAH:

QUÉÉÉÉÉÉÉÉ??? NO ME JODAS! AY, DIOS MÍO!

Me alegro mucho por vosotros! Estáis muy guapos… y felices.
Enhorabuena. Ni siquiera puedo decirte lo emocionada que
estoy por ti.

AILEEN:

Lloro de alegría por dos personas maravillosas que se merecen
toda una vida de felicidad. Besos y abrazos de parte de Logan,
de Maddie y de mí.

Comparto las respuestas con Flynn.

—Quizá deberías contárselo a tus amigos… y a tu familia.

—Tienes razón. Debería.

Flynn envía un mensaje colectivo y su teléfono empieza a sonar frenéticamente con la llegada de las respuestas.

SU HERMANA AIMEE:

Nunca digas de esta agua no beberé! Os felicito! Bienvenida
a la familia, Natalie!

MARLOWE:

Fantástico! Enhorabuena, chicos! Estoy deseando celebrarlo en
los SAG. Os quiero!

KRISTIAN:

Enhorabuena! Una foto genial. Felicidad eterna.

SU HERMANA ANNIE:

No me lo puedo creer! Te han pirateado? Te han secuestrado los
alienígenas? Te ha vencido el amor? Me alegro por ti, hermanito.
Bienvenida a la locura de la familia Godfrey, Natalie!

EMMETT:

Mazel tov! Os deseo una vida larga y feliz juntos.

STELLA:

Enhorabuena, queridos. Estoy emocionada y encantada de acoger a Natalie en la familia. Papá y yo os queremos!
Besos y abrazos.

JASPER:

Bien hecho, tío! Natalie, te llevas a uno de los buenos.
Os deseo lo mejor.

SU HERMANA ELLIE:

Bienvenida a la familia, Natalie! Cualquiera que pueda aguantar a Flynn a tiempo completo tiene todo mi respeto y admiración.
Me alegro por los dos! Os quiero.

ADDIE:

Emocionada y encantada por los dos. Disfrutad de cada minuto!

—Addie nos ha dado un buen consejo —comento.

Ninguno de los dos mencionamos que el único que no ha respondido es su mejor amigo, Hayden.

—Se acabaron los teléfonos. —Apaga el suyo y lo deja sobre la mesa—. No sé tú, pero yo me muero de hambre.

—No me vendría mal comer algo.

Abre la puerta y deja entrar a los camareros, que nos traen una deliciosa cena compuesta por ensalada César, gambas a la plancha, ternera tierna, espárragos y un apetecible risotto. Descorchan el champán y llenan las copas.

Flynn alza la suya para brindar conmigo y yo choco la mía.

—Por mi esposa.

—Por mi marido.

Se acerca para besarme.

—Me gusta cómo suena eso.

—A mí también.

Pruebo un poco de todo, aunque los nervios y la excitación por la noche que nos espera me atenazan el estómago. Estoy deseando quedarme a solas con él, con mi marido. Ver la alianza en su dedo y darme cuenta de todo lo que representa hace que me sienta muy honrada.

—¿Te gusta la alianza? —pregunta, colándose en mis pensamientos.

—Me encanta. Es preciosa. Todo lo es. No puedo creer lo que tu maga Addie y tú habéis conseguido organizar en solo dos días.

—Es buena en lo que hace.

—Todo esto lleva tu sello, Flynn. Llévate tu parte del mérito.

—Me llevo esto. —Junta los dedos pulgar e índice—. Yo elegí los anillos y dije sí o no a un puñado de vestidos, con la esperanza de que hubiera uno que te gustara.

—Me encanta este vestido. No quiero quitármelo nunca.

Él enarca una ceja.

—Va a desaparecer. Muy pronto.

Me río de la pícara amenaza apenas velada que percibo en su tono de voz.

—Gracias por la advertencia.

Compartimos un postre de chocolate que es lo más pecaminoso y delicioso que he probado en toda mi vida. Junto con el champán y las fresas que lo acompañan, rayo la sobrecarga sensorial. Cuando terminamos de comer, los camareros regresan para llevarse los platos y luego la mesa, dejándonos otra botella más de champán en una nueva cubitera.

—Necesitamos una canción —propone Flynn.

—¿Una canción?

—Para nuestro primer baile como marido y mujer. ¿Cuál puede ser? La dama elige.

—Hum, es una decisión importante que no ha de tomarse a la ligera. Para el resto de nuestras vidas, la canción que elijamos será la que bailamos en nuestra noche de bodas.

—Razón por la cual te he dejado la decisión a ti.

—Siento una presión tremenda para hacerlo bien.

—Tengo fe en ti, cariño.

—¿Puedo consultar con mi biblioteca en iTunes?

—Por supuesto.

Reviso las canciones en mi móvil y descarto una tras otra por no ser adecuadas para nosotros mientras él baja la intensidad de las luces.

—¿Qué canción bailaron tus padres en su boda? —le pregunto.

—*Moon River*. Adoran esa canción.

—Es muy buena.

Me mira por encima del hombro mientras consulto mi lista de canciones.

—Espera, ¿cuál es esta? *Love, Laugh, Fuck*. Ama, ríe, folla. Esa está bien.

—No vamos a tener una canción con esa palabra.

Con sus brazos a mi alrededor, presiona su erección contra mi espalda.

—¿Por qué no?

—Porque no y punto.

—Aguafiestas.

—Puede que lo sea, pero ahora tienes que cargar conmigo.

—Nunca en toda mi vida me he alegrado tanto de cargar con nadie.

Esbozo una sonrisa al oír sus dulces palabras. Los besos que me está dando en el cuello hacen que se me ponga la piel de gallina por todo el cuerpo.

—No puedo concentrarme cuando haces eso.

—Te pido disculpas —dice, pero no para.

—¿Qué te parece esta?

Elijo *I Won't Give Up*, de Jason Mraz, y la pongo para él.

—«No me rendiré.» Teniéndolo todo en cuenta, suena perfecta para nosotros.

—¿Tenemos una ganadora?

—Sí, la tenemos. —Me coge el teléfono y lo coloca en el sistema de sonido de la suite. Luego se vuelve y me tiende la mano—. ¿Me concede este baile, señora Godfrey?

—Por supuesto, señor Godfrey. —Voy con él y dejo que me envuelva con su amor. Mis manos encuentran el camino al interior de su chaqueta y apoyo la cara en su pecho—. Flynn...

—¿Qué, cielo?

—Solo quiero que sepas que por primera vez desde que todo ocurrió, siento que he hallado de nuevo el camino a casa. El torbellino dentro de mi cabeza ha parado por fin y... estoy en calma, en paz. Y es todo gracias a ti y a lo que hemos encontrado juntos.

—Nat... No hay nada que puedas decir que me haga más feliz, sobre todo si pienso en lo que ha pasado desde que me conociste.

—Es un alivio no tener nada más que esconder, así que, aunque no quería que pasara como pasó, me alegro de que no haya secretos entre nosotros.

Los brazos de Flynn me aprietan mientras nos mecemos con la música.

—No renunciaré a nosotros, Nat. Jamás. Pase lo que pase.

—Yo tampoco.

12

Flynn

Muero por dentro cuando afirma que no hay secretos entre nosotros. Le he ocultado uno enorme, algo que, de haberlo sabido, podría haber hecho que cambiara de parecer en cuanto a casarse conmigo. Me digo que no importa, porque lo he dejado atrás para centrarme en mi futuro con Natalie.

Ella es lo único que importa ahora. Ni mi pasado ni el suyo tienen relevancia alguna en el futuro que vamos a forjarnos. He tomado mis decisiones y ahora voy a hacer que este matrimonio funcione o a morir en el intento.

La siento cálida, suave y flexible entre mis brazos mientras la canción llega a su fin y empieza otra. No quiero que este momento termine jamás; la primera vez que bailamos juntos como un matrimonio. Puede que sea la primera vez, pero no será la última. Tenemos que mirar hacia delante y me niego a pasar ni un minuto de esta noche mirando al pasado.

Hundo el rostro en su sedoso cabello, centro la atención en su largo cuello y lo beso hasta que siento que comienza a temblar de nuevo en mis brazos. Me encanta su forma de reaccionar ante mí, que hasta la más inocente de las caricias susciten una reacción en ella. Me emociona que nadie salvo yo pueda poseerla jamás. Adoro que haya confiado en mí para ser el primer hombre en tocarla tras la brutal agresión que sufrió en la adolescencia.

Me ha hecho un regalo inestimable y me propongo ser digno de ella cada día de mi vida. Sus manos me rodean el cuello y levanta la mirada hacia mí, con los ojos colmados de amor, confianza y deseo. He intentado ser paciente esta noche, envolverla en romanticismo y recuerdos que duren toda una vida, pero ahora la deseo con una desesperación imposible de reprimir.

—Natalie...

—¿Hum?

—Quiero hacerle el amor a mi esposa.

—Tu esposa aprueba ese plan.

—Te quiero muchísimo.

—Yo también te quiero.

La beso con suavidad, de manera reverente, con las manos alrededor de su rostro. Antes de que las cosas se descontrolen, la tomo de la mano y la llevo al dormitorio, que el personal del hotel ha transformado mientras cenábamos. La habitación está bañada por la luz de las velas y pétalos de rosas rojas cubren la cama. Hay otra botella de champán en una cubitera con hielo sobre una mesa.

—¡Uau! —exclama con un suspiro—. Has pensado en todo.

—Por eso quería venir aquí. Nadie hace las cosas como en Las Vegas.

—Ya lo veo.

Se mordisquea el labio inferior, lo que me dice que tiene algo en mente.

—¿En qué estás pensando?

—No he traído nada especial para ponerme esta noche. En realidad, no tengo nada que merezca la pena...

La beso de nuevo porque no puedo soportar verla preocupada.

—Natalie, solo te necesito a ti, cielo. ¿Te ayudo a quitarte el vestido?

—Sí, por favor.

Se levanta el pelo y se lo coloca delante, dejando la espalda al descubierto ante mi ávida mirada. La cremallera está oculta por una hilera de botones que, gracias a Dios, son solo decorativos. Perdería la cabeza si tuviera que dedicarme a desabrochar un centenar de diminutos botoncitos. Bajo la cremallera y el vestido se abre para revelar la seductora curva de su espalda. No lleva sujetador, de modo que el vestido cae por sus hombros y sus brazos, cubriéndola tan solo de la cintura hacia abajo.

—¿Cuál es el truco para quitártelo?

Ella me sonríe por encima del hombro y contonea las caderas, dejando que el vestido caiga. Es entonces cuando descubro que lleva un tanga blanco de seda, liguero y medias.

—Necesito que te des la vuelta. De inmediato.

Con los seductores zapatos de tacón aún puestos, se vuelve con los brazos en jarra, los pechos orgullosamente erguidos, y el corazón se me para, de forma literal, durante un breve instante.

—Madre del amor hermoso. Casi me provocas un infarto. Y habías dicho que no tenías nada que ponerte.

Ella esboza una sonrisa coqueta y llena de satisfacción.

—He mentido.

Pongo las manos en sus costillas, tratando de controlar la acuciante necesidad de arrojarla sobre la cama y tomar lo que tanto deseo.

—¿De dónde has sacado esta ropa?

—Era una de las diversas opciones que acompañaban a los vestidos. Tu asistente es muy meticulosa.

—Dios, la quiero.

Natalie inclina la cabeza hacia atrás para reír y aprovecho la oportunidad para tomar sus pechos y meterme un pezón en la boca. El dominante que mora en mí se cierne sobre el filo de la navaja; desea liberarse y tomar lo que es suyo. Quiero ser su dueño, poseerla, dominarla. Quiero cada parte de ella y quiero que se rinda a mí de todas las formas posibles.

Pero más que todo eso quiero que nunca me tenga miedo, así que reprimo mis inclinaciones naturales y le prodigo la delicadeza, la ternura y el amor que necesita y merece.

Ella está más que dispuesta a participar. Me baja la chaqueta por los hombros, me quita la corbata y ataca los botones de mi camisa sin abandonar el abrasador beso. Apoya las manos sobre mi pecho desnudo y dispara mi desesperación por conseguir más. Actuamos juntos; nuestras manos chocan cuando los dos buscamos el cierre de mis pantalones al mismo tiempo.

Caen al suelo y me despojo de la camisa. Casi arranco la manga cuando uno de los gemelos se niega a cooperar.

—Puñetera camisa —farfullo, haciéndola reír.

—Déjame a mí.

Me agarra el brazo, desengancha el gemelo con suavidad y lo deposita en mi mano.

Pertenecieron a mi abuelo, y solo por eso me tomo el tiempo de dejarlos en la mesilla antes de devolver mi atención a mi preciosa y sexy esposa.

—Quiero una foto de ti así.

—¿Una foto de verdad?

—Sí. ¿Puedo?

—No sé...

—Será solo para nosotros. Si piensas que la compartiría con alguien...

He compartido mujeres en el pasado, pero no a esta. No

podría soportar de ningún modo ver las manos de otro hombre sobre ella.

—Vale...

Está indecisa, pero veo que la petición la ha puesto cachonda. Le brillan mucho los ojos y tiene las mejillas muy sonrojadas. Hasta sus pechos están enrojecidos por el calor.

—No te muevas de aquí. —Corro a la otra habitación a por mi móvil y lo enciendo mientras regreso a donde la he dejado.

—¿Cómo me quieres?

Profiero un sonoro gruñido.

—Joder, cariño, te conviene pensártelo mejor antes de hacerme una pregunta tan capciosa.

—¿Por qué?

Esa inocencia, esa abrumadora dulzura... Natalie me destruye y luego me recompone.

—Podría tenerte de muchas formas.

—¿Me hablarás de ellas? ¿De todas ellas?

Se me forma un nudo en la garganta mientras apelo al autocontrol que tanto me cuesta reunir ahora mismo.

—Tenemos el resto de nuestras vidas para probarlas todas, dos veces si te apetece. Por ahora, échate el pelo hacia delante para que tus pezones asomen solo a medias y coloca las manos en las caderas. Posa. —Mi polla está dura como el hormigón mientras hago varias fotos—. Y ahora recógete el pelo con las manos y sostenlo en alto. Joder, qué sexy. Justo así. Ay, Dios, Nat.

Arrojo el teléfono a un lado y la tumbo conmigo en la cama; nuestros labios y lenguas se unen en un apremiante beso que dispara mi necesidad al máximo, de modo que no puedo pensar en otra cosa que en estar dentro de ella. Ahora mismo.

¡Maldita sea! No voy a sobrevivir a esto.

Jamás lo he visto así. Su beso es tan feroz, tan desenfrenado, que solo puedo seguirle. Su lengua está en todas partes, tentando, provocando, haciendo que desee suplicar lo que viene a continuación, sea lo que sea. Deseo que me toque, que me tome y me haga suya.

Jamás he deseado nada tanto como le deseo a él ahora mismo.

—Flynn —jadeo, cuando por fin se interrumpe para tomar aire.

—¿Qué, cielo? Dime.

Apenas puedo respirar cuando ataca mi cuello, hallando ese punto que no sabía que me volvía loca hasta que él lo descubrió.

—Te deseo ahora.

—Estoy aquí.

No me ha costado mucho volverme valiente en lo que a él respecta, así que deslizo la mano por su cuerpo y aparto los bóxer en mi búsqueda para obtener lo que deseo. Él gime cuando mi mano envuelve su gruesa erección. Le acaricio tal y como me enseñó, con firmeza y fuerza.

—Esto es lo que quiero. Hazme el amor. Por favor, Flynn. Ahora mismo.

Él me arranca literalmente el tanga del cuerpo en un movimiento que me deja atónita por la intensidad de su deseo.

—No quiero hacerte daño. Dime si te duele.

—No me lo harás.

Poco me importa que me lo haga.

Se agarra el pene con la mano, se coloca un condón y se hunde en mí con un profundo embate que me hace gritar por el impacto, el placer y el calor que se congregan en el lugar en el que estamos unidos y se expanden hacia cada rincón de mi cuerpo. Puedo sentirle temblar a causa del esfuerzo que le supone quedarse quieto, hasta que está seguro de que estoy preparada para recibir más.

—Jamás he sentido nada mejor que esto, Natalie.

—Muévete, Flynn. Por favor...

No se lo tengo que repetir. Se pone de rodillas y comienza a penetrarme despacio, profundamente, y luego se retira para embestirme de nuevo una y otra vez.

Levanto los brazos por encima de la cabeza, buscando algo a lo que agarrarme mientras él me monta de la forma más salvaje de toda mi vida.

Entonces lo tengo encima, buscando mis manos para inmovilizármelas mientras con la otra me agarra el trasero, sujetándome para proseguir con su feroz posesión. Cuando me doy cuenta de que no puedo mover las manos ni, para el caso, ninguna otra parte de mí, el pánico comienza a retumbar en mi pecho.

Él me besa mientras me hace el amor y de repente no puedo respirar. No puedo moverme. No puedo hacer esto. Vuelvo la cabeza a la izquierda, interrumpo el beso y grito a la vez que los recuerdos vuelven en tromba para recordarme que, aunque esté decidida a superar mi pasado, este siempre me acaba alcanzando.

Lucho con él como un animal salvaje, lanzándole arañazos, patadas, y gritando.

Él se detiene de inmediato, sale de mi interior y me suelta.

—Natalie.

Estoy histérica, grito, chillo, lloro y lucho contra los demonios con todo lo que tengo en mi interior. En lo más recóndito de mi mente oigo que Fluff se pone como loca al mismo tiempo que yo, ladrando y gruñendo sin cesar.

—Cariño, ay, Dios mío, soy yo, cielo. Por favor... Natalie. Soy yo y te quiero más que a nada.

Sus palabras atraviesan la histeria y me desinflo como un globo que han pinchado con un alfiler. Fluff se tumba conmigo, me lame la cara y me ofrece consuelo a su manera.

Santo Dios, acabo de perder la cabeza por completo mientras hago el amor con mi marido por primera vez. Los sollozos estremecen mi cuerpo y temo abrir los ojos, ver cómo debe de estar mirando a esta mujer quebrada y dañada a la que se ha unido de por vida.

—Natalie... —Pone una mano en mi jadeante abdomen. Me estremezco ligeramente y Fluff gruñe, pero Flynn no aparta la mano—. Cariño, mírame. Abre los ojos.

Yo niego con la cabeza. No puedo. Jamás seré capaz de mirarle de nuevo después de haber echado a perder lo que debería haber sido el momento más especial de nuestras vidas.

Sustituye la mano por sus labios, me besa el vientre, los huesos de las caderas, entre los pechos, el cuello, la mandíbula, el rostro y, por último, la boca. Cada beso es como una venda en la herida que llevo conmigo. Cada beso habla de amor y de devoción y no tiene nada que ver con lo que me pasó hace mucho tiempo.

Eso me digo a mí misma, pero ¿me perdonará algún día por perder la cabeza mientras estaba dentro de mí? ¿Volverá a tocarme sin pensar en lo que podría ocurrir si hace alguna cosa que no debe?

—Han sido las manos —le digo, todavía con los ojos cerrados.

—Te he sujetado las manos y eso ha provocado un recuerdo.

Yo asiento.

—Lo siento muchísimo.

Las lágrimas que escapan de mis ojos cerrados dejan ardientes estelas al rodar por mi cara.

Él me las besa y me acaricia el pelo, la cara, el cuerpo. Eso me serena y me tranquiliza.

—¿Puedo abrazarte?

Me vuelvo en sus brazos y me aferro a él con todas mis fuerzas mientras los sollozos estremecen mi cuerpo y mi recién hallada determinación. ¿Qué otros recuerdos reprimidos aguardan para resurgir y recordarme todos los aspectos en que estoy rota? ¿Cómo va a saber mi amado esposo si lo que está a punto de hacer es o no adecuado?

—Lo siento.

—No te disculpes conmigo, Natalie —protesta. Su tono brusco hace que gimotee como el animal herido que soy—. Lo siento —dice con un tono más suave—. No pretendía decirlo de forma tan brusca. Eres perfecta tal y como eres, y aunque nos lleve el resto de nuestras vidas, descubriremos qué nos funciona a los dos... y qué no. Pase lo que pase, jamás te culparé por nada de esto. Jamás.

—No soporto haber arruinado nuestra noche de bodas.

—No has arruinado nada. Nuestra noche de bodas no ha terminado ni mucho menos. Solo acaba de empezar.

Me abraza durante largo rato, acariciándome con tranquilizadores círculos en la espalda y besándome la frente una y otra vez, hasta que empiezo a serenarme.

—¿Te sientes mejor?

Asiento.

—¿Tú estás bien?

—Estoy genial siempre que esté aquí contigo.

—¿Crees que... podríamos... que podemos...?

—¿Qué, cariño?

—¿Podemos intentarlo de nuevo?

—No tenemos por qué hacerlo. Tenemos todo el tiempo del mundo.

—Sé que no tenemos por qué, pero quiero hacerlo. Si tú estás dispuesto. Aunque no te culparía si no lo estuvieras.

Se apoya en un codo y me mira.

—Yo siempre estoy dispuesto a hacerte el amor. Jamás llegará el día en que no te desee, Natalie. Pero tú siempre eres libre de decir que no.

—Digo que sí. Digo que sí a todo.

—Vamos a tomárnoslo con calma. —Me besa—. Pero necesitamos una palabra, algo que puedas decir si es demasiado o si algo te asusta. Tiene que ser una palabra que para ambos signifique «stop». Pase lo que pase, si dices esa palabra, se acabó.

—Vale...

—¿Qué palabra quieres usar?

Abro por fin los ojos, miro su apuesto y serio rostro y le brindo una débil sonrisa.

—¿Qué te parece «Fluff»?

Mi perrita suelta un suave ladrido al oír su nombre.

Flynn me devuelve la sonrisa.

—Es perfecto.

Alzo la mano para acercarlo a mí.

—Te quiero. Nada de lo que puedas hacer estará nunca mal. No se trata de ti. Por favor, dime que lo sabes.

—Sí. Lo sé.

—Me ha encantado cómo nos hemos mostrado antes.

—¿Cómo?

—Desenfrenados y desinhibidos. Quiero ser esa persona. Quiero ser ella contigo.

—Llegaremos a eso.

Paso el dedo sobre el pulso que late en su cuello, que me avisa de lo difícil que es esto para él.

—Tener sexo conmigo es como jugar con dinamita sin saber dónde está la mecha.

—Tener sexo contigo es lo más parecido al cielo que he experimentado en la tierra, Natalie. Nada de lo que pase podría cambiar eso.

—¿Podemos intentarlo otra vez?

—Solo si vamos despacio. Dejaremos el desenfreno y la desinhibición para otro día.

Fluff profiere un gruñido que nos hace reír y observo que la tensión abandona su cuerpo con un profundo suspiro. Él comienza de nuevo con besos profundos y suaves, que hacen que la cabeza me dé vueltas. Mi cuerpo despierta de nuevo, beso a beso.

No tiene prisa mientras un beso se convierte en dos, y esos dos, en tres. Su tacto es cauto en vez de libre de ataduras como antes. Siento que se está conteniendo y me duele saber que le está costando darme lo que necesito. Antes me ha mostrado lo que en realidad desea y yo he perdido los estribos.

—Puedo oírte pensar.

—No puedo evitarlo.

—Chis. Relájate y no te preocupes por nada. Todo está bien. Aquí solo estamos tú y yo. Nadie más. Te quiero más a cada minuto que pasa. Te quiero del modo que pueda tenerte. Eres perfecta para mí. No cambiaría nada de ti, aunque eliminaría el dolor que viviste y lo sustituiría por hermosos recuerdos nuevos. —Me besa la cara mientras habla y vuelve a mis labios para acariciarlos con suavidad antes de bajar al cuello y al pecho—. Eres la única a la que deseo, la única a la que jamás desearé. —Toma mis pechos en las manos y pasa la lengua por mis pezones, lo que despeja mi mente de todo pensamiento que no gire en torno al sublime placer que he encontrado entre sus brazos. Mucho antes de que me haya saciado, continúa sembrando un sendero de besos sobre mis costillas y mi vientre antes de descender—. Tan suave y tan dulce. Me encanta tu olor y tu sabor. Podría morir feliz aquí mismo.

Me acaricia el vello entre las piernas y pasa la lengua sobre la zona más sensible antes de descender para recorrer con sus manos las medias de seda que cubren mis piernas.

Estoy flotando en un mar de sensaciones. Sus palabras, sus besos y sus tiernas caricias provocan de nuevo el redoble del deseo entre mis muslos. Quiero sentirlo ahí, pero él no tiene ninguna prisa.

—Qué ardiente y sexy. Mi esposa es una belleza. Todos los hombres del mundo envidiarán la mujer con la que me acuesto cada noche. —Sus labios encuentran un punto en la corva que me hace gemir—. Te mirarán y desearán ser la mitad de afortunados de lo que yo soy. —Mis piernas se apoyan en sus anchos hombros. Inclina la cabeza y coloca sus manos sobre la parte interna de mis muslos—. No he saboreado nunca un coño tan dulce —susurra antes de descender y abrirme a su lengua. Continúa obrando con lentitud, sin exigencias, mientras me lleva al borde de la locura besándome por todas partes salvo donde más le necesito.

Le agarro del pelo para dirigirle, pero se resiste.

Se echa a reír.

—¿Intentas tomar el mando de mi espectáculo?

—Solo intento que avance.

—¿Es esto lo que quieres?

Me succiona el clítoris y pasa la lengua por él mientras me penetra con los dedos. La combinación desencadena un orgasmo que me atraviesa en oleadas, una tras otra, hasta que Flynn me hace descender con cuidado.

Trato de asirle. Necesito que me abrace y él lo entiende. Coge otro condón antes de acercarse a mí y de besarme; lleva mi sabor en los labios. Ahora se muestra más insistente, su lengua exige paso al tiempo que se coloca entre mis piernas, con su erección palpitando contra mí.

Arqueo las caderas mientras apoyo las manos en su espalda y le pido que me lleve muy lejos, que me haga suya. Sigue besándome cuando me penetra, despacio y con más paciencia de la que poseo después de su perezosa seducción.

—Tranquila, cielo —susurra—. Despacio y con cuidado.

Me doy cuenta de que pasará mucho tiempo antes de que vea de nuevo al Flynn rápido y frenético, y eso me entristece en el alma. Le quiero así, pero también de ese modo.

Se hunde en mí poco a poco, atento a cualquier señal de angustia.

—Qué sensación tan increíble, cariño. Tan caliente, tan apretada y tan mojada. —Echa la cabeza hacia atrás—. Ah, Dios mío, acabas de mojarte todavía más. Me encanta.

—A mí me encanta que me hables mientras hacemos esto.

—¿Te gusta que te diga guarradas?

—Me gusta todo.

Flynn contonea las caderas y por fin se aloja por completo en mi interior, palpitante y ardiente mientras mi cuerpo se amolda a su tamaño.

—¿Todos los hombres la tienen tan grande como tú?

—Joder —gruñe, y juro que su tamaño aumenta todavía más—. Sabes cómo hacer que un tío se sienta bien, cielo.

—Tú sí que sabes hacerme sentir bien.

—¿Te gusta?

—Es alucinante. Y apretado. Muy, muy apretado.

—Encajamos a la perfección. —Se retira ligeramente antes de empujar de nuevo—. Estoy al límite. ¿Te parece bien que me mueva un poco?

—Te ruego que te muevas.

—Quiero que mantengas los ojos abiertos y me mires, ¿vale?

Me muerdo el labio y asiento. Me tiembla la cara interna de los muslos por la presión de mantener las piernas tan separadas.

—¿Cuál es tu palabra de seguridad?

—Fluff.

La perra suelta un bufido indignado y empieza a gruñir de nuevo.

Flynn me sonríe.

—Me sorprende que permita un comportamiento tan escandaloso en su cama.

Estoy a punto de decir una respuesta ingeniosa, cuando empieza a moverse más rápido. Está apoyado en las manos, observándome con atención mientras sus caderas se contonean con movimientos cada vez más desesperados, saliendo y entrando en mí. La sensación es increíble. Tengo ganas de cerrar los ojos, pero los mantengo abiertos y clavados en él para que no quepa la posibilidad de que me deje llevar por el pánico.

Me muevo con él, adoptando su ritmo y sintiendo en lo más hondo de mi ser la sensación de que le pertenezco.

—Voy a apartar la mirada, cariño. Detenme si no te parece bien. ¿De acuerdo?

—De acuerdo —respondo con una profunda exhalación.

Se sostiene en la mano derecha mientras agacha la cabeza para capturar mi pezón con la boca y baja la izquierda hasta el lugar en que estamos unidos, tocándome justo donde necesito. Me cierno al borde del clímax cuando sus dientes aferran mi pezón y me pellizca el clítoris, desencadenando mi orgasmo y el suyo.

—Ah, Dios —exclama cuando se tiende encima de mí, apoderándose de mis labios en un abrasador beso.

Me besa entre los senos, con la frente apoyada sobre mi pecho.

Yo paso los dedos por su pelo empapado de sudor y le masajeo el cuero cabelludo. Exhala un suspiro que suena a satisfacción. Espero que así sea.

Voy a hacerle feliz. Da igual qué tenga que hacer, voy a hacerle feliz. A pesar de mi resolución, una persistente duda comienza a echar raíces. ¿Y si no soy capaz? ¿Y si no puedo ser lo que él necesita?

13

Flynn

Su ataque de pánico me ha destrozado por completo. No quiero tener miedo de tocarla, pero así es. Me aterra hacer algo que haga aflorar de nuevo el terror a sus ojos. No quiero volver a verlo. Es como maniobrar a través de un campo de minas, sin saber qué disparará el horror.

Su miedo era estridente y estremecedor. El mío, silencioso, pero no menos espeluznante.

Solo puedo pensar en que gracias a Dios no sucumbí a los remordimientos y le hablé del club. Eso habría sido un error garrafal. Jamás se habría casado conmigo de haberlo sabido.

Cuando mi acelerado corazón recupera por fin un ritmo normal, la beso y me retiro para coger una toalla del baño y poder limpiarla. Luego me limpio yo y la dejo en el suelo antes de volver a meterme en la cama con ella.

Natalie se acurruca contra mí y apoya la mano en mi vientre.

—Gracias por lo que has hecho.

—¿Qué es lo que he hecho?

—Me has dado justo lo que necesitaba cuando lo necesitaba. La mayoría de los hombres habrían huido despavoridos y dando gritos en busca de un abogado después de la que he montado.

—Yo no soy como la mayoría y jamás te dejaré, cariño. Jamás.

—No te culparía si esto fuera demasiado para ti.

Me duele que ella esté preocupada por mí ahora mismo.

—Voy a fingir que no has dicho eso. Sabía bien en qué me metía al decir «sí, quiero» y nada ha cambiado desde entonces, salvo que ahora ya no puedes conseguir una anulación.

Noto que sus labios se curvan contra mi pecho.

—Eso es lo último que quiero.

—También es lo último que yo quiero. —La abrazo contra mí—. Tengo todo lo que deseo aquí mismo.

Ojalá supiera qué hacer con mi temor a desencadenar otro recuerdo en ella. Preferiría morir a hacer algo que le haga sufrir, y va a pasar mucho tiempo hasta que olvide la expresión de terror de su rostro, los gritos, el llanto...

Es insoportable.

Horas después consigo sumirme en un sueño agitado. Lo siguiente que sé es que estamos en la mazmorra de Nueva York y ella está bocabajo sobre un banco de azotes, con los brazos y las piernas apoyados en las almohadillas y el trasero alzado para mi placer. Soy consciente de que estoy soñando y de que debería poner fin a esto mientras aún pueda, pero no consigo reunir las fuerzas para hacerlo. Quiero ver cómo se desarrolla esto. Necesito saberlo.

Tiene el trasero enrojecido por los golpes de mi pala y el tapón anal más grande que poseo asoma entre sus nalgas. Aunque no es tan grande como yo, tal y como está a punto de averiguar. Llevamos semanas preparándonos para este momento, pero algo me retiene.

Temo asustarla, presionarla demasiado. Ella tiembla, sus piernas se sacuden de forma violenta.

—Nat. —Mis manos ascienden por la parte posterior de sus piernas para asir sus enrojecidas nalgas—. No tenemos por qué hacer esto. Todavía puedes decir que no. Dime la palabra de seguridad si no estás preparada.

—No voy a decir que no y tampoco mi palabra de seguridad.

—Estás temblando.

—Estoy excitada.

—¿No estás asustada?

—Solo un poco. Has dicho que dolería.

—Así es. Al principio. Pero si te quedas conmigo, puedo hacer que sea muy bueno para ti. Te correrás con mucha fuerza, con más intensidad de la que lo has hecho jamás.

Un intenso escalofrío la recorre.

—Hazlo.

Está tan mojada que le brilla la cara interna de sus muslos.

Me inclino para chupar esa humedad con la lengua, lamiéndola de delante hacia atrás, donde la dilata mi tapón. Está todo lo lista que se puede estar y ya no puedo esperar más. Tengo que poseer su dulce trasero. Necesito saber que cada parte de ella es mía.

Agarro la base del tapón y comienzo a retirarlo, tirando despacio, poco a poco, para hacer que gimotee a causa de la presión. La retirada es tan extenuante como lo ha sido la inserción y me tomo mi tiempo, prolongando el placentero dolor hasta convertirla en un trémulo y vibrante manojo de sensaciones. Cuando el tapón sale por fin, me apresuro a aplicar un poco de lubricante en mi dura polla. Aplico más cantidad en mis dedos y los introduzco dentro de ella, cerciorándome de que está preparada.

Saco los dedos y los sustituyo por mi polla, presionando de manera insistente contra ella.

Natalie grita.

—Es demasiado grande, Flynn. No puedo.

Le doy un fuerte azote en el trasero y consigo entrar casi

tres centímetros más. Está tan apretada y caliente que me preocupa correrme antes de llegar al fondo.

—¿Quién soy aquí?

—Señor. —Solloza, pero no utiliza la palabra de seguridad.

—No lo olvides. —Acaricio el lugar que he azotado para calmarla y darle consuelo—. Apriétate contra mí, cariño. Puedes hacerlo. Puedes tomarme.

—No puedo.

—Sí que puedes. Yo sé que puedes.

La rodeo con la mano para acariciarle el clítoris y todo su cuerpo parece aferrar mi polla, haciendo que apriete los dientes por la acuciante necesidad de correrme. Pero eso no va a pasar hasta que me haya acogido por entero.

Me quedo donde estoy, casi tres centímetros dentro de ella, dándole tiempo para que se acostumbre.

—¿Preparada para más?

—¿Hay más?

No puedo creer que me haga reír en un momento así.

—Mucho más.

Me inclino sobre ella y le beso la espalda. Tiene la piel erizada. Deslizo las manos bajo su cuerpo y le pellizco los pezones. Intento darle otra cosa en la que pensar aparte de la polla que viola su ano.

Masajeo los pezones entre los dedos y les propino un fuerte pellizco que hace que ella grite y me permita entrar casi tres centímetros más.

—Joder —susurra. No la he oído utilizar esa palabra antes y resulta muy sexy viniendo de ella.

—¿Aún duele?

—Es… No como antes. Pero tampoco resulta agradable aún.

—Dale una oportunidad, cariño. Procura relajarte y déjate llevar. Te prometo que será alucinante.

Ella gruñe, y no estoy seguro, pero creo que es posible que se esté riendo.

—Que me relaje… Claro. Intenta relajarte tú cuando tienes una polla gigantesca metida en el culo —murmura entre jadeos—. Ay, Dios, acaba de aumentar de tamaño.

—Eso es lo que consigues cuando me dices cochinadas. —Me retiro un poco, arrancándole un gemido, y entonces empujo otra vez, más hondo que antes. Ya tengo dentro más de la mitad. No deja de gruñir y gemir. Repito el movimiento varias veces, añadiendo más lubricante para facilitar la entrada—. Eso es, cariño. Solo un poco más.

Ella gime con fuerza y grita cuando introduzco la gruesa base. Mis músculos se contraen con tanta intensidad que tengo que morderme el interior de la mejilla para tener otra cosa en que pensar aparte de en la desesperada necesidad de correrme—. Lo has conseguido, cariño. Me has acogido por completo.

Un gruñido es su única respuesta.

Me quedo así, sepultado en su culo durante un asombroso y prolongado momento y acto seguido empiezo a moverme, follándola con suaves embates que tienen como finalidad hacer que esto sea para ella lo mejor posible.

—Así, cielo. Te quiero así. Tan ardiente y apretada. Jamás he sentido nada tan bueno. Tienes un culo increíble.

Busco el ritmo, penetrando su increíblemente ceñido pasaje, hasta que noto las reveladoras señales del inminente clímax cuando sus músculos se contraen. No pienso correrme hasta que lo haga ella. Llevo la mano hacia la parte delantera de su cuerpo y encuentro su clítoris turgente y duro. Aprovecho la humedad entre sus piernas para que mi dedo se vuelva resbaladizo y trazo círculos sobre él, hasta que ella grita al alcanzar el clímax y me ciñe con tanta fuerza que ya no puedo seguir reprimiéndome.

Me corro con un rugido de ardiente y líquido placer, que

parece brotar de mi misma alma. Esto continúa durante lo que parece una hora.

Natalie es como una muñeca de trapo debajo de mí, que solo se mantiene erguida gracias a la presión de mi cuerpo contra el suyo.

Salgo de ella tan despacio como he entrado. Alcanzo una toalla para limpiarnos y luego la levanto del banco y la acuno en mis brazos. Tiene los ojos cerrados, el rostro ruborizado y los labios inflamados por la mamada que me ha hecho antes.

Le beso la cara, los labios, la nariz.

—Nat.

—Hum.

—Abre los ojos.

—No puedo.

—Inténtalo.

Los abre para enfrentarse a los míos y lo que veo en ellos me asombra; está absolutamente resplandeciente.

—Cuéntame. Dime qué has sentido.

—Me siento... Yo... Tú tenías razón. En cuanto el dolor ha parado, ha sido increíble. ¿Cuándo podemos repetirlo?

—Natalie... —Que me haya aceptado a mí y las necesidades que me impulsan me deja estupefacto y hace que me sienta honrado—. Cielo, te quiero.

—Mmm, yo también te quiero. Y ahora, ¿cuándo podemos repetir?

La beso en los labios, riendo.

—Recuérdamelo mañana, cuando sepas lo que es el día después.

Ella me arrastra a otro beso y me muerde el labio. La aguda punzada de dolor me despierta del sueño y descubro que ha vuelto a ocurrir. He llegado al orgasmo en sueños mientras Natalie duerme a mi lado, sin sospechar nada.

Recuerdo el sueño a retazos, torturándome con escenas

de cosas con las que solo puedo soñar. Me siento traicionado por mi propia mente subconsciente. Me está castigando por mi engaño mostrándome cosas que jamás tendré con la mujer a la que amo más que a la vida misma.

Natalie se vuelve hacia mí y apoya la mano en mi pecho, por encima del desastre en que he convertido mi vientre.

Aparto su mano y me levanto de la cama. No quiero que se despierte mientras me aseo en el baño.

Me doy asco a mí mismo y tengo miedo, un profundo miedo a que tal vez no sea capaz de vivir sin las cosas a las que he renunciado por ella.

Me despierto con la luz del día y el sonido de mi teléfono móvil. Es el tono de Addie. Natalie duerme plácidamente, acurrucada a mi lado. Me levanto con mucho cuidado para no molestarla y me voy con el móvil a la otra habitación para responder.

—Hola. —Mi voz suena ronca y la cabeza me retumba por culpa del puñetero champán, la falta de sueño y otra perturbadora fantasía erótica con la mujer que es ahora mi esposa como protagonista—. ¿Qué pasa?

—Sabes que jamás te molestaría esta mañana a menos que de verdad tuviera que hacerlo.

—Sí, lo sé. Y por eso me estás poniendo de los nervios.

—El mundo entero se ha vuelto loco con la noticia de que te has casado. Es el titular principal en todas partes.

—Por todas partes te refieres a...

—El mundo entero, Flynn. Los paparazzi han caído sobre Las Vegas. Tienen cubiertas todas las calles. Esta mañana he hablado con la empresa de seguridad y están preocupados por la forma de sacaros hoy de allí.

No puedo evitarlo; me echo a reír.

—¿Te estás riendo? ¿Qué coño te pasa?

—Que es ridículo, Addie. Solo me he casado. ¿Qué le importa eso a nadie?

—Hum, ¿es una pregunta retórica?

—Lo es en el sentido de que no espero que respondas.

—Pues es un alivio. Es culpa tuya por decir que no volverías a casarte y luego hacerlo con alguien a quien conoces desde hace solo unas semanas.

—Tienes que reconocer que es una historia estupenda.

—Y justo por eso todo el mundo está interesado, sobre todo en vista de las cosas que han salido a la luz sobre ella en la última semana.

—Se me ocurre cómo podemos salir de aquí. Deja que haga un par de llamadas y luego te llamo.

—Aquí estaré.

Me pongo en contacto con Gordon Yates, el dueño de la empresa de seguridad con la que colaboramos para todas las necesidades de Quantum en Los Ángeles, que descuelga al primer tono.

—Aquí tenemos al hombre del momento.

—Eso he oído.

—Supongo que hay que darte la enhorabuena.

—Gracias, Gordon.

—Estamos intentando dar con la mejor forma de sacarte de ahí. He estado en contacto con la seguridad del hotel y barajamos varias ideas.

—¿Qué te parece un helicóptero en la azotea?

—Eso figura en nuestra reducida lista.

—Hagamos eso. Me gustaría sacar a Natalie de aquí y volver a Los Ángeles con el mínimo alboroto y sin paparazzi gritando.

—Dame un par de horas para organizarlo.

—Tómate tres. Me casé anoche. Quiero despertar a mi esposa como es debido.

Gordon se ríe.

—Hecho. Te llamaré dentro de tres horas con los detalles.

—Gracias.

Telefoneo de nuevo a Addie para contarle el plan y pedirle que me lleven la Ducati al aeropuerto de Los Ángeles junto con dos cascos.

—Estoy en ello.

—Gracias. Uno de estos días te daré un día libre. Lo prometo.

—Ya puedo esperar sentada, pero no pasa nada. Resulta que adoro mi trabajo.

—Gracias de nuevo por todo lo que has hecho este último par de semanas. Ambos te lo agradecemos mucho.

—La foto de anoche fue genial. Espero que disfrutarais de un día maravilloso.

—Lo hicimos. Hablamos cuando vuelva a Los Ángeles.

—Me parece bien.

Dejo el móvil encima de una mesa de la estancia principal y regreso al dormitorio, donde Natalie duerme. Uso el cuarto de baño y me cepillo los dientes antes de volver a la cama con ella. Mi mujer murmura en sueños y se aprieta contra mí, rodeándome con el brazo como si llevara años durmiendo conmigo en vez de días.

Todo fluye de un modo muy natural entre nosotros: la atracción, la conversación, el deseo. Ahí está todo. Siento su cuerpo tibio y suave contra el mío y mi reacción es veloz y predecible. Si se encuentra en el mismo código postal que yo, la deseo. Si está desnuda en la cama conmigo, estoy perdido.

La abrazo durante un rato antes de que abra sus grandes ojos y alce su mirada hacia mí.

—¿Por qué estás despierto tan temprano?

—Me he ocupado de los preparativos para salir de aquí. Por lo visto, somos la noticia del día en todo el mundo.

—Yuju —replica con una risa nerviosa.

—¿Qué sientes al hacerte famosa prácticamente de la noche a la mañana?

—Casi lo mismo que siento al ser una mujer casada prácticamente de la noche a la mañana. Todo es genial.

—Sí que lo es.

—¿Y qué sucede la mañana después de que te hayas casado con el actor más famoso del mundo?

—Existen una serie de opciones como esposa del actor más famoso del mundo. A: puedes pedir lo que quieras para desayunar. B: puedes hacerle el amor a tu famoso marido. Y, C: puedes hacer todo lo anterior.

—La C —dice con una sonrisa afectuosa y sexy—. Todo lo anterior.

Natalie

Flynn me hace un resumen del plan de escape e inmediatamente me invaden la curiosidad y los nervios ante mi primer viaje en helicóptero. Será otra primera vez en una larga lista desde que le conocí. Me preocupa que a Fluff le entre el pánico, así que Flynn agarra con firmeza la correa cuando la seguridad del hotel nos acompaña hasta la azotea.

El helicóptero es enorme y, al parecer, nos llevará hasta Los Ángeles porque los dos aeropuertos están sitiados por reporteros que esperan para vernos hoy. Subimos y Flynn me abrocha el cinturón de seguridad, pasándome a Fluff, a la que este asunto no parece que le haga ninguna gracia.

Entonces el motor se enciende y Fluff se pone como un basilisco, ladrando y gruñendo sin cesar. Una vez más, nos hace reír cuando más lo necesitamos.

La estrecho entre mis brazos y la acaricio con la esperanza de tranquilizarla.

—Solíamos llevar una vida muy tranquila y aburrida, Fluff-o-Nutter.

Estamos sentadas muy cerca de Flynn para poder oírnos por encima del ruido del motor.

—Creo que ella prefería aquella vida a la que lleváis ahora.

—Se acostumbrará. Lo ha hecho antes.

—¿Cómo la recuperaste después de que todo ocurriera?

—¿Te acuerdas del detective que se portó tan bien conmigo? Fue a mi casa y me la trajo.

—¿Se la dieron sin más?

—Nunca me lo dijo y no se lo pregunté. Me da igual cómo fuera. Solo me importaba que la tenía conmigo. Siempre fue mi perra. Fue literalmente lo único que me traje conmigo de mi antigua vida a la nueva. La ropa que llevaba puesta cuando me marché de casa de Stone y los objetos que había en mi mochila se consideraban pruebas.

Flynn mueve la cabeza con incredulidad.

—Espero no cruzarme jamás con tus padres. No me hago responsable de mis actos.

—No los veremos. Una parte de mí esperó durante mucho tiempo que aparecieran de la nada para decirme que todo había sido un gran error. Después de un par de años, dejé de esperar que eso ocurriera.

—La gente es encantadora cuando huelen el dinero. Ahora tienes un montón, así que puede que vuelvan a interesarse por ti otra vez.

—¿No sería increíble?

—No malgastes ni un minuto preocupándote por eso. No conseguirán acercarse a ti. No mientras me quede un soplo de vida.

Apoyo la cabeza en su hombro.

—No imagino lo que debes de pensar sobre mi familia, teniendo en cuenta cómo es la tuya.

—Hace que me sienta aún más afortunado de lo que ya me siento por ser hijo de Max y de Estelle. Hasta que te conocí, el mayor golpe de suerte de mi vida era tenerlos a ellos como padres. —Ahueca una mano sobre mi mejilla y me acaricia con el pulgar—. No quiero que pases ni un solo segundo preocupada porque yo pueda pensar mal de ti por culpa de tus padres. Te tengo en un pedestal. Tienes que saberlo.

—Lo sé, pero gracias por recordármelo.

—Avísame cuando quieras que te lo recuerde de nuevo.

—No dejo de pensar en mis hermanas y en lo que dijimos al final de la entrevista. ¿Crees que intentarán ponerse en contacto conmigo? ¿Y si ni siquiera la ven, o si no se han enterado de las noticias sobre mí?

—Lo han oído y claro que lo verán y te llamarán. Por supuesto que lo harán.

—No abrigo demasiadas esperanzas.

—Haré que alguien las busque si no tienes noticias suyas.

—¿Lo harás? ¿En serio?

—Por supuesto. Lo que sucedió entre tus padres y tú no tuvo nada que ver con ellas. Las encontraremos y aclararemos las cosas entre vosotras. Si quieres que tus hermanas formen parte de tu vida, tendrás a tus hermanas en tu vida. Maldita sea.

Sonrío. Le amo por quererme con tal intensidad.

Nuestra primera mañana como marido y mujer ha sido tan dulce y tierna como nuestra primera noche. Al igual que la noche pasada, se esfuerza para evitar hacer cualquier cosa que pueda desencadenar un recuerdo. Ha sido un perfecto caballero en todos los aspectos. Pero a pesar de la satisfactoria conclusión para los dos, me deja deseando más.

Después de verle desatado y dominado por la pasión que generamos juntos, me entristece saber que de ahora en adelante se reprimirá cada vez que me toque.

Pienso en el psiquiatra que me ayudó a recomponer mi vida después de la agresión. Le visité tres veces por semana durante dos años antes de cambiar de nombre y marcharme a la universidad. No he hablado con él desde entonces, pero me siento tentada de llamarle para que me enseñe a manejar esta nueva relación con Flynn.

Lo haré en cuanto tenga ocasión. Necesito toda la ayuda que pueda conseguir para intentar ser la mujer que Flynn necesita y merece.

Regresamos a Los Ángeles sin incidentes. Aterrizamos en un área segura del aeropuerto y, después de dejar a Fluff con el escolta de seguridad, nos marchamos en la moto de Flynn, con los cascos cubriéndonos la cara y ocultando nuestras identidades. Mientras recorremos a toda velocidad la autopista, comienzo a comprender por qué Flynn se siente tan libre cuando conduce y más aún cuando va en la moto. Apretada contra él, agarrada con fuerza al hombre al que quiero, puedo dejar atrás las preocupaciones que han poblado mi mente los últimos días. Cuesta pensar en otra cosa cuando vas por la interestatal 405 con las piernas alrededor de la estrella de cine más importante del mundo, que además resulta ser mi guapísimo y flamante marido.

Puede que mi vida hoy no se asemeje a la modesta existencia que llevaba hace solo dos semanas, pero si tuviera que hacerlo de nuevo, no cambiaría nada. No es la primera vez que me reinvento y sobrevivo. Y en esta ocasión no estoy sola, tengo el amor del hombre más excepcional para que me lleve de la mano mientras me abro paso por estas aguas desconocidas.

La casa de Flynn en las colinas de Hollywood está tomada por los reporteros, así que regresamos a Malibú, a la casa en la playa de Hayden. Pasamos una tarde tranquila con Fluff junto a la piscina y por la noche preparamos juntos la cena en la parrilla y nos bebemos una botella de chardonnay antes de acomodarnos para ver la emisión de la entrevista con Carolyn.

Es evidente que ha grabado una nueva introducción que incluye la foto que distribuimos anoche y la noticia de nuestro matrimonio.

—Internet está literalmente que echa humo hoy con la noticia de que el soltero más cotizado quedó anoche fuera del mercado de manera oficial. La revelación de que Flynn Godfrey se ha casado con Natalie Bryant en Las Vegas revolucionó Twitter anoche después de que su publicista lo hiciera público con una única frase y una sola foto. Tuve el gran privilegio y el honor de hablar con Flynn y con la asombrosa mujer que es ahora su esposa. Después de escuchar su historia, creo que entenderéis por qué Flynn cambió de opinión en cuanto a lo de volver a casarse.

Flynn me coge de la mano y Fluff está acurrucada en mi regazo, en su lugar favorito, mientras me veo en la pantalla con una indiferente sensación de incredulidad. ¿De verdad soy yo la que sale en la televisión nacional, siendo entrevistada nada más y nada menos que por Carolyn Justice?

—Estás genial, cielo —dice Flynn—. Después de esto, el país entero se enamorará de ti tanto como yo.

—No sé qué siento al respecto —respondo con una risa nerviosa.

—¿Sabes?, la parte positiva es que puedes hacer lo que quieras, ser quien quieras ser. Se te abrirán puertas que ni siquiera alcanzas a imaginar.

—Tampoco sé qué siento con respecto a eso.

—No tienes que decidir ahora. Que la palabra «no» se convierta en tu mejor amiga. Di que sí a las cosas que te interesan y no al resto. Puedes aprovechar tu reciente fama para apoyar la fundación. Lo principal es que con la popularidad llegan las oportunidades. Estoy seguro de que mi equipo directivo va a recibir un montón de llamadas sobre ti.

—Vaya, ¿en serio?

—Sí. Pero no te preocupes por eso. Lo filtrarán todo y solo nos traerán el material más interesante.

—Me está costando asimilar todo esto.

—No te lo digo para estresarte. Solo quiero que seas consciente de lo que te espera.

—He aceptado estar contigo, no formar parte de tu mundillo.

—No tienes que ser parte de él. Como he dicho, tú eliges y decides, y tienes el poder de decir que no a todo.

—Hace solo un par de semanas era profesora en Nueva York y ahora estoy casada contigo y oigo que es posible que sea la novedad más importante en Hollywood. Es demasiado para absorberlo de una vez.

—No tienes por qué asimilarlo de una vez. Siempre y cuando me absorbas a mí de vez en cuando...

Le propino un codazo en las costillas, riendo.

El teléfono de Flynn empieza a sonar en cuanto finaliza la entrevista. Atiende la llamada de sus padres, poniendo el altavoz para que ambos podamos oír.

—Estuviste brillante —afirma Max—. Muy concisa.

—Todo el mundo en Hollywood querrá conocerte, Natalie —añade Stella.

—Eso mismo le acabo de decir yo. Nat no está segura de qué siente al respecto.

—No te preocupes por eso, cielo —ataja Stella—. Estás rodeada de gente que puede manejar todas estas tonterías por ti.

—Eso también se lo he dicho.

—No queremos molestar a los recién casados —concluye Max—. Solo queríamos que supierais que nos ha encantado la entrevista. Lo hiciste genial, Natalie. La cámara te quiere.

—Eso es lo que me temo —digo, haciéndolos reír—.

Gracias por llamar. Me alegra mucho que penséis que fue bien.

—Más que bien, cielo —asegura Stella—. Hay algo que quería decirte. Después de oír tu historia, estoy muy orgullosa de conocerte y darte la bienvenida a la familia. Nuestro hijo no podría haber elegido una mujer más digna con la que pasar su vida.

Me conmueven tanto sus amables palabras que no encuentro la forma de decírselo.

—Está intentando no llorar, mamá.

—Muchísimas gracias por eso, Stella. Eres un encanto por decirlo.

—Os dejamos ya —interviene Max.

—Gracias por llamar.

—Os queremos —dice Stella.

—Yo también os quiero. —Flynn corta la llamada y deja el teléfono en la mesita, pero vuelve a sonar de inmediato—. ¿Quieres escuchar al público que te adora?

—Mejor mañana.

—¿Quieres saber qué dice la gente de la entrevista?

—No demasiado. ¿Quieres tú saber lo que se está diciendo?

—No demasiado. —Me brinda una sonrisa sugerente—. ¿Qué quieres hacer?

—Retozar con mi sexy marido.

—Tendrás que dejar al ñu en otra parte para eso.

Me levanto despacio y dejo a Fluff con cuidado sobre una manta a un lado del sofá. Aparte de un gruñido irritado, no tarda nada en volver a roncar. Soy consciente de que sorprendo a Flynn cuando me siento a horcajadas en su regazo.

—Vaya, vaya, ¿qué es esto?

—Es tu esposa, que te quiere con desesperación y que no desea que tengas miedo de tocarla, de hacerle el amor como te plazca. No quiere que te reprimas ni que la trates como si fuera a romperse.

—Nat...

—Sé que lo que pasó anoche te disgusta mucho más de lo que dices. También me disgusta a mí, pero lo superamos. Es posible que ocurra de nuevo, tal vez incluso más de una vez, y también lo superaremos. Pero no puedo soportar ver que intentas controlarte porque te da miedo asustarme o hacer algo que no debas.

—Claro que me da miedo asustarte. No quiero verte aterrada como ayer, sobre todo por cómo te toco.

—Te dejaste arrastrar por lo que estábamos haciendo y no estabas pensando en lo que no deberías hacer, y eso está bien. Necesito que sepas...

—¿Qué? —pregunta en voz queda.

—Que me encantó lo que estábamos haciendo anoche y cómo lo estábamos haciendo antes de que se torcieran las cosas. Me gustabas así, saber que te volvía loco.

—Me vuelves loco de verdad. Temo que si te muestro siquiera una mínima parte de lo loco que me vuelves, te perderé.

Yo niego con la cabeza.

—No podría soportar saber que estás pensando en lo que ocurrió anoche cada vez que te acercas a mí.

Con mis manos en su cara, lo beso, provocándole con la lengua hasta que abre la boca para dejarme entrar.

Un gruñido le recorre mientras me agarra el trasero y me aprieta contra su erección. Nos besamos durante largo rato; su lengua se frota contra la mía en una sensual danza que me hace desear más. Siempre es así con él. Me besa y estoy perdida. Me toca y necesito más. Me mira y veo todo lo que siente por mí.

Sus brazos me estrechan con fuerza cuando me tumba en el sofá.

—¿Te parece bien?

Yo asiento y le aferro. Deseo sentir su peso sobre mí, sus manos tocándome, sus labios besándome. Lo quiero todo.

—No tengas miedo, Flynn. Por favor, no me tengas miedo.

—Jamás podría tener miedo de ti. ¿Recuerdas la palabra de seguridad?

—Sí.

—¿La usarás si lo necesitas?

—Lo prometo.

Me sube la camisa y me la saca por la cabeza; me desviste con una urgencia que aviva mis esperanzas. La ropa vuela y otro par de bragas queda destrozado con las prisas.

—Te compraré más. Un centenar de pares.

En realidad, me alivia que las bragas queden hechas jirones otra vez. Lo tomo como una señal de que es posible que hayamos superado este problema pasajero en lo que espero sea una muy larga andadura juntos.

Se pone un condón y me toma con fuerza y rapidez. No deja de observarme en busca de señales de algún problema. Es más brusco que anoche y que esta mañana, y aunque no se deja llevar tanto como antes de que perdiera los estribos, lo acepto.

Le acepto... de cualquier forma que pueda tenerle.

Flynn desliza las manos debajo de mí, me levanta y nos coloca de modo que quedo sentada sobre él, empalada por esa enorme erección que me dilata casi hasta el punto de resultar incómodo.

—¿Qué sientes? —pregunta.

—Te siento grande. Apretado. Caliente. —Gimo cuando esas tres palabras hacen que aumente de tamaño.

—Me encanta que digas guarradas, cielo. Dime más.

—No puedo.

—Sí que puedes. Dímelo con palabras. Quiero oírte. Dime cómo te sientes.

—Estoy al límite, tan dilatada que casi duele.

—¿Casi duele?

—Casi, pero no del todo. La punzada de dolor forma parte del placer. —Jadeo cuando me dilata todavía más—. Me niego a decir nada más si esto es lo que pasa cada vez que hablo.

—No puedo evitarlo, cielo. Eso es lo que tú me haces.

—No hay más espacio, así que no puede crecer más. —Y sin embargo lo hace y no puedo creer que se eche a reír. Se pone a reír de verdad—. Se acabó. He terminado contigo.

Sus brazos a mi alrededor impiden que escape.

—No puedes terminar conmigo jamás. Me moriría sin ti. —Me acaricia el cuello con la nariz y se hunde más hondo en mí—. Agárrate fuerte.

—¿Para qué?

—Para esto.

Me aferra las caderas e invierte las posiciones de forma que él queda sobre mí.

—Qué bien.

—¿Te ha gustado?

—Me gusta todo.

La declaración parece avivar su pasión y se deja llevar. Mientras me sigue sujetando de las caderas, se hunde en mí una y otra vez, hasta que grito por el placer que me arrasa.

—Eso es, cielo. Dios mío, qué sensación tan increíble. Tan, pero tan increíble. —Acelera el ritmo, hasta que también se corre, gimiendo al tiempo que me hace arder por dentro con su liberación. Después abre los ojos, me estudia y busca señales de inquietud—. ¿Estás bien?

—Estoy genial. ¿Y tú?

—Nunca he estado mejor. —Sepultado aún dentro de

mí, acerca los labios a los míos mientras me mira a los ojos—. No puedo creer que podamos hacer esto siempre que queramos durante el resto de nuestras vidas.

—No siempre.

Él me besa de nuevo.

—Siempre que queramos. —Me da otro beso—. Todo el tiempo.

—Sí, querido —respondo con un suspiro de absoluta satisfacción.

—Así me gusta.

Me aferro a él, con el corazón rebosante de amor por el hombre que es ahora mi marido.

14

Natalie

Son casi las doce del mediodía siguiente cuando me arrastro hasta la ducha. Me estoy aclarando el acondicionador del pelo cuando Flynn entra en el baño, con el teléfono en la mano y una amplia sonrisa.

—Natalie. Date prisa.

Casi acabo con el acondicionador en los ojos antes de conseguir salir de la ducha.

—¿Qué sucede?

Me pasa una toalla y el móvil.

—Es Candace.

Me quedo petrificada, incapaz de hacer otra cosa que quedarme ahí, con la vista clavada en él.

Flynn me seca, me ayuda a ponerme un albornoz y me lleva al dormitorio; se sienta a mi lado en la cama y me hace una seña para que hable con ella.

—¿Ho... hola?

—April.

Su voz suena más madura, pero es ella. Es mi hermanita. Me echo a llorar en el acto.

—Candace.

—¿De verdad eres tú?

—Sí, soy yo.

Flynn me rodea con el brazo y me apoya contra él.

—Y ¿de verdad estás casada con Flynn Godfrey?

Me río de sus chillidos mientras la oigo llorar a través del teléfono.

Flynn ríe entre dientes a mi lado y me da un beso en la frente.

—Eso parece. Cuéntamelo todo. ¿Dónde estás? ¿Dónde está Livvy? Os he echado muchísimo de menos.

—No sabíamos dónde estabas. Te hemos buscado durante años.

—Tenía que desaparecer si quería intentar llevar una vida normal.

—¿Y qué tal vas con eso?

Me echo a reír mientras lucho contra las lágrimas.

—Me estaba yendo muy bien hasta que me abordó una estrella de cine muy sexy y mi ordenada vida se puso patas arriba de la mejor forma.

—Te vi anoche en el programa de Carolyn. Estás muy cambiada, pero sabía que eras tú. Me llamó Livvy, gritando porque dijiste que querías tener noticias nuestras. Me moría de ganas de que fueran las nueve en punto para llamarte al despacho de Flynn. Oh, April, ¿de verdad eres tú?

—Soy yo, estoy aquí y me alegra muchísimo oír tu voz. —Me seco las lágrimas con la manga del albornoz—. Háblame de ti. ¿Dónde estás?

—Estudio segundo año de Empresariales en la Universidad de Colorado. Liv está en su último año de instituto. Ahora vive con mamá en Omaha.

—Espera, ¿qué? ¿Vive con mamá? ¿Dónde está papá?

—No estoy segura. Se separaron un año después de que terminara el juicio, más o menos. Ya no le vemos.

—Vaya… Dios, ¿mamá le dejó?

—Así es. Nosotras tampoco podíamos creerlo, pero las cosas son mucho mejor ahora, April. Ella es muy diferente sin que él le diga lo que tiene que hacer cada segundo de su vida.

Esta noticia hace que me dé vueltas la cabeza. Ni remotamente se me ocurrió que le dejara.

—No debo llamarte así. Ya no eres April.

—No, me he cambiado de nombre, pero puedes llamarme como quieras. Estoy muy contenta de oír tu voz. No te imaginas lo feliz que me hace.

—Creo que sí —dice, riendo—. Lo que dijiste en la entrevista sobre que acudiste a la policía por nosotras... Liv y yo no podíamos creerlo. Lo que hiciste... lo que sacrificaste por nosotras...

—Volvería a hacerlo sin dudar ni un momento. Ese hombre era un depredador, Candace. No se habría conformado conmigo.

—Hoy por fin encajan un montón de piezas. Siento que fuera a tu costa. Has sufrido mucho.

—Sí, pero ahora soy feliz. Soy muy feliz con Flynn y con esta nueva vida a su lado.

—¿Podemos verte? Lo deseamos con toda nuestra alma. Y nos encantaría conocer a nuestro cuñado —añade con una carcajada.

Flynn asiente.

—Dile que lo organizaremos.

—Flynn dice que te dé mi número, aunque no dejaría que colgáramos sin hacerlo. Él y su increíble asistente, Addie, que es una maga, se ocuparán de los detalles.

—No puedo creer que esté hablando contigo de verdad. Nos daba mucho miedo no volver a verte nunca más.

—Yo temía lo mismo. Se nos ocurrirá algo para que podamos vernos muy pronto. Estoy impaciente.

—Yo también. Hablamos de ti a todas horas.

—Me alegra saber que no me habéis olvidado ni me odiáis. Me preocupaba lo que os habían contado.

—Él lo intentó, pero nos negamos a creerle. Nosotras te conocíamos, y sabíamos cómo era Oren. Te creímos a ti. Él siempre me dio escalofríos.

—Bueno, pues realmente erais más listas que yo, porque jamás sospeché ni por un momento que fuera capaz de hacer lo que me hizo.

—No quiero colgar. No volverás a desaparecer otra vez, ¿verdad?

—Creo que soy más fácil de localizar después de los sucesos de los últimos días.

Intercambiamos nuestros números de teléfono antes de despedirnos de mala gana, prometiendo que volveremos a hablar muy pronto y que nos enviaremos mensajes todos los días. Después, Flynn me abraza durante largo rato mientras lloro de felicidad.

—Me alegro muchísimo por ti, cariño. Las traeremos aquí en cuanto podamos todos.

—No puedo creer que acabe de hablar con Candace. He fantaseado con cómo sería hablar con ellas otra vez, pero siempre me daba miedo hacerlo porque no sabía si las habían puesto en mi contra. Me habría matado encontrarlas y enterarme de que me odiaban.

—Parecía tan feliz como tú.

—¡Lo sé! Muchísimas gracias.

—¿Por qué? Yo no he hecho nada.

—Sí que lo has hecho. Me arrastraste a tu vida, negándote a aceptar un no por respuesta, y ahora he recuperado a mis hermanas.

—Detesto señalar que te has saltado una porción bastante traumática de la historia.

—¿No lo ves? Todo ha merecido la pena porque no solo te tengo a ti, sino también a ellas.

Su sonrisa le ilumina los ojos.

—Te pones muy guapa cuando eres feliz.

—Entonces debo de ser la mujer más guapa del mundo ahora mismo.

—No me oirás discutirte eso.

Pasamos un par de días sumidos en una dicha absoluta, en los que no vemos a nadie salvo el uno al otro y al personal de seguridad, que se mantiene cerca por si los necesitamos, pero casi siempre fuera de la vista. Intercambio incesantes mensajes con mis hermanas y por fin consigo hablar con Olivia cuando tiene ocasión de llamar sin que nuestra madre esté cerca para escucharla. No estamos preparadas para contarle que hemos retomado el contacto. Las dos están muy ocupadas con las clases y el trabajo, así que estamos intentando encontrar un hueco para estar juntas en las próximas semanas.

Flynn me lleva a practicar con el coche a diario. Insiste en que es la ocasión perfecta para enseñarme el sur de California. Un día emprendemos rumbo al norte hasta Santa Bárbara. Otro, bajamos por la autopista de la costa del Pacífico, desde Long Beach hasta casi San Diego y vuelta otra vez. Buscamos lugares apartados para detenernos a comer y la escolta de seguridad que nos sigue garantiza nuestra seguridad e intimidad.

Pero aparte de unas cuantas camareras y camareros boquiabiertos, a quienes Flynn firma autógrafos y con los que se hace fotos, no tenemos percances en estas salidas. A medida que gano confianza, descubro que me encanta conducir.

El jueves por la noche, Flynn organiza un viaje especial a Disneylandia en Anaheim. Tenemos el parque casi para nosotros solos cuando cierra al público. Nos montamos en todo, en algunas atracciones dos veces, y nos lo pasamos en grande. Es mi primera visita al parque de Disney y me siento como una niña otra vez; Flynn ya ha estado aquí unas cuantas veces, pero me asegura que venir conmigo lo convierte en una primera vez también para él.

Exploramos Palm Springs y Palm Desert, San Bernardino y Big Bear. Ciudad tras ciudad, pueblo tras pueblo, me enamoro del sur de California. Ni siquiera me molestan los temblores de un pequeño terremoto que sacude la casa el viernes por la mañana. Flynn dice que los movimientos sísmicos son algo cotidiano en California y que mientras sepas qué hacer, no hay que temer nada.

Se toma su tiempo para enseñarme todo lo que necesito saber para sobrevivir a un terremoto de los grandes y no volvemos a hablar más del tema, lo que me parece perfecto.

Pasamos horas —en el coche, en la cama, en el sofá, en la piscina— hablando de nuestros planes para la fundación, intercambiando ideas y elaborando listas. Gracias a sus numerosos contactos, a Flynn no le preocupa recaudar el dinero que vamos a necesitar para montar y dirigir la fundación. Le preocupa mucho más garantizar que el dinero llegue a los necesitados en forma de programas que obtengan resultados efectivos. Ahí es donde se necesita la mayor lluvia de ideas.

Me emociona formar parte de un proyecto así. Llena el hueco que me provocó la pérdida de mi empleo y me proporciona una meta por la que trabajar. Hablamos de objetivos para la fundación y Flynn dice que no se contentará hasta que cada niño de Estados Unidos disponga de tres nutritivas comidas al día. Cualquier cosa por debajo de eso no será suficiente para él... ni para mí. En ese punto coincidimos por completo.

Cuando no estamos recorriendo el sur de California en coche o hablando de la fundación, nos dedicamos a hacer el amor; en la cama, en el sofá, en la piscina, en la ducha e incluso una vez en el suelo de la cocina. No nos saciamos el uno del otro y temo el día en que Flynn tenga que volver al trabajo. Esta pequeña burbuja en que estamos viviendo no puede durar para siempre, pero estoy decidida a disfrutar de cada segundo mientras pueda.

El domingo por la noche tomamos una limusina hasta la ciudad para asistir a los premios del Sindicato de Actores. Flynn me ha explicado que estos galardones son especialmente importantes porque los deciden sus colegas, lo cual hace que sean mucho más significativos. El Actor es un premio codiciado. A diferencia del Globo de Oro como mejor intérprete que ganó por primera vez hace dos semanas, ya tiene dos Actor por papeles anteriores.

Su naturaleza supersticiosa le impide reconocer que desea ganarlo por su actuación en *Camuflaje*, pero yo sé que tiene ganas de que este papel en particular sea reconocido por sus colegas de profesión. Puso su corazón y su alma en el personaje de un oficial de las Fuerzas Especiales que regresa a casa y tiene que luchar para recuperar su vida tras haber sido gravemente herido en Afganistán.

—Estás radiante esta noche, Nat.

En deferencia a mi estatus de recién casada, he elegido un vestido blanco para el evento. Flynn dice que el que me haya vestido de blanco es algo así como un «que os den» a los medios de comunicación que todavía están flipando por nuestro reciente matrimonio. Mi marido tiene una forma única de expresar las cosas.

El vestido es sexy de un modo sutil y resalta el bronceado que he adquirido durante las tardes pasadas en la piscina. Además, queda estupendo con las joyas que me compró para los Globos. Insistí en que no quería nada nuevo para los SAG. Estoy más que contenta con lo que ya tengo.

Agradezco su generosidad, pero no necesito que me cubra de regalos caros para ser feliz.

Flynn descorcha una botella de champán de camino a la ciudad y yo abro un bote de ibuprofeno. Tomamos un analgésico cada uno de manera preventiva, ya que el champán nos produce tremendas jaquecas a la mañana siguiente y esta noche nos gustaría disfrutar.

Cuando tenemos una copa en la mano, me rodea con el brazo y me atrae contra su cuerpo.

—Oh, joder, ¿qué es esto? —Saca un estuche de terciopelo del bolsillo—. ¿De dónde ha salido?

—¿Qué es?

—No lo sé. Deberías abrirlo y averiguarlo.

—No pienso abrirlo. Te dije que no me compraras nada.

—¿De veras? No lo recuerdo.

Le miro, incrédula.

—Sí que lo recuerdas porque fue hace dos días.

Él niega con la cabeza.

—No me suena nada.

—No me extraña que estés nominado a todos estos premios. Eres un actor con mucho talento.

—Vaya, gracias, cariño. Y ahora, ¿qué tal si me haces feliz en mi gran noche y abres eso?

—Si lo abro, me gustará. Si me gusta, te animará a hacerlo otra vez, aunque te diga que no quiero que lo hagas.

—Hum. —Se rasca la incipiente barba de su mandíbula—. Entiendo tu dilema. Por una parte, te carcome la curiosidad y te mueres de ganas de ver qué hay ahí dentro. Pero si me sigues el rollo en esto, cabe la posibilidad de que establezcas un precedente para todo nuestro matrimonio. Es decir, ¿te imaginas que se me ocurra la gran idea de comprarte algo nuevo para cada evento formal al que asistamos juntos? Si tenemos en cuenta cuánto nos gusta darnos palmaditas en la espalda en Hollywood, necesitarás un almacén para tus joyas. Sí que es un dilema, sí.

—Te estás burlando de mí.

—¡De eso nada! Solo resumo la situación y el punto muerto en que nos encontramos.

Cada hermoso centímetro de su cuerpo está cubierto por un esmoquin de Armani.

La risa danza en sus ojos mientras juega conmigo e intenta llevarme a su terreno. En una cosa sí tiene razón; si acepto este regalo, estableceré un precedente y eso me preocupa.

—Ábrelo.

—No.

—Sí.

—No.

—¿Y si lo abro yo por ti? Si no te gusta, no tienes que quedártelo.

—¿Qué *gilitontada* es esa? Pues claro que me va a gustar.

—¿Alguna vez dices tacos de verdad? Gilipollez no cuenta a menos que lo digas bien.

Me acerco mucho a su cara.

—Gilipollez.

Él aprovecha mi cercanía para besarme.

—Te quiero, señora G, y me encanta comprar cosas bonitas que creo que te van a gustar. Herirás mis sentimientos si me haces devolverlo, así que imagino que tienes que abrirlo para no lastimarme.

—Ay, Dios mío. ¿De verdad vas a jugar la carta de los sentimientos heridos?

—Creo que acabo de hacerlo.

Le arrebato el estuche de terciopelo de la mano y lo abro. Durante un par de segundos creo que me he quedado ciega a causa del brillo de los diamantes que descansan sobre el terciopelo azul.

—Flynn... ¿Qué...? Es decir...

Exhalo un profundo suspiro. Este hombre es demasiado para mí. He perdido la batalla antes incluso de que haya empezado.

Me quita la copa y la deja junto a la suya en los posavasos para poder sacar el asombroso brazalete de diamantes del estuche y colocármelo en la muñeca.

—Ya está. Ahora soy feliz.

—Es precioso, pero...

Posa un dedo en mis labios para silenciarme antes de que pueda terminar de hablar.

—Nada de peros. Eres mi mujer y eso me da el derecho legal de comprarte lo que quiera siempre que quiera.

Yo enarco una ceja.

—¿El derecho legal?

—Ajá. Y la ley dice que tú tienes que aceptar todo lo que te compre, sea lo que sea.

—¿Qué ley dice eso?

—¿Quieres el artículo o algo así?

—No estaría mal.

—Le pediré a Emmett que te lo busque.

—Hazlo. —Bajo de nuevo la mirada al brazalete—. Es demasiado, Flynn. No me siento cómoda con que me mimes así.

—Date tiempo. Te acostumbrarás.

—No, no creo que lo haga.

—¿Por qué de repente temo que aquí hay un asunto más profundo?

Me tomo un momento para recobrar la compostura, tragándome el nudo que las emociones han formado en mi garganta.

—Eres increíblemente generoso. Jamás he conocido a nadie que piense en los demás de forma tan desinteresada como tú. No quiero que creas que no agradezco tu consideración o tu generosidad, porque sí que lo hago. Lo agradezco mucho.

—¿Pero?

—Pero que me colmes de cosas como diamantes cuando

ahora mismo yo apenas puedo invitarte a cenar hace que me sienta incómoda.

Hoy he echado un vistazo a mi cuenta bancaria y estoy bastante afectada. Flynn mencionó que iba a cobrar por mi trabajo en la fundación, pero todavía no me han ingresado nada.

—¡Vaya! Bueno, ni siquiera sé por dónde empezar a responderte. Natalie, eres mi mujer y eso significa que todo lo que tengo es tuyo también. Puedes invitarme a lo que quieras. Puedes comprarte lo que quieras o necesites. Mañana te daré acceso al dinero. Debería haberlo hecho antes y lamento no haber pensado en ello hasta este momento.

—No te estoy pidiendo que hagas eso.

—Sé que no. Te digo que eso es lo que va a pasar.

No estoy segura de que me guste que me hablen así. Decido dejar el asunto por ahora para que podamos disfrutar de esta velada especial, pero el tema no está ni mucho menos zanjado.

15

Flynn

A mi preciosa y dulce mujer le preocupa el dinero? Me saca de mis casillas oír a Natalie decir que no puede invitarme a cenar. No tiene ni idea de con quién se ha casado o los recursos que ahora son suyos, y eso es solo culpa mía. ¿Por qué no se me ocurrió antes? Por supuesto que le preocupa el dinero. Por Dios bendito, ha perdido su empleo por mi culpa.

Tengo la sensación de que con ella estoy aprendiendo todas las lecciones por las malas y me flagelo a mí mismo por no prever sus preocupaciones. Se ha quedado callada, lo que significa que está cabreada. Mi Natalie es una luchadora y no da marcha atrás. En lo que a ella respecta, el silencio no es oro.

—Nat. —Ella me mira—. No pretendía decirlo de esa forma. Tienes que comprender de dónde vengo. Tener lo que tengo y luego oír que mi mujer está preocupada por el dinero... Eso me afecta aquí. —Me llevo la mano al corazón.

—No estoy preocupada por eso. Solo ando corta de dinero porque ya no percibo un sueldo.

—Pronto te pagarán por el trabajo en la fundación, y desde luego no estás sin dinero, cariño. Ahora estamos casados. Tus preocupaciones son las mías. Si tienes facturas

233

que pagar o hay cosas de las que tienes que ocuparte, no tienes más que decírmelo y nos encargaremos de todo.

—No quiero aprovecharme de ti.

—Soy tu marido. Es mi deber cuidar de ti.

—No estamos en la Edad de Piedra, Flynn. Siempre he sido independiente y me he cuidado solita. No sé ser de otra manera.

—Eso lo entiendo y lo respeto muchísimo. Resulta muy refrescante estar con una mujer que quiere ganarse la vida por sus propios medios. Jamás impediré que persigas tus sueños. Quiero lo que tú quieres. Pero nunca más volverás a preocuparte por el dinero. ¿Queda claro?

—Supongo que con el tiempo me acostumbraré a mi cambio de circunstancias, pero no es algo que vaya a pasar de la noche a la mañana. Agradezco que quieras cuidar de mí, pero tienes que entender que eso no significa comprarme diamantes para cada ocasión. Invierte ese dinero en la fundación. Eso me haría mucho más feliz.

—Te prometo que me tomo en serio lo que estás diciendo, pero tienes que permitir que te mime un poquito.

—Tengo la sensación de que lo que tú entiendes por un poquito dista mucho de lo que entiendo yo.

Le acaricio el cuello con la boca, centrándome en todos los puntos que la hacen suspirar.

—Encontraremos un término medio. Con el tiempo.

—Pues hasta entonces, no más diamantes.

—No más diamantes. En fin, en cuanto a tus préstamos estudiantiles...

—¡Flynn!

La abrazo con fuerza mientras río y le borro la indignación besándola en los labios.

—Me has corrido el pintalabios.

—Te compraré más.

—Eres incorregible.

—Amo a mi mujer.

—Ella también te ama, incluso cuando eres incorregible.

—Me divierto más contigo de lo que jamás lo he hecho con nadie, Nat. Incluso cuando discutimos. Sobre todo en esos momentos.

—Sigo esperando descubrir algo de ti que no me guste —responde. Sus palabras son como una flecha al corazón. Dios mío... no puede descubrir jamás esa parte de mí que sin duda no le gustaría ni entendería—. Pero hasta ahora no he encontrado nada.

—Lo mismo digo, cariño, aunque no espero encontrar nada malo. Sé que no hay nada que encontrar.

Mi ansiedad aumenta cuando, poco después, llegamos al Shrine Auditorium. Nuestro escolta se ha mantenido en contacto con la seguridad del evento para garantizar que no habrá problemas a la hora de entrar en el edificio. Después de que me apuñalaran mientras saludaba al público que aguardaba tras la línea durante un evento el año pasado en Londres, las apariciones públicas ya no son lo que eran. La gente está como una cabra, y me temo que la locura será hoy mil veces peor de lo habitual, ya que esta es nuestra primera aparición pública desde que nos casamos. La idea de exponer a Natalie a ese nivel de demencia me intranquiliza mucho.

Nos han dicho que esperemos en el coche hasta que nuestro escolta venga a por nosotros.

Natalie retiene mi mano entre las suyas.

—Estás temblando.

—Esta mierda me saca de quicio desde lo que pasó en Londres. Sobre todo ahora que nuestro matrimonio es la historia del año.

—Esta noche va a ser una locura, pero después de eso se acostumbrarán a vernos juntos y no seremos más que otra pareja casada.

—Claro —digo con una carcajada—. No sé por qué me da que eso no va a pasar en una temporada. Se va a desatar la histeria ahí fuera, así que agárrate a mí, sonríe y saluda con la mano si quieres, pero no me sueltes. ¿Vale?

—No te soltaré. Nunca.

—¿Lo prometes?

Ella apoya la cabeza en mi hombro.

—Me parece que esa promesa ya la hice en Las Vegas.

Natalie se tranquiliza y me calma con su dulzura. Saber que volveré a casa con ella, esta y el resto de las noches, aplaca mi ansiedad.

La puerta se abre y llega la hora del espectáculo. Yo bajo primero, provocando un rugido de la multitud que se ha reunido para ver el desfile de famosos sobre la alfombra roja. Cuando extiendo la mano hacia Natalie para ayudarla a bajar, el nivel de decibelios aumenta de forma exponencial. La multitud enloquece con mi guapísima esposa.

Ella me mira con nerviosismo, pero al instante se recupera y esboza una amplia sonrisa mientras me agarra del brazo con fuerza.

La gente grita nuestros nombres y los flashes están a punto de cegarnos. La alfombra roja se extiende ante nosotros y avanzamos con los guardaespaldas a cierta distancia para no impedir que el público nos vea. No quiero eso. La línea entre estar a salvo y ser distante es muy fina. Siempre me he mostrado cercano con mis fans y jamás olvido que son ellos quienes me han convertido en una estrella.

Pero un navajazo en las costillas suele cambiar tu perspectiva sobre las multitudes, los fans y la fama. Ahora mantengo una cierta distancia que antes no guardaba, y aunque me entristece tener que hacerlo, no pienso arriesgar mi seguridad y mucho menos exponer a Natalie a ningún peligro.

Ella saluda y sonríe como si lo hubiera hecho toda la

vida, siguiendo mi ejemplo. La gente grita su nombre y le dicen que la quieren. Las muestras de apoyo a mi mujer me sorprenden y hacen que me sienta honrado. Nos detenemos ante un numeroso grupo de fotógrafos que me dejan medio ciego con la andanada de flashes.

Con el rabillo del ojo capto un alboroto que llama mi atención. Uno de los reporteros del programa *Hollywood Starz*, una mujer que me ha entrevistado muchas veces en el pasado, llora ante la cámara mientras una celebridad tras otra pasa por su lado sin ni siquiera dirigirle una sola mirada.

El boicot está en marcha. Me acerco más a Natalie.

—Echa un vistazo, a la derecha. Son los que sacaron tu historia. Todo el mundo les está dando de lado.

Ella mira con disimulo.

—¡Vaya! ¿Está llorando en directo?

—Eso parece. —La rodeo con el brazo—. Enhorabuena, cariño. Tienes a todo Hollywood en el equipo Natalie.

Un productor de *Hollywood Starz* intenta llamar nuestra atención cuando pasamos por delante de su puesto en la alfombra roja. Imito al resto de mis colegas y sigo andando, cuando lo normal hubiera sido detenerme a charlar brevemente con ellos. En cambio, me dirijo a sus rivales, justo al otro lado, y presento a mi mujer a los reporteros.

—¿Qué tienes que decir sobre el boicot a *Hollywood Starz* de todo el que pasa por la alfombra roja?

—Creo que la comunidad del cine está enviando el contundente mensaje de que no vamos a tolerar la explotación de nuestros seres queridos en nombre de los índices de audiencia o las visitas en la red. Lo que le hicieron a Natalie no debería volver a ocurrir.

—¿Qué tienes que decir tú, Natalie?

Ella me mira y yo asiento, esperando alentarla para que diga lo que piensa.

—Me ha conmovido mucho todo el amor y el apoyo que he recibido por parte de Flynn, de sus amigos y de su familia, así como de la extensa comunidad de Hollywood. Cuanto menos, resulta abrumador.

—Flynn, tienes que saber que hoy el mundo entero habla de ti y de tu encantadora mujer. Una vez dijiste en público que no volverías a casarte. ¿Qué tiene Natalie que hizo que cambiaras de opinión?

Miro a Natalie, que me observa con esos expresivos ojos que me conquistaron nada más conocerla.

—Lo tiene todo. Absolutamente todo.

Ella me sonríe y me siento deslumbrado. No existe otro término para describir cómo me siento cuando me mira como si para ella lo mereciera todo.

—No exagero si digo que todas las mujeres de Estados Unidos acaban de desmayarse.

Nos reímos, nos despedimos y avanzamos hasta el siguiente reportero. Las preguntas son similares y los buenos deseos, sinceros, así como el apoyo a Natalie. Me encanta que mi gremio se haya unido para prestarnos su apoyo.

Nuestro camino hacia el interior del auditorio se ve interrumpido cada pocos pasos por gente que quiere saludar y conocer a Natalie. Le presento a algunas de las personas de mayor peso dentro de la industria. Ella se muestra amable y adorable mientras intenta conservar la compostura y no convertirse en una fan embelesada.

—Ay, Dios mío, ay, Dios mío, ay, Dios mío —susurra después de conocer a Julia Roberts—. Tenía pósters suyos en mi cuarto cuando era pequeña.

—Es una chica encantadora. Me alegra que la hayas conocido.

—¿Puedo ir al lavabo antes de entrar? El champán y la excitación me están pasando factura.

—Pues claro. Tampoco me vendría mal ir a mí. —Les

hago una señal a los escoltas para avisarles de que vamos al baño—. Me reuniré contigo aquí mismo, cariño.

—No tardaré.

Natalie

Todo el mundo es muy amable. No sé qué me esperaba, pero la efusividad de Hollywood ha sido abrumadora. Toparme con Julia Roberts y que me llame por mi nombre ha sido lo más demencial que jamás me ha pasado. Bueno, aparte de conocer a Flynn, claro.

Estoy a punto de entrar en uno de los baños cuando una mujer sale del contiguo. Tardo en reaccionar cuando reconozco a Valerie Ward, la ex mujer de Flynn. Ay, Dios mío...

—Vaya, pero ¿qué tenemos aquí? —pregunta con una de esas pequeñas y desagradables sonrisas que tan bien se les da poner a las mujeres sarcásticas—. La nueva señora Godfrey. Enhorabuena. Has conseguido hacer lo que muchas otras no han logrado. Eres el antídoto a Valerie.

Sé que quiere que reaccione, que diga algo que más tarde lamentaré, pero me niego a dejarme provocar. Así que, en vez de picar el anzuelo, me dispongo a meterme en el baño, pero ella agarra la puerta y me impide cerrarla.

Se asoma al urinario.

—¿Qué hace una buena chica como tú con una bestia como él? ¿Todavía no te ha atado? ¿No te ha golpeado? ¿No te ha puesto pinzas en los pezones? ¿No te ha metido un tapón anal en el culo? —Toma aire, con un brillo maníaco en los ojos—. Sí, eso pensaba. Buena suerte, cielo. La vas a necesitar.

Me cierra la puerta en la cara con la palma de la mano. No me golpea un lado de la cabeza por los pelos.

Me tiemblan las manos mientras echo el cerrojo. ¿De

qué estaba hablando? Las palabras de Valerie dan vueltas a toda velocidad en mi cabeza mientras intento encontrarle sentido a lo que ha dicho. El hombre que ha descrito no se parece en nada a mi Flynn. Y con qué tono condescendiente me ha llamado cielo. ¿Es así como también la llamaba él? ¿Soy una boba por pensar que ese apelativo me pertenece solo a mí?

El encuentro con Valerie ha durado unos segundos, pero me ha impresionado y ha hecho que me pregunte si hay algo de verdad en lo que ha dicho. Es buena. Eso he de reconocérselo. Me las arreglo para hacer lo que he venido a hacer, pero necesito más tiempo del que dispongo para recobrar la compostura.

¿Ha visto Flynn salir a Valerie? ¿Está hablando con ella en estos momentos? ¿Están teniendo un reencuentro conflictivo? ¿O le disgusta verla y le preocupa lo que haya podido decirme? Se ha formado cola en el baño de señoras y siento las miradas de todo el mundo fijas en mí mientras me lavo las manos y me retoco los labios. Inspiro hondo varias veces con la esperanza de no revelar nada a las mujeres curiosas que me están observando. Reconozco a algunas de ellas.

Murmuro un «Hola» a quienes se dirigen a mí mientras salgo.

Cuando me ve llegar, Flynn se aparta de la pared entre los aseos de caballeros y de señoras y esboza una amplia sonrisa. No parece disgustado ni cabreado, lo que me lleva a pensar que su camino y el de Valerie no se han cruzado. Qué afortunado. Decido guardarme para mí el encuentro con su ex mujer. No quiero disgustarle en su gran noche.

Él me rodea los hombros con el brazo y me acerca para besarme en la sien.

—¿Cómo de enfermo estoy si te echo de menos el tiempo que tardas en hacer pis?

Su dulzura me tranquiliza de inmediato a pesar del veneno que Valerie me ha escupido.

—Muy enfermo.

—Si esto es estar enfermo, no quiero curarme, cielo.

Todo el mundo nos está mirando. Todo el mundo está interesado. Todo el mundo siente curiosidad. Soy la mujer que ha hecho cambiar de opinión a Flynn Godfrey acerca del matrimonio. Me doy cuenta de que durante el resto de mi vida seré siempre la mujer que le hizo cambiar de parecer al respecto. Puedo vivir con eso.

Una vez más, nos sentamos con sus colegas de Quantum, Hayden, Jasper, Marlowe y Kristian. Marlowe, Jasper y Kristian nos abrazan y nos dan de nuevo la enhorabuena por nuestro matrimonio. Hayden es el último en saludarnos y también nos abraza a ambos; veo un rayo de esperanza.

Ocupamos nuestros asientos y picoteo la cena que nos han servido; falta un rato para que la ceremonia comience. Mientras la conversación se desarrolla a mi alrededor, mi mente me sorprende vagando, dándole vueltas a las cosas que me ha dicho Valerie.

«¿Todavía no te ha atado? ¿No te ha golpeado? ¿No te ha puesto pinzas en los pezones? ¿No te ha metido un tapón anal en el culo?» ¿Es que Flynn golpeó a Valerie? Es imposible que eso sea verdad. Siempre es un perfecto caballero conmigo. Claro que las cosas se han calentado mucho en algunos momentos, como en el avión y en nuestra noche de bodas antes de mi crisis. Pero entre nosotros todo ha sido apasionado y por completo consentido. Las cosas que ella ha descrito no parecen consentidas.

Cabe entonces la posibilidad de que sean los celos los que la llevan a querer fastidiarme. Ojalá supiera lo que espera conseguir al decirme esas cosas.

—¿Estás bien? —pregunta Flynn durante un descanso.

—Sí. Hace calor aquí.

—¿En serio? A mí no me lo parece.

—¿Cuánto queda hasta tu categoría?

Él sonríe y me guiña el ojo.

—Es casi al final.

Alguien le da una palmada en el hombro y se levanta para saludar.

Marlowe se sienta a mi lado.

—¿Qué tal, señora G?

—¿Hace calor aquí o solo me lo parece a mí?

—Yo me estoy asando. Siempre hace calor en estos actos. Demasiada gente y poco aire.

Se me encoge el estómago ante la idea de preguntarle por Valerie, pero necesito saber.

—Oye, Marlowe.

—¿Sí?

Miro por encima del hombro para asegurarme de que Flynn sigue enfrascado en su conversación.

—Háblame de Valerie. ¿Cómo es?

—Es una mala puta. La odio con toda mi alma, y no solo por el infierno que le hizo pasar a Flynn, sino también porque no es buena persona. La gente de esta ciudad está harta de ella. No conozco a muchos directores que sigan queriendo trabajar con ella.

—Hum, qué interesante.

—¿Por qué lo preguntas?

—Me he topado con ella en el baño de señoras. Ha sido muy poco... amable.

Marlowe suelta un bufido nada femenino que hace que me caiga mejor de lo que ya me cae.

—Ya me lo imagino. No solo perdió a Flynn, sino que durante años él le ha dicho al mundo que le había hecho renegar del matrimonio para siempre. Eso tiene que marcar. ¿Le has contado que la has visto?

—No. No quería disgustarle en su gran noche y sabía que le cabrearía lo que me ha dicho.

Marlowe se acerca más a mí.

—¿Qué te ha dicho?

—No merece la pena repetirlo. Supongo que si fuera lo bastante idiota como para perder el amor de un hombre como Flynn, yo también sería una arpía celosa.

—Ni en un millón de años serías capaz de soltar la mierda que suelta esa mujer por su boca. Y posdata: has hecho lo correcto al no decirle nada. Se pone furioso en lo que respecta a ella y esta es una gran noche para él. O espero que lo sea.

—No le gafes.

Ella me brinda una sonrisa.

—Le amas de verdad, ¿no es así?

—Le amo de verdad.

—Bien. Eres justo lo que necesita en su vida.

—¿Crees que Hayden acabará entendiéndolo?

—Hayden tiene sus propios demonios —responde Marlowe, mirando al hombre en cuestión mientras este ríe y bromea con sus amigos—. No creo que su reacción tenga nada que ver contigo o con Flynn, y no deberías tomarla en serio.

—Hiere sus sentimientos.

—Esos dos han tenido siempre sus altibajos. Es la naturaleza de su relación. Pero siempre superan los baches, así que intenta no preocuparte.

Anuncian que está a punto de acabar la pausa publicitaria y se pide a todo el mundo que regrese a sus asientos.

—Gracias, Marlowe. Has sido una buena amiga para mí. Te lo agradezco.

Ella me da un abrazo rápido.

—Espero que nos hagamos muy buenas amigas.

Marlowe Sloane quiere ser buena amiga mía. ¿No es una

locura? Ella vuelve a su asiento y Flynn me rodea con el brazo.

—¿Qué tal?

—Bien. ¿Y tú?

—Listo para largarme de aquí.

—¿E ir a las fiestas?

Él niega con la cabeza.

—Estoy recién casado. Me salto las fiestas.

—¿Y si ganas?

—Voy a fingir que no has dicho eso…

—No puedes pasar de las fiestas.

—Ya lo verás.

Su forma de decir esas tres palabras y de mirarme mientras lo hace consigue encogerme el estómago. Me encanta lo mucho que me desea y cuánto quiere estar a solas conmigo. Me apoyo contra él mientras esperamos a que anuncien su categoría.

Marlowe es la presentadora del premio al Mejor Actor Protagonista. Anuncia a los nominados y la audiencia enloquece cuando llega al vídeo de presentación de Flynn. Él sonríe para las cámaras, pero me agarra la mano con fuerza por debajo de la mesa.

Le transmito mi apoyo con un ligero apretón.

—Y el premio a Mejor Actor Protagonista es para… ¡mi amigo Flynn Godfrey por *Camuflaje*!

El teatro se vuelve loco.

Flynn me besa, y abraza a Hayden, a Jasper y a Kristian antes de encaminarse hacia el escenario. Todos nos ponemos en pie, aplaudimos, le animamos y, en mi caso, trato de no llorar. Marlowe le recibe con un abrazo y le entrega el premio.

La ovación tarda un rato en amainar. Con esa sonrisa humilde que tanto adoro, Flynn se presenta ante sus colegas, sujetando su premio y disfrutando de su gran momento.

Aunque nunca hubiera conocido a Flynn y estuviera viendo el espectáculo desde casa, me alegraría por él, porque *Camuflaje* es una de las mejores películas que he visto en toda mi vida. Pero siendo su esposa y la mujer a la que ama, desbordo felicidad y orgullo ante sus logros.

—Muchísimas gracias al Sindicato de Actores por este increíble honor —comienza cuando la multitud por fin se sienta—. He tenido la suerte de trabajar con muchos de vosotros y os cuento entre mis amigos y colegas. Somos las personas más afortunadas del mundo por poder dedicarnos a este trabajo que tanto amamos. Que reconozcan tu labor es la guinda de un maravilloso pastel. Todos sabéis que esta es una película muy preciada por todo el equipo de Quantum y por mí. La historia de Jeremy me llevó a un viaje alucinante e hizo que valorara de otro modo los sacrificios que los miembros de nuestro ejército y sus familias realizan cada día por nosotros. Os ruego que cumpláis con vuestra parte y apoyéis a nuestros veteranos y a sus familias. Se lo debemos todo. —Una nueva ovación sigue a su declaración—. Nadie llega hasta aquí —dice, levantando la estatuilla— sin mucha ayuda, y yo tengo a la mejor gente del mundo trabajando conmigo, así como la mejor familia que se puede tener. Y ahora... —Se toma un momento y parece recomponerse mientras me mira directamente. El corazón se me para y contengo el aliento, atenta a lo que va a decir—. Ahora también tengo a Natalie. No es ningún secreto que las últimas semanas han sido difíciles para mi esposa... me encanta llamarla así... y para mí. Ninguno de los dos olvidará jamás el cariño y el apoyo que esta comunidad nos ha brindado. Tengo una enorme deuda de gratitud con el ñu que Natalie tiene por perra, Fluff-o-Nutter —continúa, arrancando una carcajada al público—. Si Fluff no se hubiera portado mal, es muy posible que Natalie hubiera pasado de largo por el parque en el que yo estaba rodando en

Nueva York y jamás hubiera sabido que el amor de mi vida se alejaba. Así que, gracias, Fluff. —Me mira y añade—: Natalie, te quiero con todo mi corazón y estoy deseando pasar la vida entera contigo. —Levanta el premio—. Muchísimas gracias por este increíble honor.

Me enjugo el torrente de lágrimas mientras Flynn y Marlowe abandonan el escenario cogidos del brazo, riendo mientras salen. ¡No puedo creer que le haya dado las gracias a Fluff! Flynn regresa unos minutos después con el elenco de *Camuflaje* para recoger el premio al Mejor Reparto.

Es maravilloso ser testigo de ese momento, aunque yo no haya tenido nada que ver con todo ello. Su felicidad es la mía, y reboso orgullo por el hombre que me ha enamorado y ha conquistado mi corazón. Parece que haya pasado toda una vida desde aquel día en el parque, cuando en realidad fue hace solo un par de semanas. Flynn y yo hemos acumulado las vivencias de todo un año en tan poco tiempo, y estoy deseando ver qué nos aguarda la vida.

Flynn baja las escaleras del escenario cuando termina la ceremonia. Incluso con una estatuilla en cada mano, consigue levantarme en vilo y besarme apasionadamente mientras casi todo Hollywood nos mira.

Le rodeo el cuello con los brazos y le devuelvo el beso.

Él parece recordar por fin dónde estamos y le pone fin, pero puedo notar su reticencia.

—Estoy muy orgullosa y muy feliz —le susurro al oído para que pueda oírme con el jaleo que nos rodea—. Gracias por reconocer la contribución de mi perrita a nuestra relación.

—Ha jugado un papel esencial. Mejor actriz de reparto.

Le brindo una sonrisa y me abraza de nuevo. Los enormes taconazos que llevo me permiten ver por encima de su hombro. Valerie nos mira con odio a duras penas contenido.

No sé qué se me pasa por la cabeza, pero le dedico una sonrisa mientras abrazo a mi guapo y exitoso marido. Que se muera de envidia; fue ella la que dejó que se fuera.

Me lanza una mirada de auténtico desprecio y me doy cuenta de que con una sola sonrisa me he ganado una enemiga de por vida. Me parece bien. Abrazo a Flynn con más fuerza. Nos vengaremos siendo felices juntos.

—Vámonos de aquí —me pide con voz ronca.

—¿No tienes que hacer entrevistas y esas cosas?

Él gruñe.

—Sí, y luego nos largamos de aquí.

—Estoy contigo, amor mío.

—Sí, desde luego que sí.

16

Natalie

Me encanta verle hacer las entrevistas. Con su estatuilla al Mejor Actor en la mano, muestra todo aquello que más adoro de él; humildad, encanto, diversión y sinceridad. Los periodistas hacen la misma pregunta una y otra vez. ¿Cómo se siente al ser el claro favorito para el Oscar? Es emocionante, pero últimamente está viviendo muchas cosas emocionantes en su vida, responde. La última periodista quiere saber si le está gustando la vida de casado.

—Es espectacular —asegura con una sonrisa dedicada a mí—. Y está a punto de serlo más si ya has terminado conmigo.

—Nada más lejos de nuestra intención que tener separados a los recién casados por más tiempo —responde la embelesada periodista—. Enhorabuena una vez más, Flynn. *Camuflaje* es asombrosa. Te mereces todos los aplausos y los premios.

—Muchísimas gracias. —Se acerca para reclamarme—. Larguémonos de aquí.

Seguimos al guardaespaldas hasta la limusina que tienen preparada para sacarnos del lugar.

—¿No se cabreará la gente si no asistes a las fiestas?

—Me importa poco que lo hagan. —En cuanto nos sentamos en el coche, me rodea con el brazo y me atrae contra sí; en sus ojos brillan la felicidad y la resolución—. Bésame antes de que me muera de tanto desearte.

¿Qué otra cosa puedo hacer cuando lo dice así? Le agarro, lo acerco a mí y poso los labios en los suyos, inhalando su siempre atrayente aroma. Hace que me entren ganas de acurrucarme contra su cuello. Nos besamos durante largo rato sin hacer nada más; sus labios contra los míos, compartiendo el mismo aire. La intimidad del momento me golpea el corazón como una flecha. Este hombre, que podría tener a cualquier mujer del mundo, ha elegido pasar el resto de su vida conmigo.

Flynn enmarca mi rostro con sus grandes manos y me aparta para estudiarme.

—¿Cómo puedes ser tan hermosa y toda mía?

—Yo me estaba preguntando lo mismo con respecto a ti. —Amoldo la mano alrededor de su muñeca—. Me ha gustado mucho lo que has dicho ahí arriba. A Fluff le va a encantar cuando se entere. Ha sido muy tierno por tu parte incluirla.

—Sabes que hablaba en serio al decir que estuvimos a punto de no conocernos. Si ella no se hubiera soltado, si no la hubieras perseguido… Me duele pensar en lo que nos habríamos perdido. —Me besa de nuevo, moviendo la boca sobre la mía mientras su lengua me seduce para que la deje entrar. Después, su mano asciende por mi pierna, levantándome la falda al tiempo que sus dedos se arrastran por la cara interna de mi muslo y más allá—. Quítate las bragas —dice, interrumpiendo el beso—. Quiero saborearte. Ahora.

—Flynn… —Miro hacia la mampara que nos separa del chófer—. Aquí no. No tardaremos en llegar a casa.

—Aquí mismo. Ahora mismo. —Me tira de las bragas para dejarlo claro.

La idea de hacer eso ahora, aquí, hace que se me acelere el corazón y que me suden las palmas de las manos, por no mencionar la oleada de calor entre mis piernas.

—Flynn...

—¡Chis!

Me baja las bragas por las piernas y se las guarda en el bolsillo de la chaqueta del esmoquin. Acto seguido, se arrodilla en el suelo frente a mí. Entonces me tumba, con la falda levantada hasta la cintura y las piernas apoyadas en sus hombros. Dios mío, ¿de verdad esta es ahora mi vida? Mientras me separa y me lame de delante hacia atrás antes de hundirse dentro de mí, me doy cuenta de que solo estaba medio viva antes de conocerle y descubrir cuánto más era posible.

Como si hubiera leído mis pensamientos, introduce los dedos en mi interior y gime contra mi carne más sensible.

—Joder, me encanta tu sabor, Nat. Nunca me harto de ti.

Su barba incipiente me raspa, y su aspereza se suma al asalto a mis sentidos. Todos y cada uno de ellos se involucra mientras me lame, me succiona y me acaricia hasta llevarme a un orgasmo abrasador. Cuando desciendo de esa increíble cima, recuerdo dónde estamos.

—El chófer...

—No oirá nada. Le dije que subiera la música. —Flynn continúa, como si no acabara de hacer que me corra con más fuerza que nunca—. Quiero otro.

—No puedo.

—Sí que puedes, cielo. —Se propone demostrar que me equivoco y me hace gritar de nuevo mientras le agarro del pelo como si mi vida dependiera de ello. Intento desesperadamente insuflar aire a mis ávidos pulmones, cuando siento que presiona contra mí—. ¿Han pasado ya siete días? —pregunta, y parece tan desesperado como yo.

Alzo las caderas para alentarle.

—Sí. Casi. —Abro los ojos para mirarle mientras me

penetra con un suave embate que me llena por completo y casi hace que me corra... otra vez. No puedo creer que esté teniendo relaciones sexuales en el asiento trasero de una limusina—. Me has convertido en una maníaca sexual, señor Godfrey. Aviones y limusinas.

—Mmm, hay muchos otros lugares que explorar y toda una vida para hacerlo... y ahora sin los putos condones. Dios, esto es alucinante, Nat.

—También para mí.

Mis manos se adentran en su chaqueta hasta llegar a la espalda, empapada en sudor, y descienden hacia su trasero mientras me penetra. Me encanta esa sensación, sus músculos trabajando en armonía para hacerme el amor.

Él tiene la misma idea, de modo que sus manos se introducen debajo de mí para asirme el trasero, para así sujetarme y poseerme por completo. Por primera vez desde mi crisis en nuestra noche de bodas, noto que está relajando su férreo control.

Quiero hacerle saber que me encanta que lo haga.

—Sí, Flynn, sí... No pares.

Mis palabras son como echar gasolina al fuego de su pasión. Acelera el ritmo y sus labios se adueñan de los míos. Los abro para recibir su lengua, que se apodera de mi boca con ferocidad. He olvidado por completo dónde estamos y que hay un chófer al otro lado de una delgada mampara. No puedo pensar en nada que no sea el magnífico placer de hacer el amor con mi guapo marido.

Flynn levanta la cabeza, abre los ojos y me mira, y yo me enamoro aún más de él cuando me doy cuenta de que está comprobando cómo estoy. Aun dominado por la pasión y el deseo, cuida de mí como nunca nadie lo ha hecho ni lo hará.

Alzo las manos y le rodeo el cuello.

—Estoy bien. Ven aquí y bésame. Me encanta besarte.

Él me da justo lo que quiero y necesito, hasta que ambos

nos corremos y sus dedos se hunden en mi trasero mientras su cuerpo se aprieta contra mí y se deja llevar.

Le estrecho con fuerza entre mis brazos.

—Te quiero muchísimo, Nat. Muchísimo. Esta noche, todos los hombres de ese teatro querían ser yo, porque eres asombrosa y hermosa por dentro y por fuera.

—Tú también. Y juntos somos aún más hermosos.

Él levanta la cabeza para echar un vistazo por la ventanilla cubierta de vaho.

—Será mejor que nos recompongamos. Casi hemos llegado a Malibú.

Me brinda una sonrisa mientras sale de mi interior y saca unos pañuelos de papel de una caja incluida en la limusina.

—Están preparados para los encuentros en el asiento de atrás, ¿eh?

—No pienses en los restos de ADN de la tapicería.

—Es asqueroso. Tienes que comprarte tu propia limusina para que el único ADN sea el nuestro.

Él abre los ojos con expresión animada.

—Aparte de ti, nada me pone más cachondo que el que me digan que tengo que comprar otro coche.

—Porque los sesenta que tienes no son suficientes.

—Nunca son suficientes. —Se sube los pantalones y se deja caer en el asiento a mi lado—. En serio, cielo, los coches nuevos me ponen caliente. No tan caliente como tú, pero casi. Ese olor... Mmm... Solo se me ocurre una cosa sobre la faz de la Tierra que huela mejor que un coche nuevo.

—Y no vas a decir qué es.

Esboza una sonrisa lobuna.

—Vale, no lo diré. —Saca mis bragas de su bolsillo, se las acerca a la cara e inspira hondo. En mi vida he visto nada tan desinhibido o erótico—. ¿Te escandalizo?

—No —respondo. Él ladea la cabeza mientras me mira con escepticismo—. Haces que me sienta como si llevara media vida dormida, hasta que te conocí y desperté.

—Es lo más increíble que me han dicho jamás. —Se guarda de nuevo las bragas en el bolsillo, me rodea con los brazos y me besa hasta que llegamos a la casa de la playa de Hayden—. Creo que podremos volver a mi casa mañana —anuncia cuando entramos.

Fluff nos recibe con tanto entusiasmo como si hubiéramos estado seis meses fuera. Hasta parece alegrarse de ver a Flynn.

—Debe de haberte visto por la tele cuando la has hecho famosa.

—A lo mejor ya somos amigos. —Llaman a la puerta y Flynn va a abrir—. Muchas gracias.

Regresa con dos bolsas.

—¿Qué es eso?

—La cena del In-N-Out. Las mejores hamburguesas de Los Ángeles.

—¿Cómo lo has conseguido?

—Envié un mensaje a los chicos de seguridad y pedí que uno de ellos se pasara por allí de camino a casa. No se me ocurre mejor manera de celebrar esta noche que con algo del In-N-Out —dice con un travieso guiño.

—¿Seguimos hablando de hamburguesas?

—Por supuesto. ¿De qué si no íbamos a hablar?

Flynn enciende la chimenea de gas y, todavía con los trajes de la ceremonia puestos, disfrutamos de un picnic en el suelo del salón.

—Reconozco que esta hamburguesa está increíble.

—Te lo he dicho —replica con la boca llena.

Moja patatas en ketchup y las sostiene en alto para dármelas a mí, reservando un par también para Fluff.

La hamburguesa con patatas fritas jamás me ha sabido

mejor que esta noche. Alargo la mano para limpiarle una pizca de ketchup del labio.

—¿Es esto la felicidad?

—Cariño, esto es el éxtasis —dice con voz ronca, sin duda conmovido por mi pregunta.

—Aunque preferiría estar contigo, hoy tengo que ir al despacho —anuncia Flynn por la mañana.

—No pasa nada. Dormiré un poco más y luego organizaré algunos asuntos de la fundación, por no mencionar la tonelada de ropa sucia que tengo que lavar y doblar antes de volver a tu casa. Tengo muchas cosas con las que mantenerme ocupada. No te preocupes por mí.

—Me preocupo. Siempre me preocuparé. —Se sienta a mi lado en la cama. Está recién duchado y afeitado y se ha puesto una camiseta negra ceñida y unos vaqueros desgastados, ajustados en las zonas adecuadas. Como siempre, se me hace la boca agua con solo mirarle—. Será la primera vez que nos separemos desde que nos casamos.

—No podemos pasar juntos cada minuto. ¿Qué pasará cuando estés rodando en algún lugar exótico?

—Estarás allí conmigo.

—¿Y si recupero mi empleo?

Flynn frunce el ceño, consternado, pero enseguida rehace el gesto y se acerca para darme un beso.

—Lo solucionaremos, cariño. He de irme antes de que Hayden haga que me asesinen. —Después de otro beso, este más largo y profundo, gruñe y se aparta—. Volveré tan pronto como pueda. Los de seguridad están en la puerta. Si quieres ir a alguna parte, habla con ellos. Además, tienen el código para entrar.

—Estaré bien. Vete a trabajar, cariño.

—Nos iremos de luna de miel, joder —masculla mientras sale de la habitación—. Una larga luna de miel. En cuanto podamos.

—Creía que ya habíamos tenido nuestra luna de miel.

—Quedarnos aquí no cuenta. Iremos a un lugar asombroso.

—Por lo que a mí respecta, esto ha sido bastante increíble.

—Puedo hacerlo mejor.

Me deja con una gran sonrisa bobalicona en la cara mientras me acurruco bajo las sábanas, esperando dormirme de nuevo después de haber pasado media noche despierta, haciendo el amor con mi insaciable marido. Estoy a punto de conseguirlo cuando suena el teléfono.

Lo cojo de la mesilla y veo el nombre de Leah en la pantalla.

—Hola —digo, conteniendo un bostezo—. ¿Qué tal?

—Aquí son las ocho, así que allí son las once—. ¿Por qué no estás en clase?

—Estoy en clase —susurra—. Me he escondido en el armario de los suministros, pero tengo una rendija de la puerta abierta para poder vigilar a los monstruitos.

—¿Por qué estás dentro de un armario?

—Tengo noticias. Sue me ha dicho esta misma mañana que el consejo quiere readmitirte, pero que la señora Heffernan se niega. Ha dicho que eras tú o ella. Según Sue, te han elegido a ti.

Me incorporo en la cama.

—¿Me estás tomando el pelo? ¿Me han elegido a mí por delante de ella?

—Antes de que te lo tomes como un gran cumplido, deberías saber que los abogados de Flynn han ido a por todas con ellos. Se enfrentaban a una demanda estratosférica si no te readmitían. Pero Sue dice que todos pensaban que estuvo mal que la señora Heffernan te echase por las razones que lo hizo, sobre todo porque los padres estaban muy satisfechos con tu trabajo.

—¡Vaya! No sé qué decir.

—Al parecer tendrás noticias de la junta hoy mismo. Quería avisarte, pero no les digas que te lo he contado.

—Jamás lo haría. Descuida.

—¿Qué vas a hacer, Nat? ¿Quieres volver?

Si me lo hubiera preguntado el día en que me despidieron habría dicho que por supuesto. Pero ahora… ahora todo es diferente.

—No lo sé. Tengo que hablar con Flynn y hacer planes.

—Bueno, decidas lo que decidas, van a hacer lo correcto y a ofrecerte de nuevo tu empleo. Todo este incidente ha tenido alborotada a la gente. La forma en que ella te trató estuvo mal, Natalie. Todo el mundo está de acuerdo en eso.

—Te lo agradezco, y te ruego que se lo transmitas también a los demás.

—Lo haré. Tengo que irme antes de que a los pequeños mamones se les ocurra la gran idea de encerrarme aquí dentro.

—¡No son unos pequeños mamones!

—Sí que lo son. Llámame más tarde y me cuentas.

—Lo haré. Gracias por la información.

—De nada.

Pongo fin a la llamada de Leah y llamo a Flynn.

—¿Ya me echas de menos, cielo?

—Sabes que sí, pero acabo de hablar por teléfono con Leah y hay noticias sobre mi empleo. —Le cuento lo que ella me ha dicho. Cuando termino, él guarda silencio—. ¿Flynn?

—Estoy aquí, cariño, lo que pasa es que lo estoy asimilando. ¿Qué te parece?

—No sé. Por un lado, me alegra que la señora Heffernan

se marche, y no solo porque fue injusta conmigo. A todo el mundo le cae mal.

—¿Y por el otro?

—Tú, yo, nuestra vida juntos. Tú estás aquí. No sé si quiero estar a casi cinco mil kilómetros de ti, aunque solo sea un día o dos.

—Aunque es una decisión que tienes que tomar tú sola como más convenientemente te parezca, pienso lo mismo que tú con respecto a la distancia.

—Tenía la sensación de que lo harías.

—¿Tienes que darles una respuesta enseguida?

—No lo sé. Leah me ha dicho que me llamarán hoy para pedirme que vuelva.

—Pregunta si puedes considerarlo durante un par de días y lo hablamos esta noche cuando llegue a casa.

—De acuerdo. Lo haré.

—Pase lo que pase, me alegro por ti; han enmendado un terrible error.

—A mí también me alegra. Leah me ha chivado que las palabras de Emmett intimidaron al consejo.

—Bien, deberían estarlo. Lo que la señora Heffernan hizo les generó una enorme responsabilidad. Me alegro de que fueran capaces de verlo. —Hace una pausa antes de continuar—. ¿Estás bien?

—Sí, solo lo estoy asimilando.

—Seguiremos hablando de ello después, ¿vale?

—Claro. Nos vemos luego.

—Te quiero, cielo. Me alegra mucho que estén haciendo lo correcto.

—Yo también te quiero. Gracias por no dejar que se salieran con la suya.

—Eso jamás. Llegaré a casa lo antes que pueda.

—Aquí estaré. Hasta luego.

Dejo el teléfono de nuevo en la mesilla y me acurruco en

la cama mientras en mi cabeza gravitan las consecuencias de recuperar mi empleo. Media hora después resulta evidente que no voy a quedarme dormida otra vez, así que decido levantarme y ocuparme de la enorme cantidad de ropa sucia que se ha acumulado durante las dos últimas semanas.

La recojo en un cesto que encuentro en el armario del dormitorio principal. Flynn me dijo que el cuarto de la colada está «arriba, en alguna parte», señalando el piso superior de la gran casa de Hayden.

Me dirijo escaleras arriba, disfrutando de las vistas de la playa a través de los altos ventanales. Intento imaginar cómo sería ganar suficiente dinero como para permitirme un lugar como este.

—Eso no va a pasar en esta vida —farfullo a Fluff, que me sigue.

Hay seis puertas para elegir, así que dejo el cesto en lo alto de las escaleras y me encamino hacia el final del pasillo para buscar el cuarto de la colada.

Las primeras tres puertas pertenecen a espaciosos dormitorios con panorámicas a la playa. No hay una sola vista mala en este lugar. Detrás de la cuarta puerta está el enorme dormitorio principal. Intrigada, me aventuro dentro para echar un vistazo a la cama más grande que jamás he visto. Dobla sin problemas en tamaño a la cama *king size* de Flynn. ¿Para qué necesita un hombre soltero una cama tan inmensa?

Junto al dormitorio hay un baño igual de espacioso, tras cuya puerta cerrada encuentro la lavadora y la secadora, que son enormes. Me dispongo a ir a por el cesto cuando el armario llama mi atención y, al parecer, también la de Fluff, que se cuela dentro del vestidor. La llamo para que vuelva, pero no lo hace. No me sorprende, así que voy a por ella.

¡Santo Dios, cuánta ropa tiene ese hombre! Predominan los colores apagados, grises, negros y marrones. Todo está dispuesto por color y bien ordenado. Me adentro más en el vestidor, dejando atrás las hileras de zapatos y cajones de todos los tamaños, hasta llegar a otra puerta que Fluff ha abierto.

—Ven, no deberíamos estar aquí.

La encuentro en el rincón del fondo, olisqueando sin cesar. A primera vista, el segundo cuarto parece una especie de gimnasio, hasta que me fijo mejor en el equipamiento. Nunca he visto esas cosas en los gimnasios que he frecuentado. ¿Qué coño es esto? En una pared hay una serie de cajones que despiertan mi curiosidad.

Llegados a este punto, he de reconocer que lo que estoy haciendo equivale a fisgar. He encontrado el cuarto de la colada y he echado un ojo al alucinante vestidor. Si abro estos cajones para ver qué hay dentro, cruzaré una línea de la que no podré volver. Pero no puedo evitarlo. Quiero saber para qué son todas estas cosas.

Bajo la mirada hacia Fluff.

—¿Qué harías tú? —Ella suelta un ladrido, que asumo que significa «Adelante»—. Eres una mala influencia. No tienes moral.

Su respuesta son otros dos ladridos que parecen decir que está de acuerdo conmigo.

No puedo explicar qué me lleva a hacerlo. Esto no es típico de alguien que no se ha metido en la vida de nadie salvo en la suya propia durante la mayor parte de su existencia. Era una persona discreta a la que nadie prestaba demasiada atención, y así me gustaban las cosas. No tengo experiencia en meterme en los asuntos de los demás.

Pero quiero saber qué hay en esos cajones, así que me acerco y empiezo a abrirlos. Están llenos de un surtido de objetos que no reconozco, la mayoría de ellos fabricados de goma, con extrañas formas y tamaños. En el segundo cajón encuentro más de lo mismo, solo que estos tienen forma de pene… Penes muy grandes. ¿Por qué coño tiene Hayden enormes penes de plástico en su casa?

La pregunta me produce una risa nerviosa. ¿Sabe Flynn algo de esto? La idea de contárselo solo acentúa mi excitación. En el tercer cajón encuentro relucientes objetos metálicos que parecen algún tipo de pinzas, junto con plumas y tiras de terciopelo.

Echo otro prolongado vistazo al cuarto, al extraño banco de pesas y a la gran cruz que ocupa casi todo el espacio. En la pared cuelgan paletas de madera, similares a palas de ping-pong de tamaño exagerado, junto a lo que podría ser una colección de fustas. Colgadas del techo hay una serie de cuerdas sujetas a poleas.

—¿Qué coño es esto, Fluff? —Entonces abro el último cajón y descubro cajas de condones y botes de lubricante—. ¡Ay, Dios mío!

De pronto quiero salir de aquí. He visto más que suficiente para estar segura de que no volveré a ser capaz de mirar a Hayden Roth a los ojos.

Saco a mi perra del cuarto y voy a por la ropa sucia. Intento no pensar en lo que he visto en la habitación secreta de Hayden mientras pongo la colada. ¿Qué significa esto? ¿Cómo funciona? ¿Qué hace con todos esos objetos? Con la lavadora en marcha, bajo las escaleras con la mente a mil por hora mientras trato de asimilarlo todo.

Voy directa al ordenador portátil del despacho de Hayden y empiezo a buscar en internet; mi curiosidad no hace más que aumentar cuando me doy cuenta de que con lo que me he topado es el cuarto de juegos de Hayden. Descubro que estas habitaciones pertenecen habitualmente a los dominantes sexuales.

Visito una página web tras otra y sigo un rastro de información y fotos que hacen que los ojos se me salgan de las órbitas. ¿De verdad la gente hace esto? Veo a una mujer tendida sobre lo que ahora entiendo que es un banco de azotes mientras su «amo» le golpea el trasero con una pala. Otra mujer está atada a la cruz de San Andrés con pinzas en los pezones. Una cadena las conecta entre sí y también a otra que por lo visto está sujeta a su clítoris.

Cruzo las piernas para contener el hormigueo entre ellas. ¿Cómo será eso? ¿Dolerá mucho? ¿O el placer superará al dolor? Mi curiosidad me lleva a visionar los vídeos que demuestran cómo se usa el equipamiento de arriba en situaciones sexuales. No puedo apartar la mirada.

Cuando me levanto a tomar aire, ya han pasado dos horas. Limpio el historial del ordenador antes de levantarme con las piernas temblorosas y salir del despacho con más preguntas de las tenía cuando he entrado. Ahora sé que los objetos de goma y cristal más pequeños son tapones anales. A esto era a lo que Valerie se refería cuando me preguntó si Flynn me había metido un tapón en el culo. Mi cuerpo entero se estremece solo de pensarlo. ¿Significa ese estremecimiento que lo deseo o que no?

Soy toda una novata en lo que al sexo se refiere. Me he mantenido alejada tanto tiempo de los hombres y de todo lo relacionado con el sexo que carezco del contexto necesario para satisfacer mi curiosidad. Sin embargo, a juzgar por el calor en mi entrepierna, lo que he visto me ha excitado mucho. ¿Significa eso que quiero probarlo?

No necesariamente. La idea de que me aten o me esposen hace que me sienta mareada... y no para bien.

Las preguntas más apremiantes que me surgen tras ver el cuarto de Hayden y tras dos horas de investigación son si mi marido está metido en lo mismo que su mejor amigo y cómo voy a reunir el valor para preguntárselo.

Necesito ayuda para lidiar con esta situación. Ayuda profesional. Reviso mis contactos en busca de un número al que no he llamado desde hace seis años. Cuando me hice con un nuevo móvil, el móvil de Natalie, me aseguré de incluir el número por si acaso lo necesitaba algún día. Ni siquiera estoy del todo segura de que este siga siendo su número.

—Solo hay una forma de averiguarlo.

Fluff levanta la cabeza para mirarme. Le doy una palmadita para tranquilizarla y hago la llamada.

Él descuelga al cuarto tono. Escuchar su voz me transporta de nuevo a los aciagos días tras la agresión, cuando él fue una parte importante del grupo que me recompuso de nuevo. El doctor Curtis Bancroft está especializado en estrés postraumático y asesoramiento a supervivientes de agresiones sexuales.

—Al habla Curt. ¿Quién es?

—Doctor Bancroft... Soy April. April Genovese.

No llegó a conocerme por mi nuevo nombre, ya que dejé de verle antes de cambiármelo.

—April —saluda, exhalando de manera acentuada—, me alegra oír tu voz. Me has tenido muy preocupado. Esperaba de corazón que me llamaras. ¿Cómo estás?

—Sorprendentemente bien, teniendo en cuenta la situación. ¿Le pillo en un mal momento?

—Estoy de vacaciones en el Caribe con mi familia, pero me alegro mucho de hablar contigo.

—¿Está seguro?

—Muy seguro. ¡Así que te has casado! Qué noticia tan maravillosa. ¿Eso va bien?

—Sí, Flynn es increíble. Ha sido muy bueno y comprensivo.

—¿Es la primera relación que has tenido?

Sé que se refiere a relación sexual.

—Sí.

—April, ¿puedes con todo?

—Eso creo. Soy capaz de... de hacer el amor con él.

—Eso es maravilloso. ¿Eres capaz de disfrutarlo?

Dios mío, qué embarazoso es hablar de cosas tan personales, aunque sea con alguien con quien tengo pocos secretos.

—Sí, es asombroso. Me encanta.

—Me alegra oír eso. Te has esforzado mucho para liberarte de tu pasado y espero que te estés dando permiso para ser feliz.

—Lo hago. Lo que pasa es que… Flynn, él… Bueno, tuve un recuerdo en nuestra noche de bodas. Él me sujetó las manos y…

—¿Eso fue un desencadenante para ti?

—¡Sí! Ni siquiera lo pensé hasta que él lo hizo y perdí la cabeza. Y ahora… Le da mucho miedo que ocurra de nuevo. Se contiene. Le dije que tener relaciones sexuales conmigo era como jugar con dinamita. Nunca se sabe cuándo explotará, y no en el buen sentido.

Su risita resuena a través del teléfono.

—Aunque la metáfora resulta interesante, si tu marido te quiere…

—Sí que me quiere. No tengo la más mínima duda al respecto.

—Entonces estoy seguro de que solo intenta tener cuidado mientras te acostumbras a tu primera relación sexual.

—Algunas veces, antes de que supiera todo lo que me pasó… Era diferente.

—¿Cómo?

—Era menos contenido, más vulgar. Decía y hacía cosas.

—¿Eso te gustaba?

—Sí. Me gustaba porque era Flynn y confío en él. Pero desde que pasó aquello con mis manos es diferente. Me preocupa que quiera cosas y que yo nunca lo sepa porque tenga miedo de decírmelo.

—¿Has hablado de esto con él?

—Más o menos. Pero no es fácil. Todo es nuevo para mí. Y sus amigos… Bueno, al menos a uno de ellos le va el rollo duro, lo que hace que me pregunte qué le interesa a Flynn. Parezco ridícula, porque ni siquiera puedo encontrar las palabras correctas para describirle todo esto a usted. ¿Cómo voy a poder hablar de esto con él?

—Estás haciendo un gran trabajo explicándomelo a mí.

—Eso es sencillo. Usted no es mi marido. Me topé con su ex mujer en la gala de los SAG.

Le cuento lo que Valerie me dijo.

—Vaya, bueno… Tienes que recordar que la fuente es alguien que tiene un interés personal en él… y en ti.

—Lo sé. He pensado en eso. Pero me ha sembrado dudas.

—A mí me parece que a él le importas de verdad; cuando os vi juntos en la tele, estaba muy pendiente de ti.

—Así es. Es más de lo que jamás soñé que sería posible.

—Pues confía en él, April. Confía en que sepa lo que necesitas. Pero no lee la mente. No puede saber qué estás pensando si tú no se lo dices.

—Me resulta raro que me llamen April después de tanto tiempo.

—¿Prefieres Natalie?

—No sé qué prefiero. Me resulta extraño que me llamen April cuando hace tanto que soy Natalie.

—Solo me gustaría decir que pese a lo mucho que detesto lo que ocurrió, me alegra saber que te está yendo bien en la vida. He pensado en ti durante todos estos años y albergaba la esperanza de tener noticias tuyas.

—Debería haberle llamado. Lo siento.

—No lo sientas. Estabas ocupada viviendo tu vida, y el duro trabajo realizado conmigo lo ha hecho posible.

—¿Le parece bien que le llame de vez en cuando?

—Me parecería estupendo. Siempre me alegraré de saber de ti.

—Gracias otra vez. No exagero si digo que usted me salvó la vida.

—No, April, tú salvaste tu propia vida. Yo solo te ayudé. Tu fortaleza interna te hizo superarlo y lo hará de nuevo. No temas confiar en ella.

—De acuerdo. Le llamaré pronto.

—Lo estoy deseando. Cuídate y habla con tu marido.

—Lo haré. Gracias.

Termino la llamada con la seguridad de que puedo manejar la conversación que necesito mantener con Flynn.

17

Flynn

Al llegar a las oficinas de Quantum, aparco en una plaza de garaje y me quedo sentado durante un momento, con el motor al ralentí mientras pienso en lo que Natalie me ha dicho. Va a recuperar su empleo, lo que significa que volverá a Nueva York mientras yo me tengo que quedar aquí durante los dos próximos meses.

Si la idea de pasar un solo día sin ella me resulta insoportable, ¿cómo voy a aguantar que esté en Nueva York durante interminables semanas mientras yo estoy aquí? Podría irme con ella, y seguramente lo haré si llega el caso, pero preferiría continuar aquí.

Detesto que la vida interfiera en mi deseo de estar a solas con mi flamante esposa. Pero entonces me digo que soy tonto. Puedo hacer lo que me venga en gana, así que ¿por qué no voy a hacerlo?

Entro en el edificio con el guardaespaldas siguiéndome de cerca. Las oficinas son un hervidero de actividad. Todo el mundo sigue en las nubes por los premios del Sindicato de Actores, así como por las nominaciones a los Oscar para *Camuflaje*, sobre todo después de la campaña que se ha llevado a cabo para garantizar que la película reciba el reconocimiento que merece por parte de la Academia. Me he mantenido en gran parte alejado de eso, dejando que otros se ocuparan del trabajo pesado. La idea de hacer campaña para los premios nunca me ha gustado, pero es un mal necesario en nuestro mundillo.

Acepto la enhorabuena por los galardones de todo aquel con el que me encuentro y me dirijo al despacho de Hayden, pero me dicen que está en la sala de edición. Subo en el ascensor hasta la primera planta. Lo encuentro en la oscuridad, contemplando dos enormes monitores con los cascos puestos. Le doy un golpecito en el hombro para llamar su atención.

Él para el vídeo y se quita los auriculares.

—Qué sorpresa, mira a quién tenemos aquí. Pero si es mi compañero perdido, el mismo que ahora está nominado a los Oscar. Enhorabuena de nuevo.

—Lo mismo digo, y perdona por todo lo que he hecho para cabrearte durante las últimas semanas.

—Bueno, pues todo arreglado. Gracias.

El sarcasmo no me pasa desapercibido.

—Lo siento, Hayden. Sé que he elegido un momento nefasto para fastidiarte.

Él se encoge de hombros.

—Son cosas que pasan. Eso lo entiendo. ¿Ya estás de vuelta?

—Más o menos.

—¿Qué significa eso?

—Significa que necesito un respiro. Necesito tiempo libre. He trabajado sin descanso durante años y estoy agotado.

—Podrías al menos ser sincero en cuanto a por qué quieres tiempo libre —dice tras una larga pausa—. No estás agotado. Tú no te agotas. Quieres pasar tiempo con tu flamante esposa. ¿Por qué no llamas a las cosas por su nombre?

—Vale. Tienes razón. Pero llámame loco si no estoy dispuesto a hablarte de ella cuando has dejado muy claros tus sentimientos en lo que a Natalie se refiere.

—No me cae mal. Apenas la conozco. Mis sentimientos, como tú los llamas, son hacia ti, no hacia ella.

Suspiro y me siento a su lado.

—No soporto esta mierda entre nosotros.

—Yo tampoco.

—Mira, sé que me he relajado en el trabajo y te he dejado solo al frente de todo, y lo siento. Todo este asunto con Natalie... Simplemente pasó. Y entonces nos estalló en la cara. He tenido que estar con ella durante todo eso, Hayden.

—Por supuesto que sí, pero ¿era necesario que te casaras con ella?

—Lo he hecho porque quería. Por ninguna otra razón.

—Tienes que verlo desde mi perspectiva, Flynn. Te conozco desde siempre y nunca antes te he visto así. Es... es perturbador.

—Es amor.

—Eso dices.

—Entiendo que te resulte difícil verme hacer cosas que a ti te parecen extrañas.

—Extrañas... Es una buena forma de expresarlo.

—Pero solo espero que algún día te permitas sentir por alguien lo que yo siento por ella. Es lo mejor que me ha pasado y me niego a disculparme ante nadie, ni siquiera ante ti, por ser más feliz de lo que lo he sido en toda mi vida.

—Eso está muy bien —dice a regañadientes—. ¿Y qué quieres hacer?

—Quiero alejarme de todo con ella durante un tiempo. Sé que tenemos cosas pendientes, pero puedo hacerlas desde cualquier parte. No tengo que estar siempre aquí.

Hayden se rasca la barba incipiente de la mejilla mientras lo piensa.

—¿Adónde vais a ir?

—Aún no lo sé. Podría ser Nueva York, o tal vez México. Depende de lo que ella decida con respecto a su empleo.

—Creía que lo había perdido.

—Por lo visto el consejo ha echado a la directora que la despidió y se prepara para readmitir a Natalie.

—Vaya, es increíble. No podían hacer otra cosa.

—Sobre todo después de que Emmett los amenazara con una demanda por despido improcedente de diez millones de dólares.

Hayden esboza una sonrisa.

—Es increíble —repite.

—Pero no creo que esa sea la única razón de que hayan dado marcha atrás. Saben que es lo correcto.

—Sí que lo es. Así que ¿es posible que ella vuelva a vivir en Nueva York?

—Aún no hemos decidido nada.

—Quiero que sepas… que me alegro por ti. De verdad. Parece una buena persona, y el que aguantara como lo hizo durante toda esa mierda dice mucho de quién es en realidad.

—Tiene mucho coraje. No te haces una idea de cuánto. Todos podríamos aprender de ella.

—Es admirable. Lo digo con sinceridad. Lo que soportó a tan temprana edad… Salir entera e intacta… Es asombroso, y entiendo por qué te has colado por ella.

—¿Por qué me parece oír que se avecina un «pero»?

—Solo me preocupas tú y los sacrificios que estás haciendo para estar con ella. Me preocupa que mi mejor amigo, que es una de las personas más inteligentes y perspicaces que he conocido, se case sin un acuerdo prematrimonial. Ese no es el Flynn Godfrey que conozco y quiero. El Flynn que conozco y quiero entiende cómo funcionan las cosas en este mundo en que vivimos y que las mejores situaciones pueden torcerse en un abrir y cerrar de ojos.

No quiero hablar de que mi relación con Natalie salga mal. Eso no va a pasar.

—Te entiendo y agradezco lo que estás diciendo. Deberías saber que Natalie me pidió un acuerdo prematrimonial y quería que lo firmáramos.

—¿Y aun así dijiste que no?

—Aun así dije que no.

—Estás chalado, tío. Chalado del todo.

—Si llega el día en que tenga que darle la mitad de lo que poseo, no me importará tanto como para poner objeciones a eso. Y afrontémoslo. Podría vivir por todo lo alto durante el resto de mi vida con la mitad de lo que tengo. Quería empezar este matrimonio sin otra cosa que amor entre nosotros. Ponerle delante un acuerdo prematrimonial lo habría convertido en un asunto de negocios, y yo no quería eso. Sé que te cuesta entenderlo, pero, sinceramente, creo que lo adecuado en nuestro caso es no tener acuerdo. Ella tiene que poder tener fe en mí y yo tengo que creer que no está a mi lado por el dinero.

—¿Cómo sabes que es así?

—Porque se pilló un cabreo de narices cuando le regalé un brazalete de diamantes después de que me dijera que no le comprara más joyas. No le va eso. Después de la ceremonia de anoche, nos sentamos en tu salón y cenamos hamburguesas y patatas fritas del In-N-Out. ¿Sabes qué me dijo?

—¿Qué?

—«¿Es esto la felicidad?»

Hayden baja la mirada al panel de control y toquetea algunos botones.

—La mayoría de las mujeres que conocemos se habrían mosqueado por perderse las fiestas y la ocasión de salir en las fotos. Natalie estaba más que contenta con irse a casa y cenar comida rápida y mojar las patatas en ketchup. Eso es todo lo que necesita para ser feliz. ¿Sabes lo refrescante que resulta eso?

—Puedo verle el atractivo.

—Pero sigues sin estar convencido.

—¿Qué pasa con la otra parte de la ecuación?

—¿De verdad me estás preguntando cómo es el sexo con mi mujer?

—¡Sí, eso te pregunto! Sé cómo te gusta y ni por asomo te veo comportándote de ese modo con una mujer que ha pasado por lo que ha pasado ella.

—Yo tampoco me veo, pero el sexo con ella sigue siendo increíble. Entre nosotros existe una conexión que jamás he tenido con nadie. Siempre ha sido algo mecánico. Con ella es… divino. —Hayden guarda silencio de nuevo, pero puedo ver girar los engranajes dentro de su cabeza—. ¿Qué? Dilo para que podamos aclarar las cosas.

—No me dispares por hacer de abogado del diablo, pero al principio también te sentías así con Valerie.

—Nunca sentí por Valerie lo que siento por Natalie. Jamás.

—Vale, pero al principio estabas coladito por ella y después de un tiempo te resultó difícil negarte las cosas que de verdad querías. Y todos sabemos lo que ella opinaba de lo que tú querías. Solo digo que fue duro ver que eso ocurría y verte a ti destrozado después. Eso nos afectó a todos durante mucho tiempo, incluyendo el trabajo. No quiero que ocurra de nuevo. Ninguno lo queremos.

—Eso no va a pasar. —Mientras digo esas palabras, un cosquilleo se abre paso por mi espalda.

—Te has convencido a ti mismo de que prefieres vivir sin ese estilo de vida que hacerlo sin ella. ¿Me equivoco?

—Algo parecido.

—Lo creas o no, casi lo entiendo. Has mencionado mi… cariño, supongo que así lo llamarías tú, por Addie.

—Sí, y espero que hagas algo al respecto uno de estos días. Estoy seguro de que ella también lo espera.

—Nunca haré nada, porque me conozco a mí mismo y sé las cosas sin las que puedo vivir... y aquellas sin las que no puedo. De ningún modo pienso hacernos pasar por ese infierno. Y eso es lo que ocurriría en cuanto la novedad dejara de serlo y yo aceptase que tengo que pasar el resto de mi vida negando quién y qué soy. Si tú puedes hacerlo, te reconozco el mérito. Yo no puedo.

Las palabras de Hayden me golpean en el pecho como una flecha y me llenan de un miedo irracional. ¿Y si yo tampoco puedo? ¿Qué será de nosotros si mi dominante interior se libera con ella? Recordar el pánico en sus ojos cuando le sujeté las manos hace que me entren sudores fríos.

Addie llama y asoma la cabeza.

—Flynn.

—¿Sí?

—¿Puedes venir, por favor?

Pienso en Natalie. ¿Ha ocurrido algo? ¿Qué sucede?

—Hay un agente del FBI que quiere verte.

Hayden y yo nos miramos el uno al otro y luego a ella.

—¿Quiere verme? ¿Por qué?

—No lo ha dicho. Te está esperando en tu despacho.

—¿Has llamado a Emmett?

—Él y el resto del equipo legal están hoy fuera en una sesión de entrenamiento —responde Addie—. Puedo llamarle si crees que le necesitas.

—Antes veamos qué quiere de mí.

Hayden se levanta en silencio, listo para acompañarme, y los tres seguimos callados en el ascensor que nos lleva a la planta que alberga nuestras oficinas. Entramos en mi despacho, donde encuentro a un hombre trajeado junto a la ventana, admirando las vistas. Se da la vuelta cuando nos oye entrar.

—Señor Godfrey, soy el agente especial Vickers, del FBI. Le estrecho la mano.

—Mi socio, Hayden Roth.

—Encantado de conocerle. Admiro su trabajo. El de ambos.

—Gracias. —Estoy deseando prescindir de la charla trivial—. ¿En qué podemos ayudarle?

—Esta mañana han encontrado muerto en su despacho a un abogado llamado David Rogers, en Lincoln, Nebraska. Ha sido asesinado. ¿Le suena el nombre?

Experimento un instante de pura alegría al oír que el hombre que jodió a Natalie está ahora muerto.

—Como usted y todo el mundo en Estados Unidos sabe, sé perfectamente quién es. ¿Qué tiene esto que ver conmigo?

—En el programa de Carolyn Justice declaró algo que suscitó el interés de la policía. —Consulta una libreta que saca del bolsillo—. Dijo: «Nunca pensé que sería capaz de matar, pero en este caso...».

—¿De ahí deduce que lo he matado yo?

—Deduzco que dijo que le gustaría hacerlo.

—Sí, me hubiera gustado, pero no lo he hecho.

—¿Pagó a alguien para que lo hiciera?

—No. No he pensado en ese tipo desde hace días, aparte de para estar al tanto de los esfuerzos de mis abogados para garantizar que jamás tuviera de nuevo ocasión de hacerle a nadie lo que le hizo a mi mujer.

—¿Haciendo que le mataran?

—No, haciendo que le inhabilitaran. No soy un asesino, señor Vickers.

—Es agente especial Vickers.

El tipo es un engreído.

—Podemos ponerle fin a esto inmediatamente —dice Addie—. El señor Godfrey ha estado rodeado de personal de seguridad durante días. No ha salido de California desde

273

que regresó de Nueva York, hará dos semanas el próximo miércoles.

—Eso le descartaría a él, pero no que sea un asesinato por encargo.

—¿Se está oyendo? —pregunta Hayden con incredulidad—. ¿De verdad está acusando a Flynn Godfrey de contratar a alguien para que mate a un abogado de Nebraska?

—No le estoy acusando de nada. Solo señalo que tenía motivo y oportunidad. Dispone de los recursos para conseguir cualquier servicio que pueda necesitar.

—Bueno, pues no contraté el servicio de un asesinato. Estaba mucho más interesado en los medios legales para conseguir que el señor Rogers sufriera por lo que le hizo a mi mujer. Íbamos a asegurarnos de que su vida fuera un infierno durante la próxima década. De hecho, me siento un poco decepcionado porque ahora no vamos a poder hacerlo.

—Si cree que él hizo que mataran a este hombre, va a tener que demostrarlo —alega Hayden.

—Soy muy consciente de eso. —Saca una hoja de papel de una carpeta y me la entrega.

—¿Qué es esto?

—Una orden de registro para su móvil y su ordenador con el fin de poder descartarle como sospechoso.

Saco mi móvil del bolsillo y se lo entrego.

—Todo suyo. —Señalo el portátil sobre mi mesa—. No he tocado un ordenador desde hace tres semanas, pero adelante.

—¿Es este el único móvil que posee?

—Sí.

—Podemos conseguir órdenes extra para los teléfonos que pertenecen a sus empleados.

Veo con el rabillo del ojo que Addie se pone tensa y tengo que contener las ganas de reír. La idea de que Addie esté sin su móvil aunque solo sea una hora resulta hilarante. Tendría convulsiones.

—¿Dónde está su mujer?

Las ganas de reír se esfuman mientras yergo la espalda.

—En casa. ¿Por qué?

—También me gustaría hablar con ella.

—Ha estado conmigo cada minuto de cada día desde hace dos semanas. No tiene ni el deseo ni los medios para matar a nadie.

—Desde luego tenía un motivo.

—¿Sabe, señor Vickers? —digo, disfrutando del enrojecimiento que aparece en su cara cuando me niego a utilizar su título—, he descubierto que cuando alguien es una víbora como lo era Rogers, suele haber más de una persona a la que ha jodido. Desde luego espero que esté buscando más allá de lo evidente. Sin duda hay una extensa lista de gente a la que le gustaría verle muerto.

—Estamos desarrollando una investigación minuciosa.

—¿Cuándo recuperaré mi móvil?

—Con suerte, podremos devolvérselo mañana, siempre y cuando no contenga nada que pueda usarse como evidencia en este caso.

—Me marcho de luna de miel a México en los próximos días. Me gustaría tenerlo antes de irme.

Estoy seguro de que va a prohibirme abandonar el país.

—¿Cuál es la contraseña?

Procuro que el alivio que me produce que no haya puesto objeciones al viaje no sea demasiado evidente. Eso confirma que solo ha venido a ver qué pesca con su visita y que en realidad no soy sospechoso.

—Nueve, seis, tres, dos. —Recuerdo entonces las fotos de Natalie que tomé en nuestra noche de bodas y una profunda sensación de temor se apodera de mí—. Hay fotos muy personales en ese teléfono que me gustaría eliminar antes de que se lo lleve.

—Me temo que no será posible. Todo lo que hay aquí son pruebas.

—Las fotos de mi mujer en nuestra noche de bodas no son pruebas. Deme el teléfono.

Vickers me mira con expresión obstinada.

—Mi padre y yo somos buenos amigos y simpatizantes del presidente. Deme el teléfono o haré que le despidan.

Extiendo la mano y me enzarzo en un duelo de miradas con el agente.

Él pestañea primero y a regañadientes me pone el móvil en la mano.

Me duele borrar las fotos sugerentes y sexis de Natalie en nuestra noche de bodas, pero por nada del mundo pienso dejar que abandonen mi poder. El móvil tiene respaldo en la nube, así que aún tenemos acceso a ellas.

—Ahí tiene. ¿Tan difícil era?

—La gente como usted se cree con derecho a todo. Piensa que está por encima de todo, incluso de la ley.

—Ya hemos terminado, señor Vickers. Puede salir usted solo.

Guardamos silencio hasta que se marcha con un fuerte portazo.

Addie rompe el silencio.

—Joder. ¿De verdad acaba de ocurrir eso?

—Solo te está descartando —comenta Hayden—. No has salido de California, así que no pueden colgarte esto.

—Claro que sí. Hay muchas formas de que me cuelguen esto si de verdad quieren.

—Serían imbéciles si lo intentaran —aduce Addie—. Ningún jurado te condenaría aunque lo hubieras hecho.

Si bien agradezco su apoyo, no soy tan ingenuo como para creer que no hay muchos estadounidenses de a pie a los que les encantaría ver cómo arrojan del caballo a una vanidosa estrella de cine.

—Tengo que volver a casa y hablar con Natalie. ¿Le envías un mensaje y le dices que voy para allá?

—Claro —responde mi asistente—. Y te conseguiré otro móvil hasta que te lo devuelvan.

—No te molestes. Tienes el número de Natalie si necesitas contactar conmigo y yo se lo diré también a mis padres. Hayden, ¿te parece bien el plan para la película y los demás asuntos?

—Sí, perfecto. Te mandaré un correo electrónico cuando haya nuevo material que revisar.

—Yo trabajaré un poco cada día hasta que esté terminado.

—Entretanto, necesitamos un puto título para esta película.

—También he estado pensando en eso. Te enviaré algunas sugerencias.

Teníamos lo que considerábamos el título perfecto, hasta que el estudio que distribuye la película lo rechazó. Estábamos tan comprometidos con el título original que nos está costando dar con otro.

—Si alguien tiene noticias del FBI, avisadme.

—Lo haremos.

—Por cierto —añade Hayden—, ahí tienes tus premios de la Crítica Cinematográfica.

Ni siquiera me había fijado en las dos estatuillas de cristal sobre mi mesa hasta que él me las señala.

—Gracias por recogerlos en mi lugar.

—De nada.

Le pido a Addie que se quede unos minutos en el despacho, indicándole con un gesto que cierre la puerta cuando Hayden se marcha.

—¿Qué pasa?

—Quiero incluir a Natalie en todas mis cuentas personales. Necesita tarjetas de crédito, etcétera. ¿Puedes ocuparte de eso?

—Claro, llamaré al banco y les pediré que te llamen a su teléfono si tienen alguna pregunta.

—Gracias. —Addie me lanza una mirada inquisitiva—. ¿Qué? ¿Tengo un trozo de espinaca en los dientes o algo similar?

—No —responde con una carcajada—. Todavía estoy intentando asimilar que estás casado. Flynn Godfrey está casado.

Sus comentarios me hacen gracia.

—Sí, y muy feliz. Y seré más feliz cuando mi mujer tenga acceso al dinero. Al parecer ha estado preocupada porque ella no tiene.

Addie abre los ojos como platos.

—¿No tiene ni idea?

—No, no la tiene, pero la tendrá.

—Me ocuparé de eso ahora mismo.

—Gracias. Es posible que mañana o pasado necesitemos ayuda para irnos de viaje.

—¿Adónde?

—Supongo que a México o a Nueva York, dependiendo de si decide aceptar la oferta para volver al colegio.

—Me alegra saber que van a pedirle que vuelva.

—A mí también. Pase lo que pase ahora, depende de ella, tal y como tendría que haber sido en un principio. —Addie anota un número en un trozo de papel y me lo da—. ¿Qué es esto?

—Mi número de teléfono. Hace tanto que lo tienes programado en tu móvil que seguramente no te lo sepas de memoria. Llámame cuando decidáis adónde vas a ir.

—Lo haré, gracias.

—Y antes de que se me olvide, Liza te ha enviado esto.

Deja ejemplares de las revistas de cine más importantes sobre la mesa, delante de mí.

Salimos en la portada de todas ellas. La revista *People*

titula «¡Hola, señora Godfrey!»; la revista *US* proclama «¡Fuera del mercado!» y *In Touch* dice «Flynn dice "Sí, quiero"».

—Y échale un vistazo a esto. —Addie abre el ejemplar de *People* por la página en que nombran a Natalie una de las mujeres mejor vestidas de los Globos de Oro. Dentro de *US*, uno de los diseñadores más relevantes se refiere a ella como un icono de moda instantáneo. Experimento un momento de inmenso orgullo al ver lo hermosa que mi mujer sale en todas las fotos—. Mola, ¿eh?

—Mucho. Supongo que nuestra boda ha desplazado su pasado de las portadas.

—Eso parece.

—¿Puedo llevármelas?

—Son todas tuyas. Una cosa más… Danielle quiere hablar contigo.

Todo el mundo acude a Addie para llegar hasta mí, incluso mi agente.

—¿Qué necesita?

—Quiere comentarte las ofertas que está recibiendo para Natalie y saber qué quieres hacer al respecto. Hay de todo; desde empresas de cosmética a diseñadores, pasando por agencias de modelos y agentes de casting.

—¿De casting? ¿En serio?

—Sí. Ha dicho que la están bombardeando a llamadas desde que salisteis en el programa de Carolyn.

—Le dije que esto pasaría. Me pondré en contacto con Danielle en cuanto pueda.

Llamo a Emmett desde mi despacho antes de salir de las oficinas.

—No te vas a creer lo que acaba de pasar en la oficina —le digo después de ponerle al corriente de las últimas noticias del colegio de Natalie.

—¿Qué ha ocurrido ahora?

—Han asesinado a nuestro amigo David Rogers y el FBI ha venido a hablar de ello conmigo.

—Joder, ¿me estás tomando el pelo?

—Ojalá. Hasta se han llevado mi móvil como evidencia.

—Flynn... Por Dios.

—No te preocupes. Yo no lo he hecho, así que no tengo nada de qué preocuparme.

—El puto FBI ha hablado contigo.

—Sí, porque la otra noche en el programa de Carolyn dije que era capaz de matar.

—Cualquiera diría lo mismo después de lo que le hizo a tu novia... ahora mujer.

—Supongo que al soltar la lengua en la televisión nacional he hecho que a quien le haya matado le resulte más fácil colgármelo a mí.

—Yo no me preocuparía por eso. Ni siquiera has estado cerca de Nebraska y ambos sabemos que no contrataste a nadie para que se cargara al tipejo. —Tras otro breve silencio, Emmett añade—: No lo has hecho, ¿verdad?

—No —respondo, riendo—, pero no me da ninguna pena que esté muerto.

—La gente tiene lo que se merece. Estoy seguro de que no eres el único enemigo que se ha ganado. Le debía dinero a mucha gente. Esos sí que tenían un motivo.

—¿Crees que debes llamar al tipo del FBI?

—No —contesta—. Nada grita «tengo algo que ocultar» más alto que la llamada de un abogado. Vamos a esperar a ver qué ocurre. Pero no quiero que hables de nuevo con él sin que yo esté presente. ¿De acuerdo?

—Vale. Entendido. Gracias, Emmett.

—Joder, todo este asunto es surrealista, ¿no te parece?

—Sí, sobre todo lo que Natalie tuvo que soportar, ella sola, a los quince años.

—Muy cierto. Mantenme al corriente.

—Lo haré.

Minutos más tarde, salgo del aparcamiento de las oficinas y me dirijo a Malibú, ansioso por llegar a casa con mi mujer.

18

Natalie

M i móvil me avisa de que tengo un mensaje. Es Addie anunciándome que Flynn viene hacia aquí. Al instante me recorre un estremecimiento de impaciencia. Creía que pasarían un montón de horas hasta que le viera de nuevo.

Corro a la ducha, y me estoy secando el pelo cuando entra en casa. Apago el secador e inicio un saludo, pero él tiene otras ideas. Sus brazos me rodean y me besa antes de que pueda pronunciar una sola palabra.

Me sube a la encimera y se coloca entre mis piernas, abriéndome el albornoz sin miramientos.

Fluff empieza a ladrar como loca y corretea en torno a los pies de Flynn. Interrumpo el beso, temiendo que pueda arrancarle otro trozo.

—Ve a tumbarte, Fluff. Mami está bien. Ve.

Más tranquila, se escabulle del cuarto de baño y se marcha al dormitorio.

—Te he echado de menos —susurra Flynn. Siento sus labios suaves y persuasivos contra mi cuello.

—Solo has estado fuera un par de horas.

—Demasiado tiempo.

Captura mis labios de nuevo en otro beso apasionado

mientras forcejea con el botón de sus vaqueros, hasta que le aparto las manos y me hago cargo.

No lleva ropa interior debajo y su pene cae en mi mano, caliente, duro y preparado para la acción.

Me agarra del trasero para acercarme al borde de la encimera y me penetra.

Echo la cabeza hacia atrás, rindiéndome a la aplastante sensación de ser poseída por él.

—Dios mío, Nat... Va a ser visto y no visto.

Fiel a su palabra, nos lleva a ambos en un viaje rápido y salvaje. Baja la mano hasta el lugar en que estamos unidos y me acaricia hasta que alcanzo un impresionante orgasmo.

Arqueo la espalda para pegarme a él cuando me acompaña, profiriendo un gemido mientras se corre.

Todavía no me he recuperado del todo cuando me levanta de la encimera y me lleva hasta la cama que aún no he hecho.

—Quiero hacer algo nuevo —susurra, mirándome—. ¿Te parece bien?

—Sí.

Ahora mismo me apunto a todo lo que quiera.

Me ayuda a quitarme el albornoz y se despoja del resto de su ropa.

—Túmbate boca abajo.

Siento una punzada de aprensión, pero hago lo que me pide porque me muero de curiosidad.

—No podré verte la cara en esta posición, así que confío en que te acuerdes de la palabra de seguridad, ¿vale?

He leído acerca de las palabras de seguridad esta misma mañana y sé que son un elemento indispensable en el mundo del BDSM. ¿Indica el hecho de que utilice ese término que está familiarizado con él?

—¿Nat?

—La recuerdo.

Me coloca un par de almohadas bajo las caderas, haciendo que mi trasero quede bien expuesto. Antes de que pueda sentir vergüenza, sus manos recorren mis nalgas, apretándolas y separándolas.

—Tienes el culo más sexy que he visto. No me canso de él.

Entonces siento su lengua entre mis piernas y no deja nada sin probar. Me escandaliza y me excita cuánto me gusta lo que está haciendo. Hasta que le conocí, hasta que empezamos una relación, ni siquiera sabía que la gente hacía estas cosas. Me lleva al borde de otro orgasmo en cuestión de minutos, pero entonces se aparta y me deja abandonada.

—¡Flynn!

—Aguanta, cariño. —Me coge de las caderas y me atrae con suavidad hacia él, penetrándome y desencadenando la liberación que ha iniciado con su diestra lengua—. ¿Te parece bien esto?

No puedo creer que espere que hable en este preciso instante.

—Mmm.

—Necesito oírtelo decir.

—¡Sí! ¡No pares!

—Buena elección de palabras.

Tengo la sensación de que me están partiendo en dos, en el buen sentido, mientras me enviste cada vez más hondo. Desde el principio es lo mejor que jamás he sentido, y justo en este momento hace que sea todavía mejor al pellizcarme los pezones.

—Aaah, joder, sí... —Su ronco susurro hace que se me erice el vello de la espalda—. Haz eso otra vez —me pide. Y contraigo los músculos internos, arrancándole otro gemido—. Dime que estás bien.

—Muy bien. No pares.

Flynn acelera el ritmo; sus dedos se clavan en mis caderas y a continuación desliza uno en la humedad de entre mis piernas y tienta mi entrada posterior.

Santo Dios... Ha hecho eso antes y me encantó, y esta vez no es diferente. Jamás habría imaginado que me gustaría eso.

—¿Aún bien?

—Mmm. Hazlo, Flynn.

Después de soltar un gruñido, introduce el dedo en mi ano y me corro en el acto.

—Santo Dios —susurra antes de hundirse en mí una vez más, llenándome con el calor de su liberación—. Nat... Dios, te quiero.

—Yo también te quiero.

Sale de mi interior despacio, con cuidado, y después retira las almohadas en las que me apoyaba.

—Enseguida vuelvo, cariño —dice, besándome en el hombro.

Oigo correr el agua en el cuarto de baño antes de que regrese con una toalla, que usa para limpiarme. Después se mete de nuevo en la cama conmigo, amoldando su cuerpo a mi espalda. Sus manos me rodean para aterrizar entre mis pechos.

—Qué bien, cielo. Qué bien.

—Mmm, desde luego. —Quiero hablarle del cuarto de Hayden en el piso de arriba y hacerle el millón de preguntas que me rondan, pero el sexo me ha producido sopor—. Si eso es lo que sucede después de estar unas pocas horas separados, ¿qué ocurrirá cuando no nos veamos durante semanas?

—No vamos a estar separados durante semanas.

—Lo estaremos en algún momento.

—No, no lo estaremos.

—Flynn, no estás siendo realista.

—Sí lo estoy siendo. Quiero estar donde tú estés y quiero que tú estés donde yo esté.

—¿Cómo afecta eso a mi empleo en Nueva York?

—Si quieres volver, iré contigo.

—Tu vida está aquí.

—Mi vida está donde estés tú.

—¿Y cuando tengas que viajar para rodar?

—Organizaré mi agenda para rodar solo en verano y que tú puedas acompañarme.

Me vuelvo hacia él, posando la mano en su pecho.

—Estás diciendo insensateces.

—De eso nada. En este momento de mi carrera puedo hacer lo que me plazca. Ya no necesito rodar tres películas al año. Con una es más que suficiente y puedo hacerla en verano para que tú puedas dar clase.

—¿Qué harás el resto del tiempo?

—Producir otros proyectos. Puede que explorar el teatro. Hay muchas cosas que puedo hacer desde Nueva York.

—Te aburrirás como una ostra.

Me acaricia el cuello con los labios y hace que de nuevo se me erice la piel.

—No si te tengo en mi cama cada noche. Nunca podría aburrirme.

Suena mi teléfono móvil y lo cojo de la mesilla. En la pantalla aparece un número con prefijo de Nueva York que no reconozco.

—Esta podría ser la llamada.

—Atiéndela, cariño. Haz lo que quieras. Conseguiremos que funcione.

Inspiro hondo y descuelgo el teléfono.

—Soy Natalie.

—Natalie, soy James Poole, presidente de la junta del colegio Emerson de Nueva York.

—Hola, señor Poole. ¿Qué tal está?

—Estoy bien, y espero que usted también.

Le aprieto la mano a Flynn.

—Sí, lo estoy.

—Estupendo. La llamo para comunicarle lo que espero que considere buenas noticias. La junta directiva ha votado readmitirla en su puesto con efecto inmediato, cobrando los atrasos, desde luego. Y para abordar su siguiente pregunta, la señora Heffernan ha decidido jubilarse.

En vista de lo que Leah me ha contado antes, encuentro curioso que estén enmascarando la marcha de la señora Heffernan como una jubilación en vez de como un despido.

—Entiendo que se sienta reacia a aceptar nuestra oferta tras lo sucedido —continúa—, pero todos esperamos que considere regresar a su clase y cumplir el resto de su contrato como estaba previsto. Solo hemos oído cosas buenas sobre usted por parte de los padres de sus alumnos. Les ha causado una buenísima impresión.

—Me alegra saberlo.

—Me gustaría decir… Siento mucho cómo se ha llevado todo esto. Los actos de la señora Heffernan no reflejan en modo alguno los sentimientos de la junta directiva. Creemos que actuó de forma precipitada y sin disponer de toda la información. Espero que, decida lo que decida, acepte nuestras más sinceras disculpas por lo sucedido.

—Las acepto. Acepto sus disculpas. Gracias.

—Y ¿qué le parece volver a su clase?

—Me encantaría regresar, pero antes de decidir nada, necesito unos días para hablar con mi marido y hacer planes. Espero que lo entienda.

—Por supuesto. Le ruego que se tome su tiempo y nos comunique su decisión cuando esté lista. Una vez más, le reitero mis más sinceras disculpas y le deseo lo mejor, decida lo que decida. A nivel personal, tiene toda mi admiración por lo que ha soportado y por su perseverancia.

—Gracias —respondo en voz queda, conmovida por sus amables palabras, aunque una parte de mí sospeche que está más preocupado por eludir una demanda que por mí—. Una pregunta... —Imagino que nunca estaré en mejor posición para negociar, así pues ¿por qué no intentarlo?

—Por supuesto.

—Tengo una perrita ya mayor llamada Fluff que se pasa todo el día durmiendo. Me preguntaba si, en caso de que decida volver, la junta permitiría que durmiese bajo mi mesa. Nadie sabrá que está ahí y se le dan muy bien los niños. Los adora.

—Estoy seguro de que se podría llegar a un acuerdo —responde tras un silencio vacilante.

—Maravilloso. Muchísimas gracias. Estaremos en contacto.

—Espero con impaciencia recibir noticias suyas.

Nos despedimos y dejo de nuevo el teléfono en la mesilla.

—¿Lo has oído todo? —le pregunto a Flynn.

—Sí, y me alegra mucho que se hayan dado cuenta de lo erróneo de su conducta.

—Me parece que tus abogados y tú habéis puesto vuestro granito de arena para que vean lo erróneo de su conducta.

—No importa cómo haya pasado, solo que ha pasado. Estoy seguro de que tiene mucho más que ver con la indignación de los padres y del personal que con los abogados.

Yo no estoy tan convencida, pero dejo que él crea lo que le parezca.

—Por cierto, buen golpe el de Fluff. Has jugado muy bien tus cartas.

—No me has dado ocasión de preguntarte por qué has vuelto tan pronto —digo, sonriendo por su halago—. Creía que estarías fuera todo el día.

—¿Te estás quejando? —pregunta con una sonrisa muy sexy.

—En absoluto. Solo tengo curiosidad por saber qué ocurre. —Su sonrisa se esfuma y aparta la mirada de mí—. ¿Has vuelto a pelearte con Hayden?

No soporto haberme interpuesto entre dos amigos de toda la vida.

—No, en realidad hemos tenido una buena conversación. Creo que hemos llegado a una especie de entendimiento.

—Es un alivio. Entonces ¿qué ocurre?

Flynn enrolla un mechón de mi pelo alrededor de su dedo.

—Mientras estaba en la oficina he recibido la visita de un agente del FBI que me ha dicho que esta mañana han encontrado a David Rogers muerto en su despacho.

La noticia mc impacta como un puñetazo en el estómago y me incorporo.

—¿Qué? ¿Por qué querían hablar contigo? ¡Ay, Dios mío, lo que dijiste en el programa de Carolyn! ¿Eres sospechoso?

—Tranquilízate, cariño. Era una formalidad. Tienen que descartarme y lo han hccho. Pero se llevó mi móvil.

—Las fotos…

—Las borré del teléfono, pero siguen guardadas a buen recaudo en la nube, donde nadie salvo yo puede verlas.

—Ah, bueno. Bien. —Me relajo contra la almohada una vez más—. ¿Has hablado con Emmett?

—Sí, antes de salir de las oficinas. Cree que es una tontería y que no tenemos nada de qué preocuparnos porque solo dije que «quería» matarlo. En realidad, no lo he hecho.

—No puedo creer que esté muerto. ¿Te ha contado el agente del FBI lo que ha pasado?

—No, y no pregunté.

—Supongo que no importa.

—Emmett me ha dicho que Rogers le debía dinero a mucha gente. Ahí hay muchos motivos y es probable que necesitaran descartarme. Ha insistido en que no deberíamos preocuparnos.

—De acuerdo.

—¿Y por qué sigues pareciendo preocupada?

—Es que no soporto que mi pasado te cause problemas.

—Ahora sabes lo que sentí yo cuando mi fama te causó problemas a ti.

—Es una mierda.

—Sí que lo es, pero estamos bien, cielo. No hay nada de qué preocuparse. Estamos juntos, nos tenemos el uno al otro y el resto no es más que ruido. Y hablando de ruido, ¿qué me dices si escapamos de él una temporada y nos vamos de luna de miel?

—¿Adónde quieres ir?

—¿Qué te parece México? A menos que quieras volver a Nueva York ahora mismo. Comprendería que así fuera.

—Uf, menuda decisión. El soleado México o la gélida Nueva York.

—Tú adoras Nueva York en invierno.

—Es cierto. —Me gusta Nueva York en invierno, pero no sé si puedo volver a ser quien era y lo que era antes de conocer a Flynn. ¿No debo estar donde esté mi marido?

—Depende de ti. Solo di qué quieres hacer y haré que pase.

—¿Te parecería bien que volviéramos a Nueva York?

—Si es ahí donde quieres estar, entonces es donde yo quiero estar.

—¿Qué pasa con Hayden, con la película y con todo lo demás?

—Él y yo hemos llegado a un entendimiento. Sabe que quiero y necesito estar contigo ahora mismo. Trabajaré todos los días desde donde estemos y a él le parece bien.

—¿Puedo pensármelo un poco?

—Tómate todo el tiempo que necesites. —Deja escapar un enorme bostezo, que me indica que está tan cansado como yo por pasar despierto media noche—. ¿Qué quieres hacer hoy?

Me ha proporcionado el pie perfecto para hacer las preguntas que tengo sobre el cuarto que he descubierto arriba. Me pasa el dedo por el ceño fruncido.

—¿Qué sucede?

—Nada.

—Vamos, Nat. Sea lo que sea, dímelo.

—Prefiero enseñártelo, si no te importa.

—Claro.

Me levanto de la cama, cojo el albornoz del suelo y me lo ato a la cintura tras ponérmelo.

Flynn suelta un gruñido.

—No has dicho que tuviera que vestirme.

—No tienes que hacerlo si no quieres.

—No quiero.

Le tomo de la mano y él me sigue escalera arriba, acariciándome el trasero mientras subimos.

—¡Flynn, para!

—Jamás pararé. Es mi culo favorito en el mundo entero.

Le conduzco al dormitorio de Hayden.

—¿Qué quieres enseñarme de aquí aparte de la cama más grande del universo?

—¡Lo sé! ¿Para qué necesita una cama tan enorme?

Él no responde.

—Lo que quiero enseñarte está ahí dentro.

—¿Cómo has acabado en el vestidor de Hayden?

—Estaba buscando el cuarto de la colada y Fluff se metió ahí. Fui tras ella y una cosa llevó a la otra, y eso ha llevado a esto.

19

Flynn

Natalie se hace a un lado y tengo que ahogar un grito ante lo que veo. El puñetero cuarto de juegos de Hayden. Natalie está en el puñetero cuarto de juegos y ahora mismo no tengo ni idea de qué decir. Siento que me domina el pánico. Sabía que mi socio tenía un cuarto en su casa de la ciudad, pero no que también tuviera otro aquí. De haberlo sabido, jamás habría dejado a Natalie sola en la casa. Y ¿por qué coño no está cerrado con llave?

—¿Flynn?

Dirijo la mirada hacia ella y la descubro mirándome con curiosidad. Es entonces cuando me percato de que tengo la polla dura y delata mis verdaderos sentimientos hacia el cuarto.

—Supongo que Hayden tiene sus secretos.

No sé qué otra cosa decir.

—Así que ¿no sabías nada de esto?

Piso suelo quebradizo y se vuelve más endeble a cada segundo que pasa.

—No —respondo, porque es la verdad. No sabía que tuviera un cuarto aquí.

—Oh.

¿Eso ha sonado a decepción o es obra de mi esperanzada imaginación?

—¿Sabes tú qué sucede aquí?

—Supongo que sí. —Me arriesgo a mirarla—. ¿Y tú?

—Lo he mirado.

—Ah. —Imaginarla buscando información sobre cuartos de juegos sexuales y otras cosas parecidas hace que me ponga aún más duro, algo que ella nota, pero que por suerte no comenta. Me muero de ganas de preguntarle qué piensa al respecto y si quiere probarlo, pero entonces recuerdo qué ocurrió cuando le sujeté las manos por encima de la cabeza. Así que no pregunto. En su lugar eludo el tema—. Nos vamos a casa esta noche, así que deberíamos disfrutar de la playa mientras podamos.

—Claro, lo que te apetezca —responde tras una prolongada pausa—. Deja que meta la ropa en la secadora y enseguida bajo.

Natalie sale primero y yo cierro la puerta del cuarto de juegos. El corazón me retumba de camino a la planta baja. ¡Joder, joder, JODER! Jamás me perdonará si alguna vez descubre lo que le he ocultado, sobre todo después de todas las cosas dolorosas que ella ha compartido conmigo y con nadie más.

Quizá debería considerar esto una oportunidad y contarle la puñetera verdad de una vez por todas. Pero la sola idea de hablarle de ello hace que sienta la piel ardiendo y tirante, como cuando tuve urticaria de niño. No se lo puedo contar. No puedo, aunque sepa que debería hacerlo.

Pasamos una relajante tarde en la playa. Al menos ella está relajada. Yo estoy tan alterado que me duele el pecho a causa de la tensión. Después de cenar, recogemos nuestras pertenencias y volvemos a mi casa en las colinas de Hollywood. Los paparazzi se han dado por vencidos al no encontrar allí ni rastro de nosotros durante más de una semana.

Natalie ha estado inusualmente callada, algo que achaco a la decisión que tiene que tomar sobre su trabajo. Quiero preguntarle qué piensa, pero temo lo que podría decir. No quiero volver a Nueva York. Quiero llevarla a México para disfrutar de la luna de miel que se merece. Quiero pasar un poco más de tiempo a solas con mi mujer.

Entonces se me ocurre que es posible que no tenga pasaporte.

—Oye, Natalie. —Entusiasmado por estar de nuevo en mi cama, estoy esperando a que se una a mí.

—¿Sí?

—¿Tienes pasaporte?

—Ajá. Me lo hice cuando me cambié de nombre. —Entra en el dormitorio, extendiéndose crema en las manos y con un precioso camisón que no he visto hasta ahora—. Por irónico que parezca, David Rogers me sugirió que me lo hiciese mientras nos ocupábamos de todo lo demás.

—¿Lo tienes aquí o en Nueva York?

—Aquí. Lo guardo en mi bolso para poder mostrar una identificación, ya que no tengo carnet de conducir. ¿Por qué?

—Solo lo preguntaba por si acabamos yendo a México. ¿Lo has usado alguna vez?

—No. Nunca he salido del país. A mis padres no les gustaba que cruzara la frontera cuando viajaba con los Stone, así que nunca los acompañaba en esos viajes.

—Ahora sí que quiero ir a México, para poder compartir contigo otra primera vez para ti.

Ella se mete en la cama y se vuelve hacia mí.

—Yo también quicro ir a México, Flynn. Quiero una luna de miel.

Le cojo la mano y entrelazo nuestros dedos.

—¿Qué pasa con tu empleo?

—Les llamaré mañana para preguntarles si puedo disponer de la semana que viene para arreglar las cosas. Ya que me habían despedido de forma permanente, estoy segura de que estarán dispuestos a darme algo de tiempo.

—¿Tienes el número de Addie en tu móvil?

—Sí, me mandó un mensaje hace un rato.

—Mándale tú uno y dile que nos hemos decidido por ir a México mañana.

—¿Mañana? Si nos vamos con tan poca antelación, se pasará toda la noche en vela haciendo planes.

—No, tengo casa allí, así que solo necesitamos el avión y avisar al personal de que voy.

—Tienes casa en México.

—Ajá.

—¿En qué otros sitios tienes casa?

—Tengo una en Aspen y otra en el sur de Francia. Y la de Nueva York. Pero eso es todo.

—Oh, gracias a Dios. Por un momento me he preguntado si tu colección de casas es tan grande como la de coches.

—Listilla. —Esbozo una sonrisa mientras la beso—. Bueno, ¿le envías ese mensaje, por favor? Tengo la sensación de que me han amputado el brazo sin mi móvil.

—Oh, pobrecito mío. Sí, le enviaré el mensaje.

Addie responde enseguida.

Entendido. Me pongo con ello.

Natalie

—¿Esa pobre chica duerme alguna vez?

Dejo mi móvil en la mesilla y me acurruco contra Flynn.

—Sí, duerme mucho.

—¿Cuándo? Le estás dando la tabarra mañana, tarde y noche.

—Le encanta su trabajo.

—No me cabe duda.

—¡Le encanta! Trabajar para mí es genial. Le pago mucho dinero. Le compré un coche impresionante. La instalé gratis en un apartamento que tenemos en Santa Mónica. Le va muy bien.

—Suena a chollazo, sobre todo porque trabaja para ti.

—¿Verdad que sí? —dice con una sonrisa arrogante.

Le doy un codazo en el vientre y se echa a reír.

—Si nos vamos a México, ¿cuándo podré ver a mis hermanas?

He intercambiado mensajes con las dos a diario y no hablamos de otra cosa que de reunirnos en cuanto estemos libres al mismo tiempo.

—Addie ha estado en contacto con ambas para organizar los preparativos y creo que el fin de semana después del próximo es el que les va mejor, por la universidad, el trabajo y todo lo demás. ¿Te parece bien?

—Claro. Será genial.

Hemos esperado esto mucho tiempo. Otra semana más no importará. Es como si todo en mi vida fuera incierto y estuviera en el aire. Salvo el hombre que me estrecha entre sus brazos y que ha empezado a roncar suavemente.

Le acaricio el cabello y la barba incipiente de las mejillas. Siempre es hermoso, pero lo es todavía más cuando duerme. Ni siquiera con los preciosos anillos en mis dedos puedo creer que este increíble hombre sea mi marido, que será mío para siempre.

Suena mi móvil y me abalanzo sobre él con la esperanza de no despertar a Flynn.

—¿Hola?

Me levanto de la cama y salgo del dormitorio, cerrando la puerta tras de mí.

—Anoche parecías excesivamente engreída, lo que me lleva a preguntarme cuánto sabes sobre el hombre con el que te has casado.

—¿Quién es?

—La primera señora Godfrey.

Tengo la sensación de que me han pegado un puñetazo en el estómago. ¿Cómo ha conseguido mi número?

—No tengo nada que decirte.

—Yo sí tengo unas cuantas cosas que decirte a ti. Estoy segura de que habrás oído de cuántas formas le arruiné la vida, pero deberías saber cómo me la arruinó él a mí. ¿Ya has visto ese repugnante cuarto de juegos del sótano? Si no me crees, deberías verlo con tus propios ojos. Lo tiene cerrado con llave, pero hay una en la cocina. Está en un gancho junto a la puerta.

Tengo que colgar ya, porque sé lo mal que ella se ha portado con Flynn. Pero recordar su evidente reacción física en el cuarto de juegos de Hayden me impide hacerlo.

—¿Por qué me cuentas esto?

—Porque sí. Pareces una buena chica. Detestaría ver que te hace lo mismo que me hizo a mí, en privado y en público.

—No es porque quieres recuperarlo, ¿verdad?

Ella suelta un sonoro bufido.

—Preferiría ser soltera y célibe durante el resto de mi vida antes que pasar un solo minuto más con ese hombre.

—Entonces es una suerte que no tengas que hacerlo.

—Echa un vistazo al sótano, Natalie. No seas ingenua.

—No vuelvas a llamarme.

Presiono el botón de colgar y sujeto el móvil en mis manos temblorosas. Durante unos interminables minutos me quedo a oscuras en el salón, con vistas a las rutilantes luces de Los Ángeles. No puedo moverme. No puedo pensar ni asimilar lo que acaba de pasar.

¿Por qué me hace esto? No es ningún secreto que Flynn y ella se odian, así que es evidente que no quiere que él sea feliz con su nueva esposa. Lo inteligente sería olvidarme de lo que ha dicho y seguir con mi vida. Pero ¿cómo voy a hacerlo sin saber si lo que me ha contado es cierto?

¿Y si lo es? Entonces ¿qué?

—Vayamos por partes.

Vuelvo al dormitorio, donde Flynn sigue dormido. Fluff ha ocupado mi sitio y la mano de Flynn descansa sobre su lomo. Las lágrimas me anegan los ojos al ver a las dos «personas» a las que más quiero acurrucadas una junto a la otra. Qué lejos hemos llegado desde aquel día en el parque.

¿Me ha estado ocultando algo tan importante durante todo este tiempo? ¿Algo que debería haber sabido antes de casarme con él y unir mi vida a la suya para siempre? ¿He sido una completa imbécil? Al volver la vista atrás, ha habido señales de que mi marido no me lo ha mostrado todo. Cosas que ha dicho y hecho. «Quiero follarte aquí», me dijo mientras me metía el dedo en el culo.

Más tarde se mostró arrepentido por su lenguaje soez y por iniciarme en cosas para las que no estaba preparada. Pero me gustó y lo ha hecho otra vez desde entonces. Aquí de pie, viéndole dormir, me siento muy confusa. Debería despertarle y preguntarle si es verdad lo que Valerie ha dicho. ¿Está metido en las mismas cosas que Hayden? y, de ser así, ¿qué entraña eso para nosotros?

Pero ¿cómo voy a saber si está siendo sincero? A la hora de la verdad, no sé todo lo que hay que saber sobre este hombre con el que me he casado después de un noviazgo relámpago.

Salgo del dormitorio y cierro la puerta, dejando que Fluff y él duerman. Regreso al salón y me siento en la oscuridad durante más de una hora mientras intento negar lo que Valerie ha dicho, reduciéndolo a las palabras de una arpía vengativa que perdió el amor de un hombre increíble y se ganó su desprecio eterno. Quiero depositar toda mi fe en él porque no me ha dado motivos para no hacerlo, pero ella ha sido muy precisa, diciéndome incluso dónde estaba la llave.

Tengo claro que he de ver con mis propios ojos si es verdad antes de preguntarle. No habrá paz en mi mente ni en mi vida hasta que lo sepa con seguridad. Encuentro la llave en la cocina, justo donde Valerie ha dicho que estaría, lo que me recuerda que en otro tiempo ella vivió en esta casa. ¿Eligió todo el mobiliario? ¿Fueron suyos estos platos?

—¡Mierda!

«Céntrate, Natalie. Cada cosa a su debido tiempo.»

La puerta del sótano está en el pasillo. En el poco tiempo que he pasado en esta casa no le he prestado demasiada atención. Por eso no he reparado en que hay una cerradura con pestillo en la puerta. Inserto la llave y giro el pomo, que se abre con un sonoro clic que dispara mi ansiedad. Soy muy consciente de que, si abro esta puerta y bajo las escaleras, estoy violando su intimidad. Una vez que lo haga, no habrá vuelta atrás.

Aparte de mi incursión accidental en el armario de Hayden, nunca he hecho nada ni remotamente parecido con anterioridad. Me ocupo de mis asuntos. Así soy yo. Pero siempre hay una primera vez... y una segunda... para todo. Enciendo la luz y empiezo a bajar las escaleras. El corazón me late con tanta fuerza que puedo oírlo retumbar en mis oídos.

Tengo un nudo en la garganta y la boca seca. ¿Qué voy a encontrar aquí? ¿Lo cambiará todo? No tengo que ir muy lejos para confirmar que Valerie estaba diciendo la verdad.

—Dios mío —susurro.

El cuarto de juegos de Flynn es aún mayor y más completo que el de su socio. Hay un cuantioso equipamiento, y una de las piezas es un diván en forma de ese que no he visto en ninguna de las páginas que visité en internet.

Al igual que en el cuarto de Hayden, hay cuerdas que

cuelgan del techo y una hilera de palas de varios tamaños, así como flageladores y látigos colgados en un tablero con clavijas en la pared. No me molesto en atravesar la habitación hasta el armario porque ya sé lo que encontraré dentro.

He visto más que suficiente para saber la verdad sobre mi marido y sus verdaderas preferencias. Subo las escaleras de forma penosa, imaginando que descubro que me está esperando, y la cabeza me da vueltas mientras revivo cada momento que hemos pasado juntos y cada encuentro sexual. Estaba impresionada por nuestra conexión física. Creía que él también. Pero ¿finge tan solo estar satisfecho mientras desea mucho más de lo que su traumatizada esposa puede darle?

Apago la luz, echo la llave y vuelvo a colocarla en el gancho de la cocina. Es imposible que pueda dormir, así que me preparo una taza de chocolate caliente y me la llevo al sofá. Esta situación me queda tan grande que no sé cómo voy a asimilarla.

Durante el transcurso de las siguientes dos horas, me siento en la oscuridad y disecciono cada minuto, cada segundo, cada conversación, cada caricia, cada palabra entre nosotros. Había pistas aquí y allá, cosillas que en su momento no tenían sentido, pero que en este nuevo contexto me doy cuenta de que eran luces rojas que me pasaron desapercibidas. Como su insistencia en que tuviera una palabra de seguridad, un pilar del mundo BDSM. Recuerdo algo que dijo en una ocasión: «He estado con muchas mujeres. Demasiadas, probablemente. Las he besado, me las he follado y he hecho cosas con ellas que seguro que a ti te parecerían desagradables en el mejor de los casos y censurables en el peor».

¿Es esto lo que él define como censurable? Nunca sospeché que mi marido fuera un dominante ni que participara en cosas que escapan a mi entendimiento, hasta tal punto que no las habría reconocido aunque las tuviera delante de mis propios ojos.

Entre los momentos que pasamos juntos estaban aquellos en los que le desnudé mi alma y compartí mi doloroso pasado, incluyéndole en mi vida. He intimado más con él en las últimas semanas que hemos pasado juntos de lo que lo he hecho con nadie en toda mi vida. Él me conoce de formas que nadie más lo ha hecho.

Mientras yo se lo entregaba todo, él me mentía sobre quién y qué es en realidad. De no ser porque su ex mujer me ha puesto al corriente, quizá no lo hubiera sabido jamás. Estoy furiosa porque me ha ocultado esta verdad, porque ha sido su ex esposa, una mujer a la que él desprecia, quien me lo ha contado en lugar de él. ¿Pensaba decírmelo algún día? ¿Era ese su plan? ¿Iniciarme en el sexo convencional y luego cambiar las reglas?

¿O es posible que no pensara contármelo jamás? Seguramente... Recuerdo nuestra noche de bodas y el ataque de pánico que sufrí cuando me sujetó las manos. Después de escuchar mi historia, entiendo la razón por la que tal vez decidió ocultarme su lado dominante. Aunque no apruebo que empezara un matrimonio con un secreto tan enorme entre nosotros, entiendo que pensara que me estaba protegiendo. Y le amo por eso, aunque no puedo justificar que ocultara secretos de tal magnitud.

Pienso en todas las cosas buenas que han pasado entre nosotros. Recuerdo su generosidad hacia Aileen y su familia, que pagó el alquiler de un año entero de nuestro apartamento en Nueva York, que costeó la comida de todos los niños de mi colegio, que organizó la reunión con mis alumnos, que aceptó a mi hostil perrita en su cama y que peleó por mi despido improcedente. Rememoro su sentida proposición de matrimonio, la aceptación y el amor que su familia me ha dispensado y la ternura que me ha dado cuando más la necesitaba.

He visto su corazón una y otra vez. Me ama. De eso no tengo ninguna duda. Pero ¿me ama lo suficiente como para contarme la verdad? ¿Me ama lo suficiente como para solucionar esto juntos? ¿Me ama lo suficiente como para dejar que vea el resto de él? ¿La parte que me ha ocultado?

No pienso tolerar mentiras ni secretos. Ya he tenido suficientes en mi vida. Quiero la verdad. Quiero que él desee contarme la verdad. ¿Qué haré si me mira a los ojos y me miente?

Se me parte el corazón cuando me doy cuenta de que si miente no me quedará más alternativa que abandonarle. Ni puedo ni quiero mantener una relación basada en las mentiras. Aunque me ocultara esto pensando que era lo mejor para mí, ya es hora de aclarar las cosas. Le daré la oportunidad de contarme la verdad, y si lo hace, decidiremos los pasos que vamos a dar los dos juntos. Si miente… Bueno, entonces sé lo que tengo que hacer.

20

Flynn

Me despierta un olor repugnante. Casi me da miedo abrir los ojos para ver de qué se trata. Cuando lo hago, descubro que estoy compartiendo la almohada con el ñu y que le apesta el aliento por la mañana.

—Por Dios bendito —farfullo al darme cuenta de que no solo estoy compartiendo la almohada, sino que por lo visto también me he acurrucado con ella.

Anhelo los días en que me ladraba. ¿Cómo coño he acabado abrazado a Fluff en lugar de a mi preciosa mujer? Y, hablando de mi bella esposa, ¿dónde está?

Me levanto de la cama, dejando a la bestia roncando, y voy al baño para orinar y cepillarme los dientes. Busco un par de pantalones cortos de deporte y me los pongo antes de ir a buscar a Natalie. La veo en el salón, hecha un ovillo en el sofá, con su oscuro cabello extendido sobre una almohada.

¿Por qué está durmiendo en el sofá y no conmigo?

Me siento a su lado y me inclino para despertarla con besos. Ella abre los ojos despacio y parece alegrarse de verme durante un segundo, antes de que la luz de sus ojos se apague. ¿Por qué ha pasado eso?

—¿Qué haces aquí, cariño?

—No podía dormir y no quería molestarte.

—No me habrías molestado. Te prefiero a ti y tu dulzura antes que a Fluff y su aliento de cloaca.

—No tiene aliento de cloaca.

—Sí que lo tiene. Y estoy siendo amable. —Le tiro de la mano—. Vuelve a la cama un rato más. Aún es temprano y no tenemos que irnos hasta más tarde.

Addie sabe que debe reservarnos un vuelo a última hora del día para que dispongamos de tiempo para organizarnos antes de viajar a México.

Natalie se resiste a mis intentos por atraerla de nuevo a la cama.

—¿Qué ocurre? —pregunto.

—¿Puedo hablar contigo de una cosa?

—Por supuesto.

Frunce el ceño y los labios, como si estuviera reuniendo el valor para decirme lo que tiene en la cabeza.

—Cariño, dime qué sucede.

Me mira y me viene a la cabeza que todavía no he visto el auténtico color de sus ojos sin las lentillas castañas que lleva. Quiero ver su color real. Quizá me lo enseñe cuando estemos en México.

—Si te hago una pregunta personal, ¿me dirás la verdad?

—Siempre te diré la verdad.

—¿Lo prometes?

—¿De qué se trata, Natalie?

—El cuarto de Hayden...

«Ay, joder...»

—¿Tú también estás metido en eso?

Durante un segundo, mi cerebro se queda paralizado por completo. Acabo de prometer que le diré la verdad, pero si lo hago, sabrá que se lo he ocultado hasta ahora. Pensará que no me quedo satisfecho cada vez que hacemos el amor, cuando es todo lo contrario.

—¿Flynn?

—No, no estoy metido en eso. Eso es lo que le va a él, no a mí. A mí me vas tú. Eres todo cuanto necesito, Natalie. —Me inclino para besarla en la frente—. ¿Podemos volver ya a la cama?

—Adelántate tú. Yo voy a darme una ducha.

—Deja que te ensucie primero. —Vuelco mi atención en su cuello, pero ella se escabulle con una expresión ilegible, del todo nueva para mí. Siempre sé lo que está pensando—. ¿Nat? ¿Qué sucede?

—Nada. Solo quiero darme una ducha.

—Vale, entonces...

Sale de la habitación y yo me quedo sentado un minuto, confuso por su comportamiento. ¿Qué coño acaba de pasar? Vuelvo al dormitorio y me meto de nuevo en la cama para esperarla. Sale del baño treinta minutos después, completamente vestida para un clima mucho más frío que el del sur de California.

Salto de la cama cuando veo la maleta que lleva detrás.

—¿Qué estás haciendo?

—Me voy a Nueva York. Vuelvo al colegio y a mi apartamento con Leah.

Me siento como si me hubieran clavado un puñal en el corazón.

—¿Qué coño pasa, Natalie? ¿Me estás dejando? —Sus ojos se llenan de lágrimas y aprieta los dientes antes de asentir—. ¿Por qué?

—Porque eres un embustero y no quiero estar casada con un hombre que me miente sobre quién y qué es en realidad.

Es entonces cuando me doy cuenta de dos cosas; una, que me está dejando de verdad; y dos, que lo sabe todo sobre mí. ¿Cómo coño lo ha averiguado?

—Natalie, espera. Hablemos de esto.

—Ya hemos hablado y te he dado la oportunidad de contarme la verdad. En cambio, me has mirado a los ojos y me has mentido.

—¿Cómo sabes eso?

—Ambos sabemos que has mentido.

—¿Y eso es motivo de ruptura? Después de todo lo que hemos pasado, ¿de verdad vas a alejarte de mí? Pensaba que me querías.

—Te quiero. Te quiero con toda mi alma y todo mi corazón. He compartido cada parte de mí contigo, incluso las más dolorosas. He intimado más contigo en el último mes de lo que lo he hecho con nadie en toda mi vida. No me he guardado ningún secreto. ¿Puedes tú decir lo mismo?

—Natalie... Tú no lo entiendes.

—Lo entiendo perfectamente. Creías que no podría manejarlo, así que me lo has ocultado.

—¡Sí! ¡Eso es! Exacto.

—Pero cuando te he dado la oportunidad de arreglarlo, has seguido mintiendo. Esa es la parte con la que no puedo vivir. ¿Cómo voy a saber qué más me estás ocultando? ¿Cómo voy a saber si estás satisfecho conmigo cuando es evidente que quieres más de lo que crees que yo puedo darte?

El suelo tiembla bajo mis pies y no soy capaz de encontrar el equilibrio en esta situación. Me invade una sensación de desesperación diferente a todo lo que he experimentado. Quiero volver atrás en el tiempo y vivir de nuevo la última hora más de lo que jamás he querido nada.

—Si te vas no habrá ninguna oportunidad de que encontremos una forma de superar esto.

—Si me quedo jamás sabré si te tengo por entero. He vivido media vida durante demasiado tiempo, Flynn. —Se le quiebra la voz, pero recobra la compostura—. Te he amado cada minuto que hemos pasado juntos. Has sido extraordinariamente generoso y tierno conmigo desde el principio y nunca sabrás cuánto te lo agradezco.

—No quiero tu puñetero agradecimiento.

—Y yo no quiero tus puñeteras mentiras. Vamos, Fluff. Nos marchamos a casa.

—Natalie, espera. Esto es una locura. No puedes volver a ser quien eras antes. La prensa se te echará encima. No estarás a salvo.

—Estaré bien. Después de un tiempo perderán el interés por la aburrida maestra de Nueva York que estuvo casada brevemente con una estrella de cine.

Oírla describir nuestro matrimonio en pasado me llena de pánico.

—¿Vas a rendirte tan rápido, sin ni siquiera darme una oportunidad?

—Te he dado muchas. Has tenido tiempo más que suficiente para contarme la verdad y no lo has hecho. Y acabas de mentirme a la cara.

—¿Cómo lo sabes? ¿Quién te lo ha contado?

—Valerie.

Me entran ganas de gritar al oír eso. La ira me atraviesa como un tsunami, me arrasa y me hace perder la cordura. La mataré por esto. No sé cómo, pero consigo encontrar las palabras para hacer la única pregunta que me queda por hacer.

—¿Cuándo has visto a Valerie?

—La otra noche, en el lavabo de señoras durante los SAG. Me lo largó todo, pero no quise creerla. El Flynn que conozco y amo no se parece en nada al hombre que me describió, así que lo descarté achacándolo a los celos. Anoche me llamó después de que te durmieras. Me habló de tu cuarto en el sótano y me dijo dónde podía encontrar la llave; tuve el presentimiento de que no se lo estaba inventando.

Me siento como si me hubiera pegado un tiro en el corazón. No he encontrado tiempo para deshacerme de todo el material del sótano y ahora ella lo ha descubierto. Esto no puede estar pasando.

—Cuando he visto lo que tienes ahí abajo, ¿sabes qué me ha venido a la cabeza?

—¿Qué? —pregunto con los dientes apretados.

—Ayer, cuando estábamos en el cuarto de Hayden, tú estabas desnudo y duro como una piedra. Te puso cachondo estar en ese cuarto conmigo, ¿verdad?

—Sí —murmuro—. ¿Y qué?

—Es una pena que no me lo dijeras sin más. Ahora jamás sabremos qué habría pasado, ¿verdad?

—No puedes abandonarme por esto. ¡No te dejaré!

—¿Que no me dejarás? ¿Qué vas a hacer?

Hago un esfuerzo por suavizar mi tono para no empeorar las cosas, si es que eso es posible.

—Estás exagerando, cielo. Te lo oculté porque no quería asustarte después de todo por lo que has pasado.

—Y eso lo entiendo. Incluso lo agradezco. Pero cuando te he preguntado a las claras, tú me has mentido, y eso es otra historia.

—Ahora lo entiendo. No debería haberlo hecho. Te juro por Dios que nunca te he mentido sobre nada más... y que jamás lo volveré a hacer. Por favor, ¿no podemos hablarlo y solucionarlo juntos?

Natalie desea hacerlo. Puedo verlo. Pero también sé que tiene un coraje que le ha hecho superar cosas peores que esta.

—Muchas veces me he dicho que debía alejarme porque te merecías algo mejor que yo. ¿Recuerdas que después de nuestra primera cita no te llamé? Fue porque Hayden me convenció de que una buena chica como tú no debía relacionarse con alguien como yo. Entonces me enviaste un mensaje y me pediste que viera a Aileen. Nada más verte ese día supe que jamás podría alejarme de ti. Te quiero muchísimo,

Nat. Antepongo tus necesidades a las mías. A eso se reduce todo esto.

Las lágrimas sin derramar que anegan sus ojos me parten el corazón.

—Tenía derecho a conocer tus necesidades. Deberías habérmelo dicho, sobre todo antes de casarte conmigo.

—Sí, debería haberlo hecho. Tienes toda la razón… y yo estaba equivocado. La he cagado. Eso no voy a negarlo. Pero podemos arreglarlo. Sé que podemos. Ya hemos soportado más de lo que algunas personas soportan en toda una vida. Por favor, no renuncies a lo nuestro, Nat. La noche que nos casamos me dijiste que no lo harías. —Doy un paso hacia ella y le pongo las manos en los hombros—. Me hiciste promesas.

Ella me aparta las manos.

—¡Me has mentido! No me hables de promesas, Flynn. Por eso Hayden no soporta verme, porque sabía la verdad sobre ti… y yo no.

La abrazo e inhalo el perfume de su cabello.

—No puedes dejarme, Nat. Me destrozarás.

Ella comienza a llorar con fuerza.

—No quiero dejarte, pero no puedo vivir con alguien que me miente con la facilidad con que lo has hecho tú esta mañana, sobre todo en algo tan importante.

—¡No es importante! ¡Eso es lo que intento decirte!

Ella se retuerce entre mis brazos, empujándome.

—Si no es importante para ti, ¿por qué tienes un cuarto lleno de equipamiento de BDSM en tu casa? Y no empeores las cosas diciéndome que no es tuyo u otra estupidez parecida.

Antes de que pueda responder, Fluff empieza a ladrar y a gruñirme como hacía cuando Natalie y yo empezamos.

—Tengo que irme.

—No puedes marcharte sin una escolta de seguridad.

—Dejaré que me acompañen al aeropuerto. Luego me recogeré el pelo y me pondré gafas. Nadie me reconocerá.

—Sí que lo harán. Estás siendo una ingenua.

—He sido una ingenua desde el principio en lo que a ti respecta. ¿Por qué parar ahora?

Va a la cocina para coger su bolso y luego regresa al vestíbulo y se agacha para engancharle la correa a Fluff.

—Así que ¿ya está? ¿Se acabó así, sin más?

Tras una prolongada e interminable pausa durante la cual muero un millar de veces, por fin me mira.

—Necesito tiempo.

—¿Cuánto tiempo?

—No lo sé. Te llamaré cuando esté lista para hablar contigo.

—Te doy una semana y después iré a por ti.

Mientras digo eso me pregunto si sobreviviré una semana sin ella, la misma semana que se supone que íbamos a pasar de luna de miel.

—No lo hagas. No te veré hasta que esté preparada.

—Lo siento, Natalie. La he cagado. Lo reconozco. Por favor, no te vayas. Te quiero tanto. Por favor.

Jamás en toda mi vida, ni una sola vez, le he suplicado a una mujer.

Hasta ahora.

—No quiero irme, pero es lo que necesito ahora mismo. Te llamaré. Cuando esté lista. —Con la correa de Fluff en una mano y su maleta en la otra, abre la puerta, pero se vuelve una vez más—. Yo también te quiero. Eres lo mejor que me ha pasado jamás.

La puerta se cierra con un clic que resuena en toda la casa como un disparo.

A través del cristal biselado del lateral de la puerta la veo acercarse a los guardaespaldas. Uno de ellos le abre la puerta de atrás del todoterreno. Las veo montar. Justo antes de que la puerta se cierre, Natalie se limpia las lágrimas de la cara. Y se van. Han abandonado mi vida casi con la misma rapidez con la que entraron en ella.

«¡Mierda!»

Cojo un pesado jarrón de cristal situado en una mesa junto a la puerta y lo arrojo al otro lado del vestíbulo, haciendo añicos una de las ventanas del fondo de la casa.

Me quedo ahí, resollando y lleno de una ira centrada en la malvada arpía de mi ex mujer. Tengo ganas de ir a buscarla y matarla, aunque ni siquiera eso sería lo que merece.

También estoy furioso conmigo mismo por no haberme deshecho del equipamiento del sótano antes de traer a Natalie aquí, pero no es precisamente algo que pudiera pedirle a Addie que hiciera, ya que ella no sabe nada de esto. Y no he dispuesto de tiempo, sin que Natalie estuviera aquí, conmigo, para hacerlo yo mismo.

La ira abandona poco a poco mi organismo, dejando solo dolor tras de sí. Le daré el tiempo que necesita y después iré a por ella. Haré que vuelva o moriré en el intento. Le contaré todo lo que debería haberle contado desde el principio y esta vez no le ocultaré nada.

Ella es mía. Siempre será mía.

Suena el timbre y corro hasta la puerta, con la esperanza de que Natalie haya vuelto, que haya cambiado de opinión en cuanto a dejarme.

Pero no es Natalie. Es Vickers. El agente del FBI.

—Señor Godfrey, me temo que tenemos un problema.

TRILOGÍA CELEBRITY

SEXO DE CINE, AMOR DE VERDAD.
UN ROMANCE ERÓTICO
MADE IN HOLLYWOOD.

MARZO, 2017   ABRIL, 2017   MAYO, 2017

MIXTO
Papel procedente de
fuentes responsables
FSC® C117695

Cover Damage
Noted
8/28/23